自選随筆集

野の果て

志村ふくみ

岩波書店

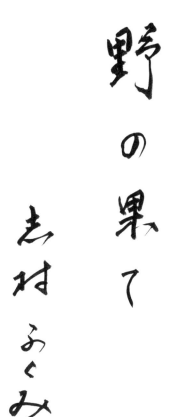

色はただの色ではなく、木の精なのです。
色の背後に、一すじの道がかよっていて、
そこから何かが匂い立ってくるのです。

（「糸と色と織と」より）

目次

Ⅰ　私

II　仕事

Ⅲ 思想

写真　上杉　遥
装丁・本文デザイン　葛西　薫
中本陽子

I

私

母との出会い・織機との出会い

私は二歳の時、母の手もとを離れて、父方の叔父の養女になった。その間の経緯《いきさつ》については、長い間私の母に対する思いの中に、複雑な影を投げかけていたが、今となってみれば随縁《ずいえん》とでもいうのか、こうなるべき運命であり、更にいえば、こうした経路を辿って、私は現在の仕事にめぐり合い、母という存在が、漸《ようや》く私の中で確立したような気がしている。

母子というものが、日常何くれとなく接触し、睦《むつ》み合《あ》うことの空白を、後年一挙にとり戻すことがあり得るとすれば、私が母に育てられた生後二年間に何か決定的なものが植え付けられたということであろうか。

二歳といえばまだ全く物心つかぬ頃であるが、もらわれていって、一年程経て、再び母に出会った時、私は母の顔をまじまじと見つめて、いつまでも目を離さず、「あのおばちゃんとねんねする」といったという。しかし私には何の記憶もなかった。私の養父母は、それらを補って余りある程に私を大切に育ててくれた。

十六歳の時、自分の赤ん坊の写真をみて、裏に、「小野ふくみ」と記してあるのに不審を抱き、漠然とではあるが、伯父一家が小野姓であることを思い浮かべた。その後、折ふしそのことが心にかかるようになり、伯父の家の四人の子供のうち、三子と四子の間がはなれていて、私がその間にぴったりはまることや、従兄姉妹達と顔が似ていること、幼心に故《ゆえ》しらずこの一家に特別のなつかしみを抱いていたことなど思い合わせ、当時、養父の任地である中国青島《チンタオ》に私は住んでいたが、大阪の友達を訪ねることも兼ねて、近江に住む伯父の家を訪ねたのである。

女学校二年の夏、はじめての一人旅だった。医家である伯父の家は人の出入りが多く、伯母とはめったに顔を合わせることなく、奥の方で忙しく立ち働いている様子だったが、時折、私の前に数冊の画集をおいてゆくのだった。水色の表紙のセザンヌと、樺色《かばいろ》の表紙のゴッホの画集だった。それまで西洋の絵画など見たこともない家庭だったので、特にその絵から印象を受けたわけではなかったが、濃紺《のうこん》の麻の着物をきて、丸顔色白の、ひっつめ髪を結《ゆ》った伯母が、画集をおいてはそそくさと奥にひっこむ後ろ姿だけは今もはっきり憶えている。この地方独特の紅殻塗《べんがらぬ》りのがっしりした構えの、玄関を入った土間に、涼しい藍の暖簾《のれん》がかけられ、調度から食器に至るまで格のある古いもので統一されていて、全く異なった外国風の暮らしをしてきた私には何かわからぬままに、物珍しいというだけでなく、私の魂を深く包みこむようないい知れぬ温かさが感じられ、あるいはこれが肉親の情というものかと自覚するにしては、事が重大すぎて幼い私には口にすることが出来ず、誰かに打ち明ける術《すべ》さえわからずに、ただこの夏の印象は、つよく心に焼きついたのである。

それから二年程経て、私は父の任地より離れて、一人東京の学校に通うことになった。片時も離れることのない出生の不安が、次第に胸中深く根付いてゆき、時折、大きく揺れ動いている時、たまたま上京中の従姉に私は勇をふるって、「私の姉ではないか」とたずねたことがあった。もとより従姉は烈《はげ》しく否定して、早々に近江に帰ってしまったが、その時、姉はもうこれ以上かくしておくことはいけないと母に語った由《よし》である。

その翌年正月、従兄の病篤《あつ》く、私は厳冬の近江に呼ばれていった。母は思春期にある私が、こうした悩みをかかえて、一人暮らしていることを心配して、病の兄にも会わせたく、打ち明ける決心をして呼びよせたのである。当時、十九歳だったすぐ上の兄は、余命幾何《いくばく》もなく、私達はその枕頭《ちんとう》に相寄り、はじめて両親、兄姉妹であることを打ち明けられた。私達は炬燵《こたつ》の中で一晩中語り明かした。

過ぐる夏、私が一人でこの家を訪れた時、母は私の傍によるのがおそろしくて、台所でただオロオロするばかりで、何も用事が手につかなかったといい、私の脱ぎ捨てた寝具を洗うのが惜しくて、私の帰ったあと、その布団で寝たといった。「顔を洗った水を流すのも惜しいて」ともいった。「どんなことがあろうとも、これだけは打ち明けてはならぬ」と決心し、私を手ばなしてからは、「死んだものと思うて、今日までお腹の紐を堅《かと》う堅う結んでいた。そやけど、一人で悩んでいる様子をきいて矢も楯《たて》もたまらず、とうとうお腹の紐がゆるんでしもうた。かんにんしてや」と母は泣いた。両親と四人の兄姉妹を一挙に目前にした私は、涙も出ず、世界が一変してしまったようだった。学校が始まったのに、東京に帰る気になれず、一カ月程を病床の兄の枕下《まくらもと》ですごした。その折、うす暗い納屋の奥に一台の織機《はた》のあるのに目をとめ、私は母にいろいろたずねたのであろう。母は兄の枕下に小さな機《はた》を組み、藍の糸をかけてくれた。後になって、母がふしぎがるのであったが、足音一つにもうるさがった重病の兄が、枕下で機を織ることをよく許したというのである。この世では縁のうすかった妹を、一目でも多く、自分の心の中に入れておきたかったのやろと母は語った。まことにふしぎの縁というべきか、私は母を知ったと同時に、機に出会い、兄をその年に失ったのである。

一旦、堰《せき》を切った水は止《とど》めようのないものである。昨日の私と今日の私は違っていた。東京にあった私の心は、常に母のもとに飛んでいた。しかし決して表立ってはならなかったから、その後母に会う機会はめったになかった。

ただ私の中で急激に組み替えられ、芽吹いていった真新しい世界は、母がその道すじを開いてくれた芸術の世界だった。十八の年まで全く知らなかった世界が、出生の事実と共に私の中になだれ込んできたのだった。それは、暗闇に光の射すような鋭さで、母の渾身《こんしん》の思いと共に私を貫いてゆくようであった。

その頃、母は一冊の小さな詩集を私に送ってくれた。山村暮鳥《やまむらぼちょう》の『雲』という詩集で、小川芋銭《おがわうせん》の挿絵《さしえ》だった。同じく暮鳥の『鉄の靴』という童話集もあった。ふしぎな美しい物語だった。私は毛筆で一字一字写経するように写したりした。私にとって、それらは宝物であった。

その後、私が再び母のもとにあらわれて、織物の仕事をするようになるまでの十数年間に、戦いは終わり、母は二人の息子を失って、体が一まわり小さくなったようであった。

私はその間に、結婚、育児、そして二人の子をかかえて、独立しなければならなくなっていた。文字通り、三界《さんがい》に家なく、身の置き処のなくなった私は、無謀なことは明らかであったが、かつて近江の家で手にふれたというばかりの織物を、生きる支えにしていきたいと決心するまでには、養父母に対して許しがたい不義理をかさね、東海道を行きつもどりつ、思案に暮れていた。

その頃、養父母は東京に移り住み、私の幼い娘をあずかってくれていた。突然、近江で織物をやりたいといい出した私を、母は許すわけにはいかなかった。せっかく修業しかかった私に東京行の切符をわたし、二度と近江にはもどるなと突き放したこともあった。私も自分の強引さと周囲への迷惑を考え、一時は断念して、帰京したこともあったが、遂に一条の糸にたぐりよせられるように、再び母のもとに帰り、織物をはじめることになった。

この思いがけない成り行きは、明治生まれの義理がたい母にとって、身の置き処のない辛《つら》い立場ではあったが、一方、六十を過ぎた今、二歳の時、死んだと思ってあきらめた娘が、自分の若い時、止むを得ず断念した織物への執念をひっ提げて帰ってこようとは、夢にさえ考えなかったことである。

これからという二十代の若い息子を二人ながら失って、人生のすべてに消極的になり、寂しい老境を迎えるかに見えた母の、どこにこれほどの情熱がひそんでいたのか、体力、気力共に目をみはるほどの意欲をもって、むしろ若い私に対抗するかの如く、織物に燃えはじめたのである。

ここで、母の生い立ちについて、少しのべてみよう。母は明治二十八年大阪西道頓堀の砂糖問屋に生まれた。

つい先頃、近江に母を訪ねると、

「私も八十五の身になっては、大阪へもよういかれへん。鉄眼寺《てつげんじ》はどうなっているのやろ、西道頓堀は、あみだ池は……」

となつかしそうに語る。私は思い立って姉と鉄眼寺をさがしもとめて訪ねてみた。母の語る七十年前の寺は戦災で焼け、難波の街中に再建されていたが、阿波屋喜兵衛という先祖の墓は見当たらなかった。幼い頃水遊びをしたという道頓堀の川水は黒く澱《よど》んで、川沿いに高層マンションが立ち並んでいたし、あみだ池は町中の小さな公園に変わり、池はどこにも見当たらなかった。

そのことを電話で母に告げると、

「ああそうやろなぁ、鉄眼寺は広い境内に桜が咲いて、中国風の鉦《かね》や太鼓が響きわたり、読経の声が幼心に浸み込むようで、そらよかったで。あみだ池は毎年春になると植木市がたって、それを買いにゆくのがたのしみやった」

と大阪の昔の暮らしぶりを電話口で語る。よく母から大阪の童歌《わらべうた》をきいたことがある。

昨夜《ゆんべ》もろた花嫁さん、結構《けっこ》な座敷に坐らせて、
襟《えり》と衽《おくみ》とよう縫《ぬ》わん。
そんな嫁なら、去《い》んでくれ。
おんぼの道まで送って、
あれにちらちら灯がみえまぁする。
あれは大阪、安堂寺町《あんどじまち》よ。

と蜿蜒《えんえん》と、独特な節廻《ふしまわ》しがつづく。それをきいていると、母の幼い頃の空気が輪のようにひろがってゆくようだった。

母の父はその頃の商家の風習で、丁稚《でっち》から、人物を見込まれて阿波屋の養子になり、家付きの娘と結婚した。なかなかのやり手で、三十代で船を幾艘《いくそう》か持ち、北海道、北陸まで手をひろげていたようであるが、男盛りの四十二歳で亡くなった。

母はその時三歳だったので、父のことは何も知らずに育ったが、女学校に入る頃には、阿波屋は没落して

しまった。

夕陽丘高等女学校で同級生の親友に、尾竹《おたけ》ふくみさん（私はこの方の名前をいただいた）という人がいて、その姉の尾竹一枝さんとも親しかった。一枝さんは、後の青鞜の尾竹紅吉《べによし》といわれた人である。その頃三人は瑠璃鳥《るりちょう》を飼っていて、一枝さんのことを瑠璃狂人の姉と呼んだりしていた。

学校を卒《お》えると、桃割《ももわ》れに結《ゆ》うて、毎朝六時に家を出て、長堀川のお琴の御師匠《おっしょ》はんと船場の裁縫と稽古事に通い、ことに細工物《さいくもん》が好きで、緋縮緬《ひぢりめん》や鶸浅黄《ひわあさぎ》、淡紅《とき》などの縮緬でこまごました雛道具、五月人形、袋物などを作った。今でもその季節になるとそれらを飾って楽しんでいるが、色彩、形ともに大阪風に洗練されていて、当時の町方の美意識が集約されているように思われる。

その頃、知遇を得ていた安宅弥吉《あたかやきち》夫人に母は娘のように可愛がられ、よく芸事や演劇にお伴をした。夫人は稀にみる聡明な美しい方で、母の語るところによると、「美しいものへの執念は並々でなく、今日の安宅コレクションの源泉《もと》は夫人の中にあったように思われる」という。

俗にいう衣裳道楽というのとは少し違っていて、染め、織、繍《ぬいとり》、全て自分で意匠を考え、北岡、志《し》ま亀《かめ》などに調製させ、年頃の母の着物の相談にのって下さったという。夫人には秀《すぐ》れたデザイナーの素質があったように思われる。当時の富裕な大阪商家を背景とした上方文化の衣裳の世界が、遺《のこ》された二、三の着物、帯、小裂《こぎれ》から充分に察知される。鶯茶《うぐいすちゃ》に、淡い紅の桜を散らした友禅や、源氏物語絵巻を一面に繍した丸帯の、いずれも引き締まった渋い色調に、ことごとしい図柄はなく、ほのかに四季の推移を偲ばせる文様は、心憎いばかりである。母の衣裳に対する渋い好みは、恐らくこの時期に安宅夫人をとおして培《つちか》われたものであろう。

殆《ほとん》ど一生を通じて、母は、髪型も着物の色柄も変えなかった。着るものは藍染に絣《かすり》、縞《しま》、格子《こうし》、それに小《こ》紋《もん》で、更紗《サラサ》や中形は帯にというふうだった。紫は好きだが、私のようなもんには似合わないからと、帯締、財布、羽織の紐、鼻緒等の小物に使っていた。半襟《はんえり》は縮緬の黒、夏は絽《ろ》か麻の黒に決まっていて、全体が地味すぎる程であったのは、ストイックな性格にもよるが、母のように丸ぽちゃの童顔には、それがよく似合うことを知っていたのだと思う。

後年、私の仕事に対して、厳しすぎるほど深くかかわってきたのは、若い日にまとった衣裳への愛惜が、生半可な私のそれに応じることを拒んだのであろう。

幼い日より続けていた琴だけは、終生身辺を離さず、佐助という人のつくった琴を、今も大事にして弾いている。

その後、母は十九歳で、医師である小野家に嫁いだ。実家から千代というお手伝さんと一緒にきていて、千代が「とうさん」と呼ぶので、父までが当分は「とうさん」と呼んでいたという。父とは十二歳年が違っていたので、娘のように思われたのであろう。

やがて三児の母親となったある日、阪急電車の中で、音信の絶えて久しい尾竹一枝さんにぱったり出会った。その時は既に結婚され、富本憲吉《とみもとけんきち》夫人になっていたのであるが、偶然の再会を喜び合い、その時より終生の深い友情で結ばれることになった。

母は今も小筥《こばこ》に一枝夫人の手紙を大切にしまっているが、巻紙にあふれるような豊かな筆致で、率直すぎるほどに母を戒め、いたわり、なかには三メートルに及ぶほどの手紙もある。

先日、それらを見せてもらっていると、はからずも再会の日の手紙が出てきた。

「あんまり突然でまだ嘘だったと思えるのです。私はうれしく思います。このごろにないうれしさです。あなたは昔のようにいい方でした。善良さがあふれていました。たいていの人間が心の浄《きよ》いことを忘れがちになっている時、あなたに逢ったことを本当にうれしく思います。きのうもう二、三分おくれた電車に乗れば、それっきり死ぬまでお目にかからなかったかも知れないのです。きのうはいい日でした。近いうちに是非安堵《あんど》村《むら》にいらして下さい」

それから暫《しば》らくして、「カマヒラク　アスコラレタシ」の電報を受けて、母は胸を轟《とどろ》かせて安堵村を訪ねた。はじめてみる陶工の生活。芸術家同士の結婚、「世の中にこんな方達があったのか」と母は驚いた。

「見るもの見るもの新鮮で、美しいて、世界が違《ちご》うてみえた」

貧乏していても、美しい物を創るために打ち込んでいる二人、夫が窯《かま》から出してきた壺を、宝物のように讃える夫人、明治から大正、昭和と、はじめて封建社会の厚い壁を突き破り、女性解放の実践に入った女性の吹き上げるような生活があった。

「女かて、自分の思いを貫いて生きている人がいる」

母は心を揺さぶられて帰ってきた。その日から夫人の死に至るまで五十余年、「富本さんから受けた恩は語り尽くせるものではない」と常々語っている。

ある日、人は突然に内在する意識を目覚めさせられる。商家に生まれ育った母が、世の中に生活とは無縁の、損得にかかわりない無用のものが存在することを、確実に知らされたのであった。しかもそれは生死を越えて、人間の魂にふれるもの、芸術の根のようなものを見てしまったというのだろうか。あるいは母の内部に漠然とうごめいていた魔物が目をさましたといおうか、おそまきながら人の妻になり、母親になってはじめて、本気で物を見、本を読み、考えはじめた。と同時に、今まで曖昧《あいまい》であった周辺のものが見えはじめ、自己に対する不満、撞着《どうちゃく》に悩み、漸《ようや》く人生は二重、三重の苦を背負う複雑な構造を呈するに気付きはじめた。

思えば、一枝夫人に再会したことが一つの機縁ではあったが、たとえ夫人に会わずとも、いずれは自我を噴射せずにはおかなかったであろう母のつよい個性は、一枝夫人に会った後に、陽《ひ》の照射した部分が豊かに彩られ、大きく振幅したことを私は幸としたい気持ちがある。

それは多難な航路ではあったが、愚かしいまでに一途に、やりたいことを強靱《きょうじん》にやったと思うからである。

やがて父は九州佐賀関（大分県）に代々続いた医家の長男として呼び戻され、一家は九州に移り住む。男尊女卑の厳しい旧家の嫁として、青鞜という当時の婦人運動の尖鋭的な影響をうけた関西育ちの母が遭遇した辛苦は、大方察しはつくが、何年かの辛抱の末、遂にすべてを捨てて、京都山科の一燈園《いっとうえん》に飛び込んでしまう。

父もまた故郷を捨て、一家は西田天香《にしだてんこう》師の下で働くこととなり、再び関西にもどってきたのであるが、その後一燈園を出てから、大阪、京都、滋賀と移動を続け、漸く近江八幡に落ち着いたのであるが、その間の家族の苦労は大変なものだったようである。

長男が学齢に達する頃、同志の方と共に昭和学園というささやかな学校をつくった。当時、画一的な教育が問題となっていて、羽仁《はに》もと子氏は自由学園を、西村伊作氏は文化学院をつくり、各々の子弟に新しい教育をあたえる風潮にあり、もとより比ぶべくもないのであるが、成城学園から一人の教師を招いた。この谷《たに》騰《のぼる》という教育者は、ごく少数の児童を自分の信念のもとに教育したいという確固とした考えを持ち、自分の妻子も共に、一つの共同生活体を構成し、十数人の生徒は、午前中は学習、午後からは労作活動、子供達は豚、山羊、驢馬《ろば》、鶏、七面鳥などを飼育し、さまざまの植物の栽培をしたりした。そのほかにも、陶芸、版画、彫塑《ちょうそ》、染色などもやらせている。

父は学園の経営のためにせっせと働き、母は自分の子供より、むしろ学園全体のために奔走した。夫婦は教育の何であるかを求めて、寝食を忘れた数年間であった。

やがて谷氏の急逝により、十余年の命で昭和学園は廃校となったが、後年、姉は「私達は普通の小学校の教育を受けずに中学に進んだので、人の数倍の苦労をした」と語り、兄は「学園で受けた教育は幼い魂に浸み込んで、自分の芸術の目を開かせてくれた」と語った。

この昭和学園について母は、谷騰氏を信頼し、子供達を手もとから離してその教育に委《ゆだ》ねてはいるが、母の内部には自分でも馭《ぎょ》しがたいほどの矛盾が渦巻き、人間関係においても相当悩んだようである。純で、美しいものに心から感動し、それを人々とわかち合いたいという気持ちの人一倍つよい反面、理想に突っ走り、論理性に欠けているというのか、情緒に流されやすい、脆《もろ》い性格でもあった。常に「私は電信柱に頭をぶつけるまで気の付かん人間や。ほんまにお父さんや子供にすまんと思うてます」という。一枝夫人が後年私に「あなたのお母様は、愛すべき愚かな方です」といわれたが、正にその通りである。何事につけ熱中し、ことに美しいものに対してその傾向著しく、画家を志した兄はその性格をそっくり受けついだようである。

その後、漸く親子水いらずの生活にもどり、医業としても安定した日々が続くが、ある時、近隣の寒村に医師がなく困っていると聞くや、母は父をうながしてその村に移住し（その頃私を志村家に養女にやる）、今回も母は悲壮な決心のもとに、父と共に献身的に働いた。

父は困っている方には医料をとらず気安く往診にゆき、母の理想とする仁術《じんじゅつ》を、黙々と実行するような性格であったから、少しも苦労している様子はなく、医師になるためにのみ生まれてきたような人であった。よく父は朝食前の仕事といって、六時頃から自転車をとばして往診にでかけていた。

一方、母はせっかく築いた平穏を自らぶちこわしてゆく自分に責め苛《さいな》まれながら、われとわが身と闘って暮らしていた。私を志村家に養女に出したことはあまりに冒険であった。送り出してから母はとりかえしのつかぬ哀しみに呆然として、「ふくみは死んだと思おう、死んだよりどこかで元気に生きているのだから」と自分にいいきかせていたという。

その頃、たまたま柳宗悦《やなぎむねよし》先生から、木喰上人《もくじき》の彫刻された十一面観音像をいただく御縁に恵まれ、私を送り出した三日後に、京都の先生のお宅から抱きかかえて帰ってきた。その日以来、母は、観音様の前でよく涙して祈ったという。ある時ふと後ろをふりむくと、幼い二人の息子がちょこんと母の後ろに坐り、兄の方は観音像を写生し、弟は腕に「カンノンサマスキ」とかいていたという。

この観音像は二十年来、わが家の守り本尊であったが、私が織物をはじめに近江に帰った頃、母は自分の亡き後お守りしきれなくなっては勿体《もったい》ないといって民芸館におかえししている。

常に夢みがちな母は、夕餉《ゆうげ》の途中でも夕陽が美しいといって子供達をひきつれて、野道に走り出るような人だから、家事はまことに下手で、本を読むこと、手紙をかくこと、なかでも人と語り合うことが好きであった。したがって来客がある時は、室内の飾り付けに心をくばり、門からまろび出るようにして客を迎えた。純粋の大阪弁で、話題の豊富な、独特の語り口であったから、客人と話は尽きなかった。富本家なども女中さんを含めて一月近く逗留《とうりゅう》したこともあったという。その頃諸国を巡って民芸品を発掘されていた柳宗悦先生が、近江八幡に立ち寄られた。昭和のはじめ、京都では民芸協団が設立されていた。

木喰上人をはじめて発見された頃のことで、柳先生は熱意をもって母にそのことを話されたのであろう。母はその後、木喰上人の像を追って、岐阜、新潟、甲府などを旅して、一文を綴り、柳先生に送ったところ、前述の十一面観音像を戴《いただ》いたのである。

その頃、上賀茂の社家の一隅では、陶器、木工、金工、染織と新しい民芸運動がはじまっていた。その中に青田五良《あおたごろう》という青年がいて、おそらく織物をそのような形で手がけたのは日本でもはじめてのことだろうが、同志社の中学の先生をしながら、機織《はたおり》をはじめたのである。丹波の山奥でおばあさんから糸を紡《つむ》ぐこと、草木で染めること、地機《じばた》で織ることなどを習ってきた。古く日本の染織は、正倉院から明治に至るまで、常に貴族階級、もしくは中流階級のものであった。山間の農民の着用した丹波布《たんばぬの》などを美の範疇でとらえられることなどは、考えられなかった時代である。一条の木綿糸が、健やかな姿で布になり、温かく人の心身を包んで用をなす、その自然の法則を説きあかす論理を青田さんは実践しはじめたのである。

時代に先がけて事がはじまろうとする時、それを築き、高め、美を顕現してゆくのも人間なら、それを突き崩し、傷つけるのも人である。青田さんは貧乏のどん底で、糸を紡ぎ、染め織り、体がボロボロになるまで苦闘して、遂に夭折《ようせつ》してしまった。母が青田さんに織物を習ったのはその時期わずかであったが、上賀茂社家のうす暗い土間に三台の機を組んで、時雨《しぐれ》に曇る夕刻になると石油ランプをぶら下げて、熱にうかされたように、ちょうはたり、ちょうはたりと機を織りながら、母にぽつりぽつり語ったという。

「明日死んでしまう蟬の羽がなぜこんなに美しく、巧妙につくられているのだろう。自分もこんなふうな仕事がしたい」

といいながら、ウィリアム・ブレークの詩集を飾る装幀裂《そうていぎれ》を織っていたが、それは美しいものだったという。

「まだこの道は暗く、人のかよわぬ道だが、いずれは誰かが歩いてくるだろう。私はその踏台になる」

といっていたという。

今となれば、どんな状況の、どんな心情の中で語られたのか、私には痛いほどよく分かる。それは茨《いばら》と泥濘《ぬかるみ》のつづく道であり、まして心身共に傷つきやすい青田さんのような芸術家にとっては、惨澹《さんたん》たる人生だったろう。

母は遺《のこ》された仕事を受けて、本当に織物を続けたかっただろう。しかし、幼い子供達や、医家の煩雑さ、その当時の家庭婦人としてはあまりに桎梏《しっこく》が多かったのであろう。遂に断念して、納屋に機道具がそのまましまわれていたのも、いつかはという、断とうにも断ちきれない思いがあったからであろう。

後年、私が出生を知った時、目にとめることになったのも、母の思いがそこに生きていたからのような気がするのである。

青田さんが母に伝えたものの中で、最も大きなことは植物染料であった。その色の美しさこそ、青田さんをとおし、母が私に伝えてくれたものである。当時、昭和のはじめは化学染料こそ新時代の色彩の象徴として、人々は豊富な色彩を享受《きょうじゅ》することに熱中し、草木で染めた手織などは、貧乏を代表するものとして賤《いや》しんでいた時代であったから、学校の教師が職を辞して、草木で糸を染め、機を織り出すなどとは狂人に近い行為だったのである。流れに棹《さお》さすのとは全く逆で、今溢《あふ》れ出《だ》したばかりの勢いある流れにさからって、その源にたどり着こうというのだから、現在のように、流れは弱まり、濁りはじめて、やっと人々は源流を慕いはじめるのとは根本的に違っている。青田さんの遺されたわずかの織物をみると、力づよく、新生の気とでもいうのか、止むに止まれぬ気魄《きはく》が充満している。その当時に蘇芳《すおう》、桃皮、藍などで染めた糸が、納屋の織機と並んで、墨漆《すみうるし》の苧桶《おぼけ》にしまわれていたが、糸質がよく、色は今も輝くように美しい。それから何年たったのであろう。結婚にやぶれ、心身共に疲れ果てて母のもとにたどりついた私が、その苧桶の糸をとり出して織りはじめたのは。

「自分が死んだら、こんな糸は屑屋《くずや》にもっていかれるか、燃されるかと思っていた」

と母はいっていた。

さて、私が織物をはじめた昭和三十年頃は、青田さんの時代より状況は大分変わってきたとはいえ、まだこの道はうす暗がりの混沌としたものだった。戦いが終わって、人々は新しい文化を吸収することに急で、滅びた日本の手仕事をかえりみる余裕はなかった。植物染料や手織で、二人の子を養ってゆくなどということは、やはり無謀なことだった。もう二度と近江にはもどるなと、母が私を突き放すようにしたのも、織物では到底生きてゆけないという深い危惧もあったに違いない。私としても暗澹たる日々であった。その頃、母が昔民芸協団で親しかった木工芸の黒田《くろだ》辰秋《たつあき》さんを訪ねて、仕事の心構えをよくきいてくるように、黒田さんはどんなに貧乏しても仕事の節を決してまげない人だったといった。

私は黒田さんから一日、仕事の話をきいた。熱意をこめて、訥々《とつとつ》と語る黒田さんの仕事にかける真情に私は心打たれ、どんな苦労があろうと、もう自分にはこの道しかないと心を定めた。まよわずに精進した。

それから一年後、黒田さんより伝統工芸展に出品するようにとすすめられた。母は十年の修業なくして、人様に見ていただけるようなものが出来るわけがないと、ガンとして許さなかった。もとより私とて、それがどんなに身の程知らずの大それたことかということは重々わかっていたが、十年の歳月を待つわけにいかなかった。一日も早く子供を引きとり、自立するために自分の力をかけずにはいられなかった。ある晩、夢とも幻ともつかぬ境で目もあやな織物が浮かんでは消え、私は今しか織る時はないと考え、出品させてほしいと頼んだが、その時も母は許さなかった。私は致し方なく、ひそかに母の苧桶から糸を出し、帯を織った。無我夢中で祈るようにして織った。

やっと織り上がった締切日の朝、母は心労で寝ついていたが、その帯をみて、

「これだけしたのなら、落ちても本望やろ、やれるだけやったなあ」

と喜んでくれた。

「煎豆《いりまめ》に花や、選《とお》るわけはないわ」と繰り返し母のいっていた帯が入選したときいた時、母は大工さんに走っていた。「織小舎《おりごや》を建てておくれやす」と。

こうして母はわれ知らず、娘の願いをききとどけることになったのである。

機はどういうのがよいのか、糸はどこから入手すればよいのか、植物染料に関する参考書なども殆どない状態だったから、いちいち大変な廻り道をして、失敗に失敗の連続だった。そんな時、母は授業料やといって、失望する私をはげまし、惜しみなく援助してくれた。

当時、滋賀県下に二十軒近く紺屋《こうや》があり、細々家業を続けていたが、数年の間に大方廃業してしまった。母は数軒の紺屋に糸染めをたのんで、色の吟味をしていたが、いずれもピュアインディゴ(合成藍)や割り建ての方法であったから、藍の色は冴えなかった。そんな時、母が野洲《やす》に国宝の修理の裂を本藍で染めている紺九《こんく》さんという紺屋があるときいてきて、二人で訪ねていった。

母はかねがね日本の染織から藍を絶やさぬようにと願い、私の仕事の中心に藍をおいては考えられないといっていた。自身も常に藍染の着物以外着たのを見たことがなく、お紺さんと呼びたいほど藍が好きであった。日本の女の人は藍の着物を着た時が一番美しいと信じて疑わなかった。いずれは藍を自身で建てるようにと、転業した紺屋から瓶をいくつかゆずり受けた。

長光寺山、瓶割山《かめわりやま》を目前にした近江盆地のただ中に、小さな織小舎が建ち、見わたす限りの稲田に、湖をわたって、白鷺が舞い下りる。山裾《やますそ》の竹林に夕月がかかり、菜の花の香りの流れてくる織場に二台の機を並べて、母と私は終日織りつづけた。

「これこそ人生のおまけや」と母はいった。幼時からの空白は、この時期一挙に埋め尽くされてなお余りあるように思われた。

前にも記したように、母は大阪の町方に育ち、衣裳の贅も多少は知っていたので、着物に関しては無知に等しい私に対し、しばしば干渉の度がすぎる程に厳しく批判した。

私はいう。

「出来上がったものを批判するのはいい。まだ中途のものをとやかくいわれては仕事が出来ない」と。母は、

「最初の計画が生ぬるい。一練りも二練りもして、はじめるべきや。博物館にいって古いものを見てきやす」

という。口惜しいけれど母のいうことは本当だった。しかし若い私は徹底的に反発した。母を踏みにじっても越えて行こうとしていた。

その頃の日記にこんな詩がかきとめてある。

茶の花の、うつむいて咲くのが
好きだという母は、年老いて、
いたわりや、優しさの
しんからほしい年齢になったというのに、
私は容赦のない礫《つぶて》を、
駄々ッ子みたいに投げつけて
母を哀しませる。

そんな私を抱けば
ふところに　こんもり入ってしまうと
母は思っているだろう。

そして今頃
父の傍らで
桜色の童女のような寝顔をして
もう寝入っているだろう。

私の自分勝手な礫などでへこたれるどころか、母はますます自己を主張し、あらゆる点で私の先手を打ち、私はあとから従うしかなかった。気の弱い娘なら、母の意のままであったろうが、なかなかそうはいかなかった。しかしまた、これほど息の合う母娘もなかった。真紅《しんく》に染まった蘇芳の糸を庭先に干してあると、どちらからともなく、糸のそばにやって来る。どんなものを織ろうか、配色は、と相手の気持ちがすぐ摑めた。それがまた衝突の種となった。

四、五年経ったある時期から、私は母が私の仕事を自分の仕事と思い込んでいる部分のあることに気付きはじめた。それまでの私は、母の陰にかくれて仕事をしていたのであるから当然のことであり、子供は何と勝手放題なものかと今にして思えば反省もするが、当時の私は必死で母を乗り越えようとし、自分の仕事の領域を自覚しはじめていたから、焦燥もし、烈《はげ》しく対立した。

一枝夫人なども私の仕事は母なしではあり得ないとし、明治の空気を吸った者でなければ、こんな着物は織れないといわれたりした。ようやく独立の気配をみせはじめた私をみて、母は寂しくもあり、安堵の思いもあったであろう。

いずれにせよ、時期が来れば再び巣立つであろうことは充分覚悟していたであろうから、東京にあった志村の養父母が最晩年に近づき、今度は私が引き取って、最後の孝養をすべき時が来たことを悟り、私にその態勢を整えるようにすすめた。

思えば寛大すぎるほどの養父母であった。私がどん底にあった時、快く近江に行くことを許し、幼い孫をあずかって、育ててくれた。養母は私の仕事に関し、何の干渉もせず、許すだけ許してくれた。それだけに母も私も、今は一日も早く養父母の安住の地をみつけたかった。

母と共に近江に暮らして十年、漸く別れる時が来ていた。前にも記したように、「ふくみと暮らせたのは人生のおまけや」と常々いっていたから、むしろ潔く、自らすすんでその準備にとりかかった。成長した私の娘達の学校のこと、養父が晩年は京都に住みたいという希望もあって、京都に移り住むことに決めた。それからの母は毎日のように京都に家さがしに出かけた。雪の降る寒い日が多かったが、モンペに革足袋をはいた母が町中や郊外の家をさがし歩いた。養父母に少しでも住み心地のよいところをと、せめてもの恩返しにと思いつめていたようだった。漸く洛西嵯峨の現在の家をさがしあてるまで半年ちかく、母と私はよくまあ見てまわったと思う程だった。

やがて東京より養父母を迎え、近江の家からすべての荷物をはこび出した朝、軒先に立って私を見送る母は、ニコニコと両手をふっていたが、更に一廻り身が縮んだように思われた。私は母から幼い日の分まで吸い上げられるだけのものを吸い上げ、母も私にフロクの分を添えて、自分は萎《しな》びるほどになって、私にお返しをしてくれた。その需給が滞りなくおこなわれて、私共はようやく並の母子になれたのである。

私が近江を去ってからも、母は暫く織物を続けていた。「諸国縞帳《しょこくしまちょう》」のような、さまざまの縞を一つの着物に織り込んでみたいと、ぽつりぽつり一人語りのようにして織っていた。心のおもむくままに、過ぎ来し方をふりかえり、ある時は饒舌《じょうぜつ》に、ある時は寡黙に、機に語りかけながら織っているという。

急ぐでもない一人旅を、ひっそり続けている母は私が傍にあった時より、身を入れて織れるようだった。「暑い時も、寒い時も、機さえ織っていれば、どこへ行くより幸せや、こうして一人機に向かうのが極楽や」という。

濃紺の地に細い茶の経縞《たてじま》がとおり、緯糸《よこいと》は母のいう一人語りが纏綿《てんめん》とつづいている。恐らく三十色くらいの杼《ひ》を使っているだろう。谷あいにひところ陽の射したような灰緑色の暈《ぼか》しが、やがて紫に翳《かげ》り、旅人がそこに憩《いこ》うているようである。絶えず主題として流れる細い黄土と退紅色《たいこうしょく》の旋律は、あるかなきかの白、または墨色にふちどられ、一線一線は鋭く何か喰い込んで来るようである。それでいて、全体はしみじみとした懐かしい音階である。それは正に、母の色合というしかいいようのないものである。幾山河の最後の峯《みね》にさしかかり、息子を亡くした母親の念珠《ねんじゅ》であり、鎮魂の色合である。愚かしくも一途に生き、八十を半ばすぎた今も、私がこんなことをかけば、母は少女のように恥じらい、困惑して、どうか何もかかないでくれということだろう。

兄のこと　――その日記より

〝死が与える夏の真昼のような静寂と平和〟兄自身亡くなる前年の日記に録《しる》したその言葉の如く、昭和二十二年八月二十四日厳しい真夏の太陽の下に、田園の一木一草が声もなく粛然とうなだれる時、兄はその短い烈《はげ》しい生涯を閉じました。再度の病に倒れた晩年の兄は、いついかなる時も死と向かい合い、その網の目をとおして、いわば生と死の霞のあわいに立って、この世を見つめていたような気がします。それはある時には恐怖と絶望による厭世《えんせい》の眼ざしであり、ある時は深いやすらぎの垂れこめた中で神に愉悦《ゆえつ》を乞う嬰児《みどりご》のような眼ざしであったように思われます。その中で求め貫きたいと願ったものは、画道への一筋の精進であり、仕事への止みがたい熱でありました。

一

大正十二年兄は父母と共に九州より近江の地に移り住むようになり、ヴォーリズ氏経営の清友園幼稚園をふり出しとして、当時成城学園から来られた谷騰《たにのぼる》氏の所信のもとに、八幡《はちまん》郊外に設立された寺子屋式小学校において姉弟と共にうけた特殊な教育は、兄の内奥にいまだ目覚めぬ何ものかを育む力となって、後年絵画の世界へ赴く第一歩がここで築かれたように思われます。性来絵を好み、その道に志を立てたかったのでしたが、万人に一人として立ち行きがたい絵画の道に対しては周囲の者も不安を抱き、実生活にも即した陶芸の道を選び、幸い、知遇をいただいていた富本憲吉《とみもとけんきち》先生に御相談の結果、京都第二工業学校陶磁器科へ入学することになりました。その当時の日記に投げつけるような荒い力のある字でこのようなことが記されてあります。

「誰もがふりむきもしない荒れ果てた土地から土を掘り粘り、世にも稀なる美しい陶器を造る。いかにその作家は幸福なことか。仕事に喜びと楽しみを感ずる。何の不満気もなくいつも笑顔で、この人はいかに幸福なことか。素晴らしい子供の笑顔のように潤いと希望をあたえてくれる陶器、至難か。美しい娘のように澄み切った健康の釉《うわぐすり》。こんな陶器を造る人はいないのか。私は叫ぶ。芸術は教わるものではない。自分で学び、道を切り開いて行くのだ。俺は勉強する。父のためにも。母のためにも。姉弟妹のためにも」

誰が何といおうと自分には自分の進むべき道があるのだと、漸《ようや》く小高い丘に登ることの出来た兄は一握りの粘土を握りしめて叫んでいます。よき作品を造りたい。美しい絵を描きたい。どの世界も同じことであるけれど陶器の世界にもおのずと限界がある。厳密な意味で宗教や芸術の世界では古いものが滅んで新しい時代が来るとはいえない。古来のあらゆる手法と様式を学び、それらの作品がいかに美しく愛すべきかを本当に認識し、その中に沈潜し、その前に頭《こうべ》を垂れ、そこではじめて認められようとか名誉のための仕事とかの誘因をはなれ、ただ美にひかれての仕事、美を追う仕事、美しい使用に耐える陶器を安く普及する仕事に進むべきだ。もしこの道を進むならばのびのびとした広い道がまだまだある。素晴らしい道がある。ひとり陶器の道だけではない、絵画の道にもあらゆる道にこのことは通ずるはずである、と兄は考えていたようでした。

「私の心は貧しい。心が寂しくなると私の思いは陶器に走る。ああ最後の光の陶器、吾が陶器、陶器は深い。汲めども汲めども尽きない清い美しい水を湛《たた》えた井戸なのだ」

この短い言葉の示すように、後になり烈しい欲求を絵画一筋に求めて進むようになりましたが、陶器によせる思いは初恋にも似て、その風景色彩画の底を流れ、終生織《こま》やかな観察と愛しみを持ち続け、常にその身辺に白磁の盃や壺をはなしたことがありませんでした。

二

昭和十三年三月京二工を卒業し、続いて陶磁器試験所に入所、六月京都の河井寛次郎《かわいかんじろう》先生をお訪ねした折の感動は、二十歳になろうとする兄の若い心に忘れ得ぬものとして残ったようでした。躍動するペンはその日のことをこう語っています。

「昨日は京都の河井先生のお宅で実に素晴らしいお話を伺った。実に万歳だ。自分は幸福を求めない。自分自身幸福そのものだ。今まで自分は生命《いのち》というものをこんなに深く考えていなかったが、生命ほど尊い深いものがどこにある。この尊い神から与えられた生命をおろそかに考えていた事は自分の間違いであった。心の底より改める。自分の魂よ、よく考えてみよ。目では美しい芸術がみえる。耳では世にも尊い話が聞える。そして大好きな音楽も聞えるではないか。私は神の恵み、慈悲によって生かされつつあるのだ。その事を忘れて吾《われ》ある故《ゆえ》に吾ありと自我の思いにかたまっていた自分は愚かだった。神にひれ伏す気持、真理に対する忠節、信仰に生きる一日、金や名誉にこだわってどうする。上すべりな快楽をむさぼってどうする。真の人間になろう。温い心の人間になるのだ」

この神へのかぎりない感謝は大らかな自然に対する讃美となって人間の最も素朴な感動を呼び覚まし、やがて初夏の太陽を浴びて萌えいずる自然の生命を、青い穂を天にむけてそばだてる若い麦、赤い神秘なボタンの芽、ぬくみの中に掘りおこされた筍、露にぬれる蛍草、勁《つよ》い四肢《しし》をはったキリギリスなど次々作画しました。〝けいとう〟の絵もこの時期にかかれたものです。ここでわかるように、兄は影響を受けた新しい段階の表現を絵画の世界に求めたのであって、いわば他律的に選んだ陶器の道は最後まで底流となって続きはしましたが、結局過程的なものであったように思います。その後過労がかさなって、最初の病に倒れましたがやがてそれも癒《い》え新しい年を迎えました。

三

「昭和十四年一月一日
僕の憧れは童顔如来《どうがんにょらい》にある。僕の汚い醜悪極まるこの魂に於て、仏様の御尊像を描くとは冒瀆《ぼうとく》の涯《かぎ》りである。何故僕があえてこの冒瀆を犯してこの本願を樹立するかというと、僕がこれによって、仏様の温い温い愛の恵みによって、少しでも善き真《まこと》ある人間としてこの世に生き得たいこの願いと、又私の心こめて描く童顔如来が、自分をここまでただただ愛の心をもって育て上げて下さった母を、これによって少しでも慰め、悦《よろこ》んで戴《いただ》ければと思う私の心の現れである。私は決してこの本願が不純なる動機によりなされるものでない事を私の真心より書き置く。そしてこの本願は、木喰《もくじき》上人の御刻みになった千体仏《せんたいぶつ》よりその形式をとる事にした。私達の幼い日の追憶は木喰上人の仏様より初まる。私達一家に柳先生が、上人の手になる十一面観音像をお預け下さってより、私達一家には絶えず光が射しこんで来た。或時《あるとき》母が涙して伏し拝んでいると、幼い僕と弟がいつの間にか母の後に坐り、僕は尊像の写生を、弟は左の腕に〝カンノンサマスキ〟と書いていたそうで、その時の光景はしばしば母の語る所である。僕が九歳弟が七歳の時である」

年の瀬の二十四日頃より正月の三箇日を惜しんでひたすら童顔如来、木喰上人御《み》刻像《こくぞう》など描き続け、文字通り仏様に明け暮れした生活であり、昨年の植物の素描以来、充実した調和ある制作期でありました。

若い頃より、一筋に信仰を求め続けた、その母の魂をとおして培《つちか》われていた仏への祈りが、しらずしらず兄をして、このような童顔如来を描かしたもののように思われ、それは一面母の抱いていた宗教的夢であり詩であったように思われます。

「特に銘記しなければならないのは、この卅数枚《さんじゅうすうまい》の尊像の画は、自分が描くのではあるが、描いたのではなく描かしていただいたのである。だから私がこの卅数枚を描くまで、どんな画が出来上るか私自身全く分らなかった」

四

この年今まで春の田園のように平和な家庭に、突如無情な嵐が一夜のうちに咲きいでた花をふみにじるような出来事が起こり、この時より父母という温床の中で、世の中のみにくさ、生存の厳しさを知らずにいた自分の、いかにたよりないことか、自己を掘り下げ、自己を信ずることがいかに大切か、身に刻み、心に銘じるようになったようでした。この出来事以来〝もう僕には童顔如来は描けなくなった。こんど僕の描く仏様はもっと醜い顔をしているだろう〟と兄は語っていました。世の中に厳然とした悪の存在、凄惨な闘争の世界があることを知り、泥にまみれ、傷つきながら一筋に美を求めることこそ真実である。水清ければ魚棲《す》まず、ということを身をもって知ったのでした。

兄は元来絵の師を持ちませんでしたが、幼い頃より兄の絵をたのしみに折々たずねて下さる画家の伊藤観《いとうかん》魚《ぎょ》翁は、その絵をみて何も申されず、母が〝どうか欠点をいってやって下さい〟と申したところ〝いい芽もつぶれてしまうから今は黙ってみている〟と申されたそうです。また隣郡の東光会の野口謙蔵《のぐちけんぞう》先生のお宅を折にふれて訪問し、師事を得ていました。先生は実の弟の如く温かく導いて下さいました。

「三月十五日

ゴッホや佐伯祐三の一生は、悲壮な芸術の世界に於ける殉教者の如きものと思う。一枚一枚熾烈《しれつ》な生命の一片一片を刻みこんだあの凄じい力はどうだ。あの画面一杯に漲《みなぎ》る情熱は。捨身《すてみ》の姿は。佐伯の遺作展をみて自分の決心は益々かたくなった。自分より真剣に生き、真剣に仕事に取っ組んだ男がいる事を知った事は実にいい。彼の若死《わかじに》の為、遺《のこ》した仕事を下らないというのは冒瀆である。見よ、彼は卅一歳で人が七十年の歳月をかけてもなし得ぬ偉大な仕事をした。佐伯の進んだ道は誰にも通じる道ではない。彼は自分の生命と画業とをとりかえたのだ」

兄はこれらの人々の遺した生命がけの仕事に接するにつけ、画家にとってその内面の欲求こそ、ゆるがせに出来ぬものであり、その結晶が絵によって表現されるものであると痛感し、今は陶器への志望も捨てて絵画一本になり切り、今後十年間の修業時代をおくるべく決心をかためるのでした。

「三月十八日

自分には何をさておいてもなさねばならぬ一生の仕事があるのだ。それは田舎の景色を、そして農夫を描く事である。それには余程《よほど》周到綿密な観察と気長な努力と歳月を要する。ゴッホの描くものは汗くさい労働者に顔をそむける貴婦人や紳士ではなかった。働く人達であり、〝馬鈴薯《ばれいしょ》を喰《く》う人々〟であった。私の描きたいのもこれ等だ。素朴そのものの藁屋根《わらやね》の部落、野中の辻堂《つじどう》、清き流れの小川、それらを彩る樹木、名もない草花、野に出て動く牛を追う農夫、学校帰りの子供、これ等の姿はいかに真実にして素朴なものであろう」

五

こうしてやっと一人の画家として、人間として野《や》に出た兄は、仕事の基礎をかためるべく希望にもえていましたが、この年の半ば頃より再び病に悩まされ、仕事への焦燥を感じ、何とか絵画の本格的修行をと願い続けました。翌三月弟淩《しのぐ》が医専受験を目前にして病に倒れました。それに反し兄は、春頃よりやや健康体に復したのを期に上京、文化学院に入学したのでした。

その当時の兄は人生のすべてに対しても、画の修行においても、自由奔放に胸をひろげ、現代という、その当時日本全体が息づまる速さをもって、破局にではありましたが、走り続けていた時代の息吹きを、思う存分吸ったようでした。華やかな学院の生活は、兄にとって激しい刺戟であると共に、今まで睡《ねむ》っていた何ものかが猛然とふるい立った感がありました。いわば草深い近江の里に培われたものへ容赦のないメスが下され、刻まれ、削られ、無茶苦茶に傷つきながらも闘志に燃え、大胆に兄自身表現されていったような気がします。不遇な画家村山槐多《むらやまかいた》、手塚一夫、長谷川利行を熱愛し、ルオー、モジリアニ、岸田劉生《きしだりゅうせい》、小出楢重《こいでならしげ》に心からの尊敬を抱いていました。

兄を東京へ送り出してからの父母は、日夜病弱な体と、ひたすらな絵画への精進を祈って、夏休みを待ちうけていました。しかし兄は一枚の作品らしき作品も携《たずさ》えず、徒《いたず》らに消耗した心身を、一刻も早く父母の懐に投げ出さんために、帰郷したようなものでした。父母の落胆は烈《はげ》しく、ある日父は祖先伝来の短刀をさし出し、兄の面前につきつけ、「絵を捨てよ」と戒めました。その日家を飛び出して、夕刻帰宅した兄の腕には数枚の農家の絵がかかえられ、「かけたかけた」と顔をかがやかせて家に入って来た、と母はその時のことを今も語っています。「家」「武佐眺観《むさちょうかん》」はその時の作品です。この時代の絵には何よりも若々しい力が感じられ、挑みかかろうとする意欲に燃えています。それはその当時、修学中の兄の将来を心配のあまり母が書きおくった手紙に対し、次のように答えていることにも窺《うかが》えると思います。

「僕が若《も》しパンの為に働かねばならぬとしたら、涙をのんで画を捨てます。画は他に職業を持ってするにはあまりに難しく、特に僕の様に身体の弱い者には尚更《なおさら》です。あまりに全身全霊の仕事です。母様はいつも宗教と芸術は一緒だとおっしゃいましたが、真の意味での宗教家は「道」を考える前にパンの事、生活の安定を考えましょうか、母様のおっしゃる事は母親として有難いのですが、仕事に関する限りもっと厳しい激しさが欲しいのです。ゴッホですら、生活の為ならば生命以上に愛する仕事を捨てる事を死ぬ前年愛する弟に書き送っています。あまりに弟への負担が多すぎるのを見て、結局そんな心配もあって自殺したのです。それを読んだ時泣けて来て仕方がありませんでした。真実人の心に食い入る芸術は、そんな世界から生れて来たものが多いのです。仕事を思う前に、パンの問題を考えなければならぬ今の世の中は悲しいものです。しかしそれ程熱をもって純粋にやる人がないのは、人が皆カシコクなったからです。全身的な人が少ないのです。一番よい事は生活の心配はせず画が充分描ける事です。画の上での苦しみ、それで画家たるものは充分の苦しみです。凌ちゃんが悪いのなら画は捨てます。これは決心しました。生活の為働く道を選びます。現代人の持つかしこさが邪魔して無謀な事が出来ないのも確かに熱が足りないのです。乞食《こじき》になろうが石にかじりついても貫く決意がなければ本当は駄目です。此頃《このごろ》乞食になろうが描きたい熱は湧いていますが、両親の事を思うと決心が鈍ります。凌ちゃんが一生働けぬ体になれば画は捨てます。けれどよくなれば、僕の存在は仕事以外諦めてほしいのです。一流にならねば駄目だとかいてありましたが、一流になりたいために画をかくのではありません。宗教家は讃《ほ》められる為によい仕事はしません。もっと深い真実のものを感じればこそ、仕事をするのです。一流の画家になれというより、つまらぬ画家で一生終っても真実な他人にこびぬ画家になれと励ましてほしいのです」

あれから十星霜《じゅうせいそう》、より厳しさのました現代に、仕事か、生活か、とぎりぎりの窮地に余儀なく立たされている、志ある若い人々の苦悩を思って、この手紙をよんだ時私は胸が熱くなりました。真実仕事に生き抜こうとする人間にとって、この問題こそ永遠に負うべき十字架です。そしてそれは時代と共にますます苛酷さを加えつつあります。ゴッホは貧困は立派に成長すべき魂をも阻害するといっています。しかしまたその十字架を負ってこそ、はじめて人の魂に迫る仕事が生まれるのではないでしょうか。石にかじりついても、泥をもってしても描かずにいられぬやみがたさ、不屈の魂をこの道は求めていると思います。

「自分は絵具で口に出せぬ激しい告白をするのだ。絵の為に命を投げ出しても悔いないこの情熱が湧いて来たればこそ、仕事をはじめるのだ。人間の危機に立つ美しさ、その見事さ、画を描く事が私の天職だと信じよう。たとえどの様な悲惨な状態がやって来ても、この時屈せず仕事に突進出来ればものになるやも知れない」

やっと描けた絵は周囲の者から抹殺され、デフォルメとか小器用とかの言葉で片づけられました。その頃の日記の一節に、

「彼は激しい凹凸のある山を一人で登りはじめた。全力をあげて最初の一段に達した。すると石が激しい勢《いきおい》で落ちて来た。その石が彼の頭に当って血がふき出した。それでも彼は屈せず第二の急な坂を登りはじめた。彼は上を見上げた。頂上は雲がかかっていてみえなかったが、彼が想像していた以上どれほど高いか

知れなかった。彼の手足はしびれる程疲れていた。でも彼は一歩一歩登りはじめた」

六

昭和十六年十一月十八日、弟淩が肉親の最後の祈りも空しく、哀しい旅にのぼりました。幼い時から双児《ふたご》のように育てられ、のがれることの出来ぬ死の姿を最愛の弟の上にまざまざと見たことは、兄にとって半身を失ったようなもので真に悲痛の極みでありました。当時の日記に、

「十二月十七日

人は死ぬ、私もやがて死ぬ、人間の生命のもろさ、哀しさを思う。淩ちゃんはもうこの世にいないのだ。動かす事のできぬ現実は、こんなにもいたましいものに人間をひきずりこむものかと思う。為すべき事を中断された若い人の死は、その痛ましさに於て他に比すべきでない。明日で月忌《がっき》を迎える。前月の今夜のあの悲痛さ、可愛さ、あんなに思い出深い夜……悲しい時には泣くがよい。私の宗教心は日について激しくなって来た。耐えるのだ、元衛《もとえ》よ、この大きな悲しみをお前はじっと歯を喰いしばって耐えるのだ。大きな不幸に見舞われた私たちは、本当に心を尽して生きて行かねばならぬ」

しかしやがて哀しみの冬が去り、寂しいながら春が訪れました。

「昭和十七年三月十日

この心の底より生れて来る平和な静かな悦びを、私は涙ながらに迎えている。苦しいあらゆる哀しみに耐えた後の微笑を、私は此《こ》の静かな小さな室で感じている。何処かで省線のかすかにきしる音がきこえる。孤《ひと》

り、私は全く孤りで机に向っている。かつて久しい間感じたことのない法悦といおうか、そんなものをひしひしと感じている。其の日暮しの私でさえも、こんな静かなものを感じることのできるこの世の中を私は尊く思う。そして今このまま死んではならないと思う。道は遠い。人々も苦しんでいる。私も苦しんでいる。これが世の中のありのままの姿なのだ。遠い彼地《かのち》で、私の事を想って下さる両親への孝養という事が私のこれから先の唯一の目標である。身を磨《す》り切《き》りながら老年の父親が私の為、何の物質力のない私のために働いて下さるそのお姿を、私は唯涙の目で見るより仕方がない。どうか私の不孝をお許し下さい。私は自己を堅く信じ、励みます。自己を信じたゆまず励む事が、私は私なりの孝養であると信じます」

七

こうして東京での波瀾に富んだ生活に、やがて終止符の打たれる時が来ました。兄にとって決定的なある段階に到達したのです。何故に卒業を間近に控えた学院の生活をふり切って、突如田舎へ帰って行ったのか、次の日記にそのことが記されてあります。

「昭和十七年十二月廿九日《にじゅうくにち》

私の決意覚悟の一端をここに書留めて置きたいと思う。私は東京を堅い決意の下に去った。それには全て生命が賭けられているのである。仕事に勝つか負けるか、私の全ては此の二、三年に賭けられている。不言実行の時は来たのである。孤立しよう。唯々《ただただ》古典と取組もう。古典の精神を生かす事は私の高き目標であらねばならぬ。何も他のものは欲しいとは思わない。画が描きたい。本格的な仕事がしたい。自分の信仰を一筋な気持で現したい。みだりな饒舌《じょうぜつ》は絶対慎もう。人に会うのも出来るだけ避けよう。静かな深い努力の生活、絵だ、絵が私の全てであり、生命である。孤りで苦しめ、くじけてはならぬ。他人に支配されるな、汝自身を信頼する事、欲をなくせよ、欲こそは恐ろしいものと銘記せよ。正に背水の陣である。よき絵をかく事にのみ全精神を打ち込め、一つのものに徹する事は人間唯一つの目標で一番尊いものだ」

その当時上海にいた私にあてた手紙の一節に、

「禅月という唐時代のお坊さんのかいた十六羅漢図に、猛烈喰いついています。老人の顔です。ホイットマンは老いたものは若いものより美しいといいましたが、この羅漢図を見ていると何もかも知り尽した深さに打たれます。凌ちゃんの持つ深さ、広さ、あたたかさがあの老人の顔に出ている様に思います。あの人のこと思って描いたのです」

二年間の都会の生活にあって兄は教会を、町を、橋を、工場を、人物を描き、人々の漂泊《さすら》う赤裸々の姿をみ、時代の急迫と、限られた生存のはかなさに激しくぶつかって、最後の救いとして求めたのは仏画の世界でした。再び田園にもどってただ一人、見果てもつかぬ上代の人々の信仰の世界に目をむけ、旅立ったのでした。自分でも誌《しる》している如く、まことにそれは命がけの旅路となったのです。その当時私にあてた手紙に、

「私が虚偽にみちた都会の生活をすてて、真に孤独なつつましい生活に入った事を悦《よろこ》んで下さい。私を悦んでこの世界にひき入れてくれたのは仏画です。私はここで一生仏画を描きつづけます。これが私を救う唯一つの道です。私の信仰は是《これ》です。藤原、鎌倉以後の仏画の世界は、漠々《ばくばく》たる空虚なものでした。それを真実盛り上げる事はどんなに大きな仕事でしょう。私は孤の世界になり切って、仏画を描くときほど魂の充実を感じる事はありません。今の世の中で、仏画を描く人は皆無の有様で、私の使命の大きさをひしひしと感

じます。私はこんな大きな果てしない仕事を想うと、病気などかかっておれないと思うのです」

　この頃兄は、足のふみ場もないほどの仏画に埋もれながら、終日坐禅する僧のように描いていました。しかしこれらの仏画を前にして、兄は幾度絶望の筆をなげたことでしょう。

「仕事はむつかしくどうして一歩一歩進んで行けばよいのか、古典より学ぶ以外道はないけれど、古典をよくみればみるほどあがきがとれなくなる。どうしてこんなにむつかしいのか、古典の迫り来る魅力に圧倒されてどうにもならない。それを乗り越えて一歩一歩進む事だ」

　この混沌とした現代に罪の意識にあえぐことなくして、仏像を描くことは出来ないのか、自分の仏画は御姿だけ仏の像をかりた、みにくい苦しい人間の顔である。これが私の偽らぬ魂の告白であり、罪に対する償いである、と兄はその頃語っていました。

「今の私は死に直面して、全ての事を見極める深刻なもの以外求めていない。ありありと死の恐怖をみて今までの自分のいい加減さを知った。煮えつめ押しすすめばすすむほど、人間の住む世界は無味漠々たるものだ。臨終の人が霊の救いを求める様に肉を削る思いで執拗に真を求め、それが結局ソロモンのいうこの世の凡《すべ》ては空しいとるに足らぬものであるという気持に達し、なおすすんで最後に宗教によって救われる――自殺か発狂か、宗教にすがるかこれ以外煮つめた究極の人間の姿はないと思う。諸行無常人間は唯愛を信じ、絶対なものの前にひざまずいて祈るよりほか道はない」と当時の日記は語っています。

　しかし、こうして最後の救いを求めて登らんとめざした仏画の世界は――兄自身求めた登り口《ぐち》は――何か禁忌《タブー》へ近づく道ではなかったかと、今となって私には思われるのです。何故ならば兄は真に仏教に帰依し、念仏を唱えることによって救われると信ずることが出来ず、又、キリスト教によって、〝主よ主よ〟と呼ぶことによって救われることを得ず、ただ自己の世界にたてこもり、孤を守ることのみをその登り口とさだめたといえましょうが、その時仰ぎ見た行く手の峻厳《しゅんげん》さは、想像を絶するものであったろうと思われるからです。古代の人々は仏像を彫《きざ》むことに、仏画を描くことに、神への純一な信仰が結ばれていたと思います。そこには激しい懐疑や虚無や苦悩はなかったのではないでしょうか。兄は全《まった》き信仰を求めました。しかしそれは遂に得られず、ただひたすらに画道に精進する傷ついた自己をかえりみて涙ぐみ、みずからいたわる思いであったと思います。ただ画に精進することのみが、唯一つの救いであったのではないでしょうか。ある時兄は私に、自分の絵はみんな焼きすててくれ、もしどうしても残しておきたかったら、好きな絵を二、三枚のこして、あとは燃してくれと申したことがありました。兄が空しい、しかし澄みきった心でそういったと、今も私は信じています。しかしまたその作品の一つ一つを、息子のように可愛がり、陽《ひ》の目を仰ぐ日を親のような心で希《のぞ》んでいた兄でもありました。

兄はその頃よくカトリックの教会を描きに京都にでかけました。そそりたつ教会の塔や御堂を墨のいろで鮮明に描き、朱をちりばめた画でした。この頃京の町で大勢の人にみられながら落ち着いて描けるようになったといっていました。ある時兄が描いていると、年老いた神父が親しみをこめた眼ざしで兄をまねき、教会の内部へ案内してくれたそうです。

その時、夕ぐれ近くステンドグラスをとおして射す落日の陽のいろの美しさに打たれ、うす暗い聖堂の奥の十字架にかかり給うキリストの像の前に、思わずひざまずきたい思いにみたされ、自分の命はいつ召されてもいい、それまでに、真に人の心を美しくするような絵を、一枚でも描かせて下さいと神に祈ったと兄は語っていました。

八

昭和十八年戦局は急迫を告げ、兄の生活もまた広さを失うと同時に深さを増し、明るさを失うと同時に暗さの中に耀《かがや》きをまして来たようでした。そうして殆《ほとん》どこの年は病臥のうちに過ごしました。

「昭和十八年六月廿日《はつか》

私は本当に孤独の世界に生きる様になって来た。寂しいながらこの様に調和ある世界に生きる私は幸せである。これからの私は自分をみつめ、心の調和を保って行きたい。そして朱の絵を描きたい。私の心に燃える朱《あか》い焔《ほのお》が消えてしまえば崩れてしまうだろう。この世的なものは何も欲しくない。後は自分に与えられた生命の年限のみをみつめて行きたい。それはやはり無限の世界である。それを芸の世界といってもよい。芭蕉や西行の生活には、吾々の想像もつかぬ厳しさがある。芸がある。魂にじかにふれるものがある。私もこの様なものを追って行きたい。そしてこれらを範としたい」

当時私にあてた手紙の一節に、

「人間が、どうしたらこの世で矛盾なく、無駄なく、最高の姿で生きぬけるか、という事を明示したものが宗教の本質と思います。例えば一つの事に真実徹すれば、それで宗教の本質にふれているのです。ですから生やさしいものではないのです。非常に厳しいものです。茶道の一期《いちご》一会《いちえ》に通ずるものです。一期一会とは、私がこの手紙をかいている時は、一生に唯《ただ》一度かく手紙という事に目ざめて、真剣に真剣に徹して書く事です。今こうして手紙をかく事は一生で唯一度の事です。永遠に立脚して一刻一刻に努力するのです。人間が智慧《ちえ》の最高で生きねばならぬ事、どんな苦しい時も正しい智慧に目ざめて、それにとらわれない心でいれば、必ずどんな難関も突破できるでしょう。愚かであってはならぬのです」とかかれています。

九

昭和十九年七月五日またまた唯一人の師、野口謙蔵《のぐちけんぞう》先生のいたましい死に直面しなければなりませんでした。

「私の師野口先生は四十四歳で永眠された。悲しい悲しい事である。今の世でふしぎに本当の画人、心の画人であった。私の欠点もすべて知り、実に実に手塩にかけて戴《いただ》いた。あの様に激しい心を抱いて真実を求めて行けば長生でないかも知れない」

去る年の弟の死の哀しみの消えやらぬうちに、今又師との別離に接し、兄の人生途上拭《ぬぐ》うことの出来ない悲痛極まる影を投げかけたことを、認めないわけにはいかないのでした。兄が生前大切に保存していた先生のお手紙の一節に、ちりばめたような墨の跡で、

「お互いに私達の歩いて行く道は、細いひそかな、一人一人の淋しい一本道です」とかかれてありました。

その年の秋でしたか、近江の野を歩いていた兄が、ふと山影の茂みに人知れず散っている萩の花をみつけて申した言葉があります。

「どうした事か、弟をみおくって日も浅いというのに、こんどは先生の死に接した。弟の死の床に〝朝あけの白きを君に捧ぐ〟と白い蓮の花の軸を贈って下さった先生だった。こうして一番体の弱い私がとりのこ

されてしまった。いつ私も死んでしまうか分らない。今この萩の花をみて思い出したけれど実朝《さねとも》の歌に、

〝萩の花暮《く》れ暮《ぐ》れまでもありつるが
　月出《いで》て見るになきがはかなさ〟

というのがあるけれど、先生や弟のいのちを思うと、しみじみとわかる様だ」

十

いつか年も暮れて、昭和二十年を迎えました。この年、本土は烈しい空襲下におかれ、多くの友を戦場におくった兄は、前途に絶望を感じ、破壊の世界にあって絵に精進することの不可能を身をもって味わいました。その頃兄はよく〝自分一人絵をかいていられぬ〟と口ぐせのようにいっていました。

「昭和廿年五月十六日

一歩一歩と自分の歩む道をふりかえる時、涙ぐむ様に自分を抱きしめ、可愛がりたい様になって来る。毒薬も用意され、後は逝くべき心の準備のみになってしまった。あの白い綿の様な毒薬が私の体内をかけめぐる時、私は遠い彼岸《ひがん》に旅立つのである。強く生き、そしてみつめねばならぬと念じながら、傷つき矢つきて人生に負けてしまった様な気がする。しかしそれこそ私の最後に許された人間の誠である様な気持もする。死は恐ろしい事だ。しかし死があたえてくれる、夏の真昼の様な平和と静寂を、感じないわけにはいかない。

私は理想家であった。理想家が現実に於てみじめに敗けたといってもいい。現実と理想の喰いちがいは、私をして厭世《えんせい》にしてしまったとも感じられる」

このような究極の厭世観にとらわれた兄が、いかにしてあの熾烈な戦いのさ中を生きとおしたのでしょうか、己が信仰とまで思いつめていた絵筆さえ握ることの出来なくなった日々を、あらゆる肉体の苦痛にあえぎながら、なおも生き続けたことは、何の支えによるのでしょうか。苦しい日々に両親が絶えまなくふり注いだ慈《いつく》しみ、そして兄の最後の生きる絆が、両親への孝養につながっていたのであったなら、あるいはそこに答えを見出し得るかも知れないと思います。遂に八月十五日終戦を迎えました。

「昭和廿年八月十九日

歴史はかく移り変り、吾《わが》日本は皇国三千年を賭《と》して試みた戦いにいみじくも負けたのだ。歴史は変るであろう。しかし耐えねばならぬ。敵を憎むより内を省《かえり》みねばならぬ。この様に人類滅亡をうながす戦争がこの地球から姿を消す事を遥かに祈る。歴史的な日本の受難時代がはじまる。あらゆる試練に耐えねばならぬ。各々は「個人」の完成に必死の努力を傾け、各人の信ずる道へ一筋にすすめばよいのだ。私ももう虚無的な考えはすてて建設期に入ろう。命ある限り芸の世界にぬかずこう」

十一

昭和二十一年は、兄にとって例年にない季候の順調と、戦いの終焉《しゅうえん》によってふしぎな力と歓《よろこ》びを、与えられた年でした。再び絵筆を握る希望が湧いて来ました。亡くなる前年の冬から初夏への一時期に、その晩年の風景画、仏画の殆どを描きました。この時、風景画をかく前に兄はこんなことを語っていました。

「私の朱の絵の時代はすぎた。朱の色の美しさは、あやしく燃える青春の美しさだ。この頃やっと新しい素晴らしい色をみつけた。青の驚くほど美しい絵を描きたい。この青こそ陶器への私の夢なのだ。この色をいつか私は陶器をやくとき出したいと思っていた。古九谷《こくたに》、尾形乾山《おがたけんざん》、俵屋宗達《たわらやそうたつ》の伝統を汲む色であり、古い扇面、絵巻にみられる色でもある。そしてこのあたり一体の民家の土壁のあの暖かいオクルージョン、私のこれから使いたい色はこの二つだ。京からこのあたり一体の風景を、この色で縦横に描けたらどんなに素晴らしいだろう」

兄が瞳をかがやかせてそれらのことを語った時のことを、今ありありと思い浮かべます。そしてその下絵として小さな紙にかいた絵が、老蘇《おいそ》の山と民家の絵です。

当時兄は、京都若王子《にゃくおうじ》の岡崎氏蔵なる宋元明の絶品に接しました。王維《おうい》の「伏生授経図《ふくせいじゅきょうず》」「雁《がん》」などふしぎなまでに心打たるる古今の名画として兄をふるい立たせ、

「今後私は宋元画に接したことによって大きな影響をうけ、日本の仏教美術と共に、私の絵の母胎《ぼたい》となるであろう。私はそれらを骨血《こつけつ》として学んでいきたい」と語っていました。これより死に至るまで最後の日記をここに写します。

「昭和廿一年二月十七日
今日で仕事をはじめて三日経つ、遅々としてすすまぬ努力の生活なれど一歩一歩ふみしめて行こう。鬼気ひしひしと迫る努力の生活をうち樹《た》て、自己の芸術を信頼し、溺愛し、そして一生を捧げよう。これが私の誠貫《まことつらぬ》く日々の幸な務めである。村上華《むらかみか》岳《がく》が画生活の事を「密室の祈り」といった、いい言葉だと思う。私

もこのなつかしい室《へや》で密室の祈りの精進を続けよう。この道に進む事のできる私を、神に祈り、感謝の心を捧げたいと思う」

「四月八日

今は夕方近く今まさに夕陽西へ落ちなんとしつつある。今日は終日ほとんど机の前に坐っている。相当疲れたけれどまだまだ生ぬるい勉強である。骨をけずり、肉細《ほそ》る厳しい、そして選ばれた人間としての覚悟と絶対の自覚を仕事に捧げねばならぬ」

「五月一日

メーデーの歌をきいて私は思わず涙ぐんで了《しま》った。宮沢賢治は〝世界の人々が皆幸福になる迄個人の幸福はあり得ない〟といっているけれど、私は共産主義の運動が貧しい人々の真の味方となってくれる事をしみじみ祈る。私共は一介の働く人々の様に、汗にまみれ土にまみれて働く心構えが真に出来ていねばならぬ。画家が真にほこるべきものは、自分の絵以外にはない。しかしそれは人が認めて呉《く》れるという意味ではない。画家で若《も》し絵が下手でそれが自分でも分る様になれば自殺した方がいい」

「五月廿五日

昨日も今日も終日働き通した労働者の様に描き続けた。この様に激しい精進の生活を十年間続ければ初めて作品を世に、人に問おう。仕事をして疲れる事は苦しいが、何か慰めを感じる。力を尽して努力するのだ」

「五月廿八日

昨日は私の好きな絵が一枚出来た。これは私の画で恐らく一番いいものであろう。不思議な程私は此の絵が好きである。自分の絵をみて涙ぐむほど感激したのははじめてであった。力を尽そう、私が後《あと》十年生命の延長を許されれば、私は真に秀れた絵を遺《のこ》して死ぬであろう。充分の画布や絵具、それにもまして健康が欲しい。一分一秒を惜しんで努力せねばならぬ時が来たのを感ずる」

こうした充実した作画の時期はながく続く事を許されず、急速に終局に向かってひきしぼられ、やがて初夏を迎えました。

「五月卅一日

力を尽して努力せしも収穫なし、身体の疲労ははなはだし、寂しく床《とこ》につかんとする。明日という日に幸あれ」

「六月一日

今朝も心寂しく思うこと切なり。哀しくはかないアベラールとエロイーズの恋物語を心に想いながら床についた。私は切なさと寂しさに一夜眠れなかった」

「六月十九日

今日は熱が出てから十五日経つ、私は亦《また》筆をもつ事ができなくなってしまった。悲痛の極みである。悲しい事である。大声で泣きたい。私の様に自覚ある熱烈たる画の修行者が何故病気の為にのみ絵が描けぬのか、悲痛以上の悲痛である。今度熱が出た時、死ぬ様な気がしたが、今はかすかに救《たす》かる自信にもえている。よくなれば自信に燃えて勉強しよう。貧しい私の努力の上に栄《さかえ》あれかしと祈る」

「六月廿三日

今年程身体の疲労の激しい事はしらない。全く極度の疲労といってもよい。苦しい事涯《かぎ》りなく、肉体的にも精神的にもこんな年は初めてである。或《あるい》は今年中に疲労して死んでしまうかも知れない。悲しい事だ。しかし生命の涯り力を尽し生きようと思う」

文字の乱れ、行間を声なき声がほとばしり、切々と訴えるこの悲惨な日記の最後の章をここに写します。

「七月廿四日

昨夜私は床の中でゴッホの本を読んで、彼の自殺しなければならぬ悲劇（必然的）ではあるが実になつかしいものに感じた。画家でこの人ほどなつかしいと思う人は他にない。ふしぎな事に体質までゴッホに近いものを感じた。私はゴッホをどの画家より好いている事を誰にも云うまい。それ程まで私はゴッホを慕しくなつかしくてならない。私も彼の死んだ年まで心ゆくばかり作画して死ねればと思う。自殺の事がしきりに念頭に浮ぶ。自殺は実に人生の冒瀆であろう。しかし万人の人の中《うち》一人には自殺は肯定していいものだと私は思う。私は秋から冬へ移る季節に死んで行きたいと思う。この上は生を一日も早く諦めよう。神よ。死を決行する勇気をあたえ給え」

十二

兄の絶筆はここに終わっています。遂に再び筆をもつことを許されませんでした。そして死の床に至るまで殆ど病臥の中にすごしました。長く厳しいその年の冬の間中、春のあけるのをひたすらに待ちながら、私は兄の枕辺で、『カラマゾフの兄弟』をよんで聞かせてあげました。ドストエフスキイがその生涯かけて求め、意識的にも無意識的にも苦しんだ、神の存在を描くために捧げられたといわれるこの本は、やがて幽明の境を異《こと》にするであろう兄の心にどのようにしみわたったことでしょう。私は今も終夜粉雪のふりかかる窓辺で寒さも忘れてよんだ時、肺を病む少年イリューシャが針をのませた犬の行方を哀しんで死の際まで祈っているいじらしい姿、「一体どこに調和があるんだ、いたいけなものや罪なきものの償われることのない涙がこの地上を潤している間、僕はやるせない苦悶と癒《いや》されざる不満の境にとどまることを潔しとする。僕は許したいのだ。互いに抱擁したいのだ。人間がこれ以上苦しむのを見ていられないのだ」と叫ぶイワン、「たとえ地上におけるすべての人が堕落して、信あるものは自分一人になってしまおうとも、唯一人なる自分が神を讃美すればよい。もしそのような人が二人めぐり合ったら、それでもう全き世界が、生ける愛の世界が出現したのであるから相抱擁して神を讃美せねばならぬ」といわれるゾシマ長老の最後までの信仰をよんだ時、兄の目に湧いた涙を、今も忘れることができません。

こうした最後の冬があけ、春が訪れました。母と私はその年はとくに見事に咲いた牡丹、あねもね、罌粟《けし》をあふれるほど枕辺にかざりました。兄はそれらの花の神秘なまでの美しさを、心から愛していました。そしてすべてのものの萌《も》えあがる熾《さか》んな夏のはじめ、若い最後の燭《しょく》の火《ひ》は消えたのです。亡くなる数日前、兄は苦患《くげん》の限りの床にあって、

「時が来たのだ、すべてのものに、生の終局はきっと来るのだ。今私の願っているのは、永遠の静けさだけだ。〝寂滅〟今の私には何という慕わしい言葉だろう」

と語りました。それは決して決して悟りを得た人の言葉ではありませんでした。無理やりに死の闇にひきずりこまれようとする、希《のぞ》み多い若い命の苦悶の果てに、微《かす》かに射し入る一条の光にひしとしがみつく思いで、深夜語った言葉でした。そうした朝あけに、夏草の茂みにすだく虫の音の中に、一本の紅蜀葵《もみじあおい》が天にむかって咲いていたことを、今もありありと思い浮かべます。

兄が亡くなって翌年の春、ある雨の日に私は上野の博物館へ行きました。

推古、飛鳥、奈良、平安、藤原、鎌倉、江戸と時代を追って仏画、仏像、山水画を見て行きました。恐ろしい程の感動と、空漠とした、しかも追いつめられた近代の悲劇にぶつかって、私は烈しい衝撃を受けたような気がしました。殊に推古、飛鳥時代の仏像、仏画の気高さは、かつて上代の諸仏像は神の姿に最も近く、たとえギリシャの彫刻がいかにすぐれていても、これほどの崇高さは感じないと兄が語っていたことを思い起こさせ、弥勒菩薩《みろくぼさつ》、観音像、三尊仏などみているうちに、私は上代の人々の信仰と生活が全く一つであり、神に及ぶかぎり近づき親しんでいたとさえ思われました。それらの仏像は深い深い神の世界にあって、静かに瞳をとじ、瞑想にふけっていました。もはやわれわれに及びもつかない人間の劫初《はじめ》の姿を象徴し、この世の悪、惨めさ、苦悩、それらのものの芽生える以前の、おそるべき静謐《しずけさ》のひそむ世界でした。何故兄があれほど仏画に傾倒し、没入していったかよく分かると同時に、私は慄然として兄が見果てもつかない牙城へ、遮二無二《しゃにむに》のぼって行ったかを痛感したのでした。己の限りない罪を嘆く兄にして、あまりにも病弱な兄にして、濁りに濁ったその泥沼にありながら、あまりに清浄無垢な、峻厳無比《しゅんげんむひ》な山に登らんと欲したのです。亡くなる前年の日記に、もう十年の修業時代を得たいと悲痛にかいていましたが、もう二十年の、否、永遠の修業期間を経ねばのぼり得ぬ道なのだとその時思いました。なぜ村上華岳が、あれ程の透徹した魂と腕をもちながら、その山水画において神品《じんぴん》に近いほどの域にまで達しつつ、仏画においてその仏の顔がわれわれの心をしんから打ち、ひざまずきたい思いにさせ得なかったのか、はじめて納得できたような気がしました。もはや現代の人間それ自身が罪を負って生きている。いくら命がけで清まりたいと願ったとて、もはや自分の心にけがれなき神の姿を映し出すことは絶対に出来ないのだ。華岳の仏像は苦悩と怜悧《れいり》と寂寥《せきばく》を象徴し、華岳のような人にしてはじめて自己を練り磨き高めて行く、その過程に表現された仏像が、あのような表情いがするとこそ真実であり、われわれはその魂の真摯さにおいて、言葉なく華岳の仏像にひざまずきたい思いがすると思います。人はそれをみて精神の平穏と信仰の美を直接によみとることは出来ないけれど、その限りない苦悩の中に、ひたすら神を求め続ける一人の人間の偽らざる告白をきく想いであり、それ故《ゆえ》にこそ、それらの人々の遺業は美しく人々の心に迫るものを持っていると思います。現代に生きる人間にとってそれは科学という武器によらねばのぼり得ぬ牙城となったのでしょうか、冒すべからざる神の領域に恐《おそ》れ気《げ》もなく堂々と突き進む人々は科学者のみでしょうか。そのことこそ近代の大きな悲劇の原因ではないでしょうか、人間は既に冒すべからざるものを冒しつつあります。リルケのいうように、もしかすると人類は神の裏側に来てしまったのではないでしょうか、若《も》しそうであるなら、いいえそれだからこそ、一本のガランスを求めるより、一片のパンを求めねばならぬこの荒廃のうち続く現代のどん底で、うちひしがれ希みを失ってはならないと思うのです。神が人間に与えられた使命の何であるかを忘れ、人類の帰趨を破滅に導こうとする怒濤の中に在ればある程、生命がけで守りとおさなければならぬものがあるように思えるのです。暗い谿間《たにま》の小さい花の散ったあとから、雄々しい美しい花を咲かせて下さる人々の必ずあることを信じ、命こめて念ずるものです。その一縷《いちる》の希みあればこそ、兄の死は決していたましい惨めな敗者の死にとどまらず、その魂は永遠なるものを求めて、今も一すじな旅を続け、受け継がれ、必ず実の結ぶ日のあらんことを信ずるものです。

はじめての着物

「もうそれ以上の着物は織れないかもしれない」と、はじめて着物らしい着物を織った時、母に言われた。ひとは一ばんはじめの作品ですべてわかる、とも言われた。

その時はさして気にもとめなかった。しかし、今、四十年近く経ってみてやはりそのことを思う。もう少し曲折のある複雑な意味で。それ以上とか、以下とかいう問題ではなく、もし人に、一生の間にする仕事の範疇《はんちゅう》とか、内容とか、分量とか、そのすべてを含んで、やるべき仕事というものがあるとすれば、その出発点において帰着点がどこかにさだめられているのではないだろうか。勿論《もちろん》本人は全く無意識でしていることではあるが、一つの円の上を螺旋形《らせんけい》のように廻りながら、どんなに思いがけない発見や、飛躍があるとしても、また反対にどんなに挫折や、障害があるとしても、そういうものをすべて包含しつつ、仕事をしてゆくべく出発したのだという気がする。

はじめての着物について語ろうとして、妙な前置きになってしまった。

しかし私にとって、「秋霞《あきがすみ》」という着物はまさにそういう着物なのであった。

昔、農家では自家用の織物の残った糸を丹念につないで織ったものだ。それを襤褸織《ぼろおり》とか、屑織《くずおり》とかいった。藍や白や茶や紫などさまざまの短い糸がつながれ、絵の具でも出せないふしぎな立体的な抽象絵画のような織物だった。それは時として、秋の夜空に無数の星屑がまたたくようであり、濃紺《のうこん》の空に霞が徘徊《はいかい》するようでもあり、無作意の中にいきいきと自然の一瞬がとらえられているのであった。

昭和初期、民芸運動をはじめられた柳宗悦《やなぎむねよし》先生にお伴をして、母はしばしば天神さんや弘法さんで丹波布《たんばぬの》やそれらの襤褸織を買ってきて、大切にしていた。もとより世間では襤褸織は襤褸織で何の価値もなかったが、「きれいな裂《きれ》やな、いつかこんなものを織ってほしい」と、後に母は私に言っていた。

木工家の黒田辰秋《くろだたつあき》さんもその頃のお仲間で、襤褸織の大好きな方だった。

その頃から約三十年ほど経って、昭和三十四年頃、私がはじめて織物をやり出した時、黒田さんに、「襤褸織を新しく編曲して、現代音楽にしてみませんか」といわれた。もとより私がその時、最も心ひかれていたのは藍の襤褸織だったから、やってみようと思った。新しい糸で、新しい意識で。しかし編曲はなかなかうまくいかなかった。昔の人は残り糸を惜しんで謙虚に慎《つつ》ましくそれを織ったのだ。美しいものを織ろうとか、芸術とか考えてもいなかった。そんな作意は全くなかった、それ故《ゆえ》に美しいのだ。

「求美則不得美、不求美則美矣」

美を求めれば美を得ず、美を求めざれば美を得る。(白隠禅師著語)

まさにそうなのだ。しかし私には作意がある。残り糸をいとおしむ謙虚な心はもうない。どうすればよいのか、やればやるほど空々《そらぞら》しい。糸が輝かない。いきいきしない。もう駄目かもしれない。現代の人間にそれは不可能か、と思った時、無作意を逆に作意に徹底するしかないと思った。美しいものをつくるとか、美を求めないとかいうことも忘れて、私はひたすら杼《ひ》を動かした。すると何か胸の中がふっと開けて、するするすると私は糸を繰り出していた。濃紺《のうこん》の夜空に無数の銀白色の線が飛び交い、霞が流れ、霧が立った。織はリズムを得て、音色を呼びこんでゆく。作意も無作意もない。ものが生まれてくる。ほとんど一気に織り上げた。衣桁《いこう》にかけて、その着物を眺めた時、前述の母の言葉だった。なぜ母が咄嗟《とっさ》にそんなことをいったのか、私と作品が最も近く、すれすれの距離にいたことを母の直観で感じたのだろうか。

「秋霞」と名付けた。今思いかえしてみても、あれほど自分と作品が接近したことはなかったかもしれない。その後さまざまの作品を織った。しかし、ふしぎなことに、大体十年ぐらいの周期で「秋霞」の周辺にかえってくる。勿論年をかさねて、幾らか変化してきてはいるだろう。読みも深くなり、技巧も少しはうまくなってはいるだろう。しかし、根本において私はその周辺を離れていない。今も私は何が一ばん好きかと問われれば、濃紺の夜空に無数にまたたく星屑のような織物、と答えるだろう。

その後、この「秋霞」は論議を呼んだ。

当時民芸展に出品していた私は、柳先生より、この着物が民芸の道からはずれたこと、従ってあなたはもう民芸作家ではないという、半ば破門のような宣告をうけた。私は柳先生の、「工芸の道」の精神より出発し、唯一の師と仰ぐ方からそのような言葉をうけたのだったから、衝撃は大きかった。前途まっ暗な気持だった。しかし、翻然と胸に湧くのは、もはや民芸と呼ばれる領域の無作意にもどることはできないということだった。柳先生は、そのとき「名なきものの仕事」ということをいわれた。私はあの時の、作意と無作意の内的葛藤を思い起こした。自覚することは避けられない。もう意識なしに仕事はできないのだ。むしろそれが稀薄なことこそ悩むべきではないか。私はあの襤褸織を梃《てこ》にして、新しい織物を、抽象的美意識を導入したのではないだろうか。勿論当時、そんなおこがましい考えを持ったわけではない。

四十年近くたった今、来《こ》し方《かた》をふりかえり、時代の推移を思うのである。今はもうあんなことで悩む作家はいないだろう。しかしあの当時、山野に放り出されて、一匹狼になった気がした私が必死で考えたことだった。思いっきり、自分のやりたいことをするのだと心に言いきかせた。しかし、そこにも多くの、問題が待ちかまえていた。伝統という重苦しい枠、手仕事という窮屈な世界、それらの中で自分に枷《かせ》をはめずに自由に仕事をすることは至難な道だった。そのことはいずれ次回にゆずろうと思う。

銀襴手の大壺
――富本憲吉先生からいただいたことば

ある年の夏の終わり――といっても、もう十数年昔のことになるが、――先生から一寸《ちょっと》話したいことがあるから、京に出たついでに立ち寄ってほしいとの葉書をいただいた。

そんなことははじめてであるし、私は何事であろうと、おそるおそる烏丸頭町《からすまかしらちょう》の御宅に伺った。路地を曲がると、「富本」とかいた軒灯《けんとう》が見え、こぢんまりした御住居は秋も間近い宵のせいか、しっとり水を打った前庭に、鈴虫が降るように啼《な》き、香の薫りの漂っていたのを今も思い出す。

先生はくつろいだ夏衣の姿で入って来られるなり、何の前ぶれもなし、こう話された。

「工芸の仕事をするものが陶器なら陶器、織物なら織物と、そのことだけに一心になればそれでよいか。必ずゆきづまりが来る。何でもいい、何か別のことを勉強しなさい。そのことがいいたかった。

ある人が織物に懸命だった。技術はどんどん上達した。しかし構図からも、色彩からも何か大切なものが失われていった。私はそれを身近に見ているから、今あなたにそれをいうのだ。

画家がただ絵だけ描いていたらそれでよいと思う人はいないだろう。剣客が人を切る術ばかり磨いていたら人は何というだろう。工芸家とて同じことだ。織物はこれから何十年いやというほどやらなくてはならない。放っておいてもやるに決まっている。

あなたは何が好きか。文学ならば、国文学でも仏文学でも何でもよい。勉強しなさい。

私はこれから数学をやりたいと思っている。若い頃英国に留学した時、建築をやりたいと勉強したが、それが今大いに役立っていると思う」

と一気にいわれた。

わずか二、三分のことであったが、私は全く予期していなかったせいか、あっと思い、いきなり心の中に何かを呑み込んだ感じであった。後で考えればまことに分かり切ったことであるが、わざわざ私を呼んで「これがいいたかった」と真率《しんそつ》な口調でいわれたことが、実に鮮明な印象としてのこった。

それならば私は、先生のいわれた通り、その後の歳月をどれほど文学の勉強に費やしたであろう。仕事に追われ追われて、全くそんな時間を見出すことすら出来なかった。

しかしその日以来、いやでもやっていかねばならない織物の合間を縫うように一条の糸が今日まで続いていると思えるのは、ただ先生の言葉であるということによってのみ、そのことが私にとって千言の重みとなって、深く内面にかかわり、仕事の軸となってその後の歳月をたゆみなくまわり続けて来たということである。

先生は陶芸の名匠として、後世にその名を遺《のこ》される方であり、私のように織物という違った分野のものが、師と呼ぶことはおこがましい限りであるが、直接陶芸の弟子ということでなくても、先生の仕事を通じて念願とされた精神に従ってゆくということで、古人の、「心の師とは成るとも、心を師とする勿《なか》れ」という言葉が思い出されるのである。

富本夫人と私の母とが少女時代からの友人であったことから、親しい交わりが続いていて、先生に接する機会は幼い時から屢々《しばしば》あったが、師と考えたのは、その時がはじめてであった。

ごく初期の安堵村《あんどむら》の時代から、祖師谷《そしがや》、京都と、殆《ほとん》ど生涯を通して、僅かの角度からではあったが、つかず離れず接して来た母は、富本先生の仕事に対して、一つの目標のようなものを持っていて、私の仕事についても、何かにつけてそれに照合させて考える風であったが、それについてはもう少しふくらみのある内容を書き添えねばならない。

先生が初期の民芸運動から離れ、国画会を去り、新匠会を結成されてから、晩年の典雅な金銀彩に至るまで、一代を通じて醸成された工芸への深い洞察と天与の資質が、陶器という素材をとおして展開されていったことに対し、私共が最も重要に感じることは、例えば今日までの陶工と異なり、中国や朝鮮の古陶器から多くを学んだとはいえ、その絶大な影響力を一旦切り捨て、一人の芸術家として、及ぶかぎり陶芸を近代精神に近づけたということであり、私共が各々の仕事を思う時、実に大きな変革を工芸の世界に齎《もたら》されたということがよく分かるのである。

今日までの工芸家の幾人がそれをなし得たであろう。苦悩の伴わない変革の道はあり得ないであろうが、先生はその頃の消息を、

「私はこれまで古いものをかなり見て来たが、その見たものを出来る限り真似ないことに全力をあげて来

た。それでも古いものが、どこまでも私をワシヅカミして放さない。私は自分の無力を歎き、哀しみ、どうかして自由の身となって仕事を続けたいため、ある時は美しい幾十かの古い陶器を破り捨て、ごく僅かの私の仕事の上での一歩を踏み出したことさえあった」

と記されている。

ある時私も博物館で能衣裳や小袖《こそで》をみて、個々の力ではビクともしない牙城のそそり立つ思いに直面したことがあるが、確かに私共は伝統の重みと混沌とした前途との暗い谿間《たにま》にあって、幾度となく挫折感を伴って「それならばどうしたらいいのか」という問いを繰り返している。先生が中国のものでも、朝鮮のものでもない、自分の陶器を創り出され、多くの美しい作品を世に遺されたことは、暗夜に灯のともされたように私共に力を与えられることではあるが、同時に容易ならぬ険しい道であることが、次の文章によって一層あきらかにされるのである。

「決定的な強さで近頃私の心に湧き上がることは、芸は琢《みが》けば光ることは確かであるが、然《しか》しその本来の持って生まれた各個人の中心は、琢き苦しむために変化せぬという事である。いかにもがき躍進を志したところで、太いものは太いように、細いものは細いように、或いは創り出し得る人と、模倣から模倣に生きなければならぬ人とは、生まれた時から決まっていると思える」

とあるように、先生は生得の「ものを創り出す人」であり、たまたま陶芸と深い縁によって結ばれたのであるが、その生涯の大半は不安と動揺の連続であったと思う。人々はのこされた仕事をとおしてのみ、生得ということを納得するのであり、仕事をする者は、その僅かの情熱がどこまで持続するものかどうか自身でも分からぬままに終わるものと思われる。

「柔かい陶土を思うままにふくらませ、或《あるい》は凹《へこ》ませ、自由に伸び縮みさせながら空間に一つの立体を生み出す作業をやりながら思うことは、私が自分で壺を造り、皿を造るその形の良否の決定は、何処《どこ》からそれが来るかと云うことである。（中略）勿論、その何れにも難かしい理論的な解釈はあろうが、自分の作業しながら受ける感じは、その作業には理窟はなく、大方自然に近く生れて来た直感そのものの力だと考える」（富本憲吉『製陶余録』）。

私はこの箇所をよむたびに、「何処からそれが来るか、大方自然に近く生れて来た直感そのものの力」という言葉は、ものを創り出す人の実感そのものであり、自分の手が陶土にふれ、あるいはふくらませ、あるいはすぼませながら湧き上がって来る悦《よろこ》びとして伝わって来るのである。それはちょうど経糸《たていと》に色糸を走らせて、トンと打った瞬間、周囲の色と溶け合って一種の音律のきこえて来る感じと同一のもののように思われる。

厚き壁
鋭き屋根
曲がる小道と
刈りとられたる稲田にかこまれ
小さき堆肥舎《たいひしゃ》は
生物の如く
春浅き青空に呼吸す

梨樹《りじゅ》となかば朽ちたる小屋
人なく、風さむし
われこの道をひとり行くを好む
若《も》し群れたる雀飛び
山に暮色あるならば
なお　よろし

これらの詩によって鮮やかに彫琢《ちょうたく》された大和、安堵村の風物が先生の仕事に深い影響をあたえたことはいうまでもないが、「明日窯《かま》ヒラク」の電報にとんで行ったりした母の記憶によると、経済的には逼迫《ひっぱく》していたのであろうが、「こんな暮らしぶりもあるのか」と思われるほど瑞々《みずみず》しさに溢《あふ》れていたという。

ある時、夫人の鏡台の前に芍薬《しゃくやく》の染付《そめつけ》の小壺があるのを、何気なくうっとり眺めていると「何やと思います、あれを入れる容器です」と夫人の豊かな髪をさしていわれたという。後日同じものを造って下さったそうであるがやわらかい青白磁《せいはくじ》のふくらみある形は、一見筆立のようでもあるが、人さし指に巻きつけた髪をすっと引き抜くほどの小さな口のある蓋がついていて、馥郁《ふくいく》と匂う花弁は、夕靄《ゆうもや》ににじんだような、初々しい淡藍である。

今それを机上において眺めていると、大和の生活がしみじみと偲《しの》ばれるのである。

やがて東京の祖師谷に移られてからの夫人の手紙に、「壺を買っていただけないでしょうか、富本が最近たった一つ焼いた銀襴手《ぎんらんで》の大壺です、胸まわり一尺以上あります(私には国宝になるほどのものだと思われるほど立派です)」。巻紙に墨をたっぷりふくませて書かれたその文字は、銀襴手の大壺がそこにあるように、堂々と立派で貧しさなど微塵も感じさせないものであるが、「私達は生活のため、今手許にたった一つだけのこして来た大切な壺を売るより道がないのです」とある。

明日の糧《かて》に事欠く中で、堂々と銀襴手の大壺を焼く意欲に充ちた精神は、家族の窮迫に対して深く心を傷め、こうして手離しがたい作品を渡すことに潔かったのであろう。私信を公開することをはばかる思いがつよく、何度かためらったのであるが、文字どおり火の車の中から生まれた大壺とこの私信と一体になって迫って来るものが、今も私にとって仕事というものになくてはならぬ一本のつよい筋金のように思われるのである。

終戦後その家族とも別れて、窯なき陶工と自らを呼び、独り住まいされていた頃、

「私は六十一歳となり、最後最大の私の力の能《あた》う限りをもって、只《ただ》独りとなり、兎《と》に角《かく》大和をさして、放浪の生活に入りました。只今は体力もあり、働きおりますが、余命のことを思うといやになります。去年朝日紙より随筆集をまとめて出版、今秋作品集出版の予定、然《しか》しこうして集めてみますと、その歩いた跡の小さくみすぼらしいことをつくづく感じます。

宋窯《そうよう》を越えたくてそれを乗越す力なく、古色絵諸窯を飛びこしたくてそれも出来ず、生活に追われ、周囲の波にもまれ、今余命の残り僅少なるをさとります。

世もかわり、人も変わり、侘しきこの清水の仮寓《かぐう》にて、夜雨の音をききながら、この手紙を書いておりますと、万感胸に迫るものをおぼえます」

とあり、その頃の先生の境涯《きょうがい》がつよく迫って来るのである。

私が新匠会にぼつぼつ出品するようになったのはその後、十年程経っていたのであろうか、先生は新しい伴侶を得られ、烏丸の住まいに落ち着かれた。その頃の私は何か織り上がるとよく先生にみていただいたものであった。

折には泉涌寺《せんにゅうじ》の仕事場に伺うこともあったが、批評らしいことは何一ついわれず、身辺雑事の何事もない話題に終始されるのが常であった。後にも先にも教訓めいた話は、前述の宵のことがあるきりで、私はまたそれで充分すぎるほどのものをいただいていると思っている。

白磁の大壺　——富本憲吉夫人一枝さんのこと

あふれるような黒髪を、ゆたかに結い上げ、唐桟《とうざん》の着物に、濃い臙脂《えんじ》の半えりをわずかにのぞかせ、帯は思い切り下めに、幅広くざっくりと締めて、大輪の花がゆらぐようだった。陶芸家、富本憲吉夫人一枝さんはその頃四十をすこし越えたくらいだったろうか。その昔、尾竹紅吉《おたけべによし》といって、青鞜社の婦人運動の先駆をなした頃の面影を充分にのこしていられた。

一、二月の寒い季節で、夫人は白磁の大壺に蠟梅《ろうばい》を活けていられた。その頃、十七、八だった初対面の私をみるなり、「まあ、お母様そっくり」と声をあげられ、まず驚いたのは私だった。なぜなら夫人は、私の母にまだ一度も会ったことはなかったからである。夫人の知っている実の母がいるということまで、とっさに私は気づかなかったので、ぼんやりしている間に夫人はあわてて何やら紛らわしてしまわれた。

そのことがあってはからずも私は自分の出生を知ることになったが、やはり夫人は私にとって、出会うべきわずかの貴重な存在の方であった。夫人は女学生の頃母の二、三年上級生で、二人はふしぎなほど仲がよく、夫人の亡くなられるまでその友情は変わることがなかった。その後、私が家庭を捨てて、現在の織の道に入る時、自分の体験を通して、最も適切な助言をあたえて下さったのも一枝夫人であった。

「家庭を捨てるなら思い切って捨てよ。出たり、入ったりして、夫や子供に未練を残してはならない。あともふりむかず仕事に没頭しなさい。私はそれが出来なかった。あなたはやりとおしなさいよ。本当に捨てたものは、また別の形で必ずかえって来る」と痛切な思いで言われた。私はその時、捨てるに捨て切れずに混迷の極《きわみ》にあったが、夫人のその言葉が、あたりのくさむらをなぎ倒し、一条の道を切り開いて下さったように思われた。

その後、夫人は私の仕事をみて、常に苦言を呈せられた。それは骨身にこたえる鋭い批判で、最初の個展の際、みるべきものは母の着ていためくらじまの着物だけだったと言われた時は、実に辛《つら》かった。私の周囲の人々が、寄ってたかって私を甘やかし、私がそれに乗じていると思い込んでいられた。確かに今日になってみれば、夫人の苦言は的をはずれたものではなかったが、反発しながらも私は夫人につよく魅かれ、夫人からの手紙は今も大切にしている。巻紙の上に、花とかけば花が、風とかけば風が舞い、美が充満してくるような文字であり、達意の文章であった。

清水坂の家
——黒田辰秋先生のこと

「黒田さんいうお方は、どんなに苦しくても、仕事の道を曲げないお方やった。奥さんがえらい苦労されて……」と母は、朝日新聞社賞をうけたケヤキの拭漆棚《ふきうるしだな》の前で感無量の面持ちだった。日本伝統工芸展の会場でのことである。

黒田《くろだ》辰秋《たつあき》先生と母とは、京都に柳宗悦《やなぎむねよし》先生が民芸協団をつくられた時以来のおつき合いであった。その黒田さんに仕事の話を聞いて来たらと母に言われて、はじめて清水坂を訪れた。今から二十数年前のことである。

「あいにく弘法さんにいって留守ですねん」と奥様に招じられて待っていると、顔の長いモジリアニの絵に出てくる詩人のような人が、「黒田です」とあいさつして下さり、初対面の私に蜿蜒《えんえん》と、低いぼそぼそした声で話をして下さった。まだ織物をはじめたか、はじめないかの、この世界には赤児に等しい私のような若輩に対して、実に熱のこもった、まじりっけのない仕事の話は、砂地に水がしみこむと言うか、一滴一滴確実に私の中にしみ込んでゆくのがよくわかった。おそらくその時、私自身極度に渇《かわ》き切っていたのだろう。

その時の話を要約すれば、こんな苦労の多い気の遠くなるような仕事の道にあなたは迷いこむなよといわれているようであり、どうでもこうでも引きずりこまずにはおかないというようでもあり、その両者の間にどっかと腰をすえて、木を削り、漆を塗る黒田さんの姿がほうふつとするのだった。全くそれは樹の奥から聞こえてくるような声で、仕事は地獄だといい、仕事は浄土だといわれながら、私の心に点火してゆくようなものだった。

仕事場とも、居間とも、客間ともつかない部屋には、ネコやリスや金魚が、かんな屑《くず》にまみれて同居していた。客人は立ち去る時、どこかにかんな屑をくっつけて辞さねばならなかったが、そんな中で大きな長方形の囲炉裏《いろり》の前に黒田さんはゆうぜんと座り、奥さんは弟子や動物達の夕食の支度《したく》にいそがしかった。今は醍醐《だいご》の先の桃畑の中に、広々とした仕事場をもつお住まいに変わられたが、そんな昔の黒田家をなつかしく思い出す。

黒田さんは実に繊細な思いやりがあって、そのやり場に困っていられるようなところがあり、それがいいようのないあたたかみだった。身辺にどことなく非現実的な空気がたゆたっていて、街中にいても、会合の席でも変わりなかった。いつか大阪梅田の地下街に迷いこんで、「まるでジャングルですなあ」といいながら同じところをぐるぐる回ったことがあった。高下駄にモンペをはいた仙人と、森の中を歩いている気分だった。

幻想の女性に着せる

――型絵染稲垣稔次郎先生のこと

稲垣稔次郎《いながきとしじろう》先生が亡くなられて、十七年の歳月がたつ。お元気だった頃、たった一度、近江の家をたずねて下さったことがあった。

秋も深まった頃だったのだろうか。

庭先の薄《すすき》の一群が、白い穂をなびかせているのに目をとめて、すぐスケッチブックをとり出して描かれた。秋風の中に屹立《きつりつ》する先生の姿が今も目に浮かぶ。

その折、焼物などお見せしたのだが、備前のような肌合の、小さな茶色の壺、壺といってもそれはまことに小さく、二糎《センチ》くらいの扁壺《へんこ》に線香が一本立つかと思われる程の口がついていて、桐の箱の一区一区に、きちんと十個納められているものだった。

八日市の道具屋でみつけ、あまり可愛いので求めたものの、何に使ったものか分からない。先生におたずねすると、しばらく掌《てのひら》にのせてながめていらしたが、やがてその壺を目の下にあてて、にっこりと、「涙壺」といわれた。それがいかにも自然で、妙を得ていた。

大学の先生の部屋に、織り上がった裂《きれ》を見ていただきにいったこともあった。

わざわざ眼鏡をはずされ、心で色に出会うような恰好をなさりながら「織物はここがきれいだ。パレットのようで」と巻いた反物の両端から吹き出したような紬糸《つむぎいと》が、さまざまの色合で重なり合い、野原や、落葉のような色彩になっているのをながめられた。

何ほどか仕事にゆきづまると、先生をお訪ねした。何ということもないお話の影に、深い思慮による暗示がかくされているのか、いつも私は安心して、次の仕事にとりかかることが出来るようだった。物足りない程先生は個々の作品について何もいわれなかったが、こんな風な例をとりながらはげまして下さるのだった。

「セザンヌが自分の仕事を一心に追究して最後にたどりついたのは、自然ということだった。このふしぎな力をもった世界のありのままの姿をとらえ、その中にひそんでいる原理をあやまたず表現すること、これが本当の仕事の根幹です。自然の中にどんなものが生いたち、盛え、ほろんでゆくか、その正しい判断、そうしたものをつきつめて追究してゆくと、次第に形態は、点とか線とか、円とか、極度に単純化されてゆく、煮つまってゆくのです。それを絵画に構成したひとりがモンドリアンだと思う。この人の線や長方形で表現された絵をみて、なぜ人は心を打たれるのか、それが本当の、自然のものだからではないでしょうか。ものの奥深い原理をしっかり攫むことが我々の仕事の根本です。

縞《しま》、格子《こうし》、絣《かすり》など、あのモンドリアンの世界のものです。一本の縞の構成にも、自然がひそんでいる。非常に厳しい世界です。しかしあくまで自然の世界のものです。背信や虚無にのみ目を向けて一途に表現している人もある。それも一面の真理です。しかしそれだけで終わりたくない。何かもっと心のあたたまるものいつくしみ深いもの、そういうものにつつまれて生きていることを、素直に表現してみたい、そうは思いませんか」

小さな椅子の片方に腰かけて、ずり落ちそうなのもかまわず、先生は熱をもって話される。

春の新匠会会場の片隅での先生が今もあざやかに思い出される。

それらの平明な言葉が、十数年を経た今もなお、忘れがたく、いよいよ鮮明に私の心にのこっている。少しの気取りもなく、天性のまま感じたことを表現され、あたたかい温もりと、深い味わいをのこして逝かれた。

先生の作品の中で、最高の傑作といわれる、「竹林」「凧」「竹取物語」など主だった作品については後にのべることとして、先生の作品の中で何が一番好きかと問われれば「ねずみ草紙」と答えたい。

今はもうおぼろげにしか憶えていないのでどういう物語なのか、よくは知らないが、深い夜の静寂《しじま》、山奥の古寺に半月がかかり、山の中腹に、塔が浮かび上がっている。今しも白い被衣《かつぎ》の姫君が、童女を先頭にひそやかな婚礼の行列、寺の庫裡《くり》では、裃《かみしも》を着こんだ、「ものくいのあくたろ」が、太い蠟燭の灯影《ほかげ》で、長い箸をあやつりながら、大平椀から盛んに何やら食にありついている様子。「たなさがしのさひょうえ」も、やはり裃姿で、寺の長い廊下をあっちへいったり、こっちへいったり、棚の上の御供物《おくもつ》を物色しながら、走りまわっている。

小さな画面の、極端に単純化された線が洗い出す、小姫君のかわいさ、童女のあどけなさ、鼠たちの飄逸《ひょういつ》さ、それらは日本の民話の中で醸成された最も上質の、こくのある蒸溜酒のようなもので、一滴咽喉を潤おせば、ほんのり酔ってしまう、うま酒の質である。

京都の祭の中でも六斎念仏《ろくさいねんぶつ》はとくに先生の興味をひいたもののようである。

「六斎の一人は鳥羽の狐かな」鐘がしきりに鳴る。六斎の面々は、型紙の中から飛び出さんばかりに踊り、唱い、遂に秋草の中から狐まで踊り出したのか、躍動する絵巻の展開に、見るものは思わず誘い込まれる。

いつかこんな風にいわれたことがある。

「雨の日や、風の日、またはよく晴れた日の野草をみていると、いつの間にかそこに、一つの典型を見出すようになる。一つの野草が十体にも百体にもみえ、逆に十体や百体の野草が、一つの野草にみえてくる」

「画家は雨に濡れた牡丹を描く。私は牡丹の典型を彫って、雨の日の牡丹を想起させるのです」

先生のお住まいになっていらした桂一帯は、深々とした緑の竹林がつらなり、清澄の気に満ちている。爽やかな風が吹きすぎ、竹林全体がそよぐ時、葉ずれのひとつひとつまでこまかく振動し、微妙な陰翳《いんえい》と色彩をまきちらすのを先生は何度か、竹林に入り、竹林をすぎて見入られたことだろう。

あの「竹取物語」はそうした時、先生の身内に光が射すように浮かんできたのではないかと思われる。

名作「竹林」は桃山期の小袖《こそで》と比肩していささかも劣るものではない。現代における最も卓抜した衣裳である。

いつか先生は、博物館で小袖や能衣裳をみていたら、ガラス戸を打ち破りたいほどの衝撃を覚えたと話されたことがあった。

われわれにとって、それらの日本の染織品が世界にも類例のない高い水準を示しているのは、誇るべきことではあるが、一方、それらの染織品が時の為政者の権力にかけて創らせたものであってみれば、いかに現代のわれわれが、個人の力で懸命になってみたところで、到底及ぶべきものではない、高い峰のようなものである。

しかし何とかして生涯に一度、能衣裳や小袖に匹敵する衣裳をつくりたいと、その時先生は強く願われたそうである。

その翌々年であったか、伝統工芸展に、「飾り衣裳」と題して、この「竹林」が発表されたのである。日本の伝統に深く根ざし、格調高く、堂々と竹林のゆるぎない美しさを唱い上げた、その作品を前にして、私はまさにこの一作をもって、先生は博物館の扉を打ち破られたと思い、強く感動した。そして更に、「飾り衣裳」と題して発表されたことに釘付けされたのである。私は、伝統工芸展に「秋霞《あきがすみ》」と題して、紬を絵《え》羽風《ばふう》に仕立てて発表したのに対し「用を第一義としない紬は認めない」と尊敬する師から宣告されたばかりだった。その当時、紬の着物は当然、普段着、街着であったから、私が一枚の絵を描くように織り込んだようなものは殆《ほとん》どなかったのである。しかし私は、なぜ自分がやりたいと思うものを、思い切り表現してはいけないのかと、自分の今日までの仕事に疑問をもち深く思い悩んでいたのである。

「飾り衣裳」とは、その時私の前に立ちはだかっていた厚い壁をいきなりひきはがす強烈な意義をもっていたのである。

なぜ先生は、この大胆な表題をわざわざ「竹林」の上に冠されたのか、若かった私は、先生に食ってかかるような口調で質問したのを憶えている。天龍寺の参道だった。

先生は歩をゆるめ、一言一言語られた。

「先年、私は木曽の素封家《そほうか》の奥座敷で、衣桁《いこう》にかけられた桃山時代の小袖をみたのです。その時、小袖の幽玄な美しさに魅せられ、自分もいつか生身の女性に着せるのではなく、自分の幻想の中の女性に着せる衣裳をつくりたいと願ったのです。現実ではない世界に自分の思いを託す、そういう衣裳があってもいいではありませんか。今年発表したあの着物に〝飾り衣裳〟とつけたのはそういう思いがふくまれていたのです」

その時の先生の言葉は、私の中に天啓のように焼きつき、いつか必ず、自分もそういう着物を織りたいと念じつつ今日に至っている。

勿論、まだ一点として、幻想の女性に着せる衣裳は出来ていない。女が女の衣裳をつくる盲点の周辺を低迷しつづけているのである。


「昨夜の雨で、しがみついていた山吹の黄色い葉がたたき落とされ、裸になった枝がかき乱されたように、おののいています。先日いただいたお手紙の一節、父がはかなくなりました、との訃音《ふいん》がひしと、迫る今朝の庭です」。日付は十二月三十一日となっている先生の最後のお手紙の一節である。

御退院後再び床につかれるまでのほんの僅かな時期、先生のまわりはぼうっと午後の光が射したかと思われるその頃であろうか。いつも夏に仕事を終えると出品前に先生に見ていただくのが慣わしだったので、その夏も私は濃い紫の琉球の花を先生にお目にかけたくて朝ひらき、夕には散るその花を朝、いだくようにして汽車に乗った。途中で花弁が二つ程散りながらも先生のもとで古伊万里《こいまり》の小さな壺に活けられたとき、花の寿命はきわまったようであった。それが先生にお目にかかる最後とは露ほども思わず、はかないものをお目にかけてしまったと、今も哀しみに刺される思いがする。

昭和三十八年六月十日。かねて先生の御容態の思わしくないことは伺っていたが、かつて富本憲吉先生が、「まだ一ぺんも稲垣君の見舞いにいってないんや。病床に見舞われるのはかなわんもんや」といわれたことがあった。私はその言葉を守って、出来る限り両先生の御病床に伺わなかった。しかし、前日に富本先生の御逝去を知り、今また稲垣先生の病篤《あつ》しと伺い、居たたまれず、府立病院に伺った。その年とくに美しく咲いた白薊《しろあざみ》は富本先生の最も愛された花であったので御霊前にと母が摘んでくれたのをかかえて、まず府立病院に伺った。病室の前まで来ると室内はガランとして、思わず谷底に突き落とされた思いのまま、夢中で階下に下りてゆくと、解剖室の前に先生の御名前がかかっている。私は茫然と暗い扉の前に立ち尽くしていた。

その時、後ろで奥様が「どうぞこちらへ」と病院の中庭に案内して下さった。そして、「志村さん、これみて下さい」とふりむいて帯をしめされた。かつて稲垣先生のお宅を訪れた時、先生のお母様が、若い頃からつなぎためた絹糸の残りを「いつでもいいから織って下さい」といわれた絹糸の玉を持ち帰り、奥様の帯に織ったものだった。白茶《しらちゃ》の地に赤や緑、紫のくず糸が無数に織りこまれた好もしい帯になった。

「亡くなる一週間前、主治医から癌だということを知らされました。私は大事にしまっていたこの帯をその日、はじめて締めて稲垣にみせましたの。とてもきれいだとよろこんでくれました」と奥様がはなして下さった。

富本先生におくれること二日、稲垣先生は後を追うように逝ってしまわれた。

苗木を植える　――今泉篤男先生のこと

京都に近代美術館が出来た時、今泉篤男《いまいずみあつお》先生が赴任された。若い頃先生は文化学院で教壇に立っていらしたが、兄と私もその学院の生徒だった。美術館で久々にお目にかかった時、現在の織物をしている人間と、その昔の女学生とはなかなか結びつかないのだが、しばらく話がすすむにつれ、「ああそうか、あの時の小さい子があなたか――」とようやく思い出された。ちょうどその少し前、私は新匠会にあって富本憲吉《とみもとけんきち》、稲垣稔次郎《いながきとしじろう》の両先生を失い、一挙に仕事の父母を亡くしたような痛手に暗然としていた時だったので、今泉先生が京都に来られたことは、何より力強い思いだった。よく琵琶湖畔の家にもいらして、亡くなった兄の絵などみていただいた。

人生の要所要所には何人かの先達がいて、自分より幾まわりも大きい包容力、洞察力、その人柄、なされた仕事などを通じて、人は育ってゆくように思う。

美術評論家が工芸作家をとりあげる例はまれであるが、先生は富本憲吉、芹沢銈介《せりざわけいすけ》らのすぐれた評論をかかれ、あとに従うわれわれの道を開いて下さった。元来、評論は難解な文章が多く、その時は分かったようで結局何がかかれていたのかよく分からない場合が多いが、先生の評論は、何度も読むほどに心にしみてくるものがあった。一人の作家の精神を形成する核心に徐々に近づきながら、いかにも平易に、物静かに、殆《ほとん》ど絵筆の筆触といいたいほどのきめのこまかさで表現される。その辺の筆の自在さ、微妙さは、単刀直入な眼力をほどよく緩和し、まことに分かりよく、こちらの心にしみてくる。

それはまるで苗木を一本一本植え付けてゆくようなもので、いつの間にか私の中に育っていっている。最近、私は小野竹喬《おのちくきょう》論をよみかえし、しみじみとそう思うのである。多くの作家を知る必要はない。一人の作家を心ゆくまで敬愛することが大切だ、と先生はいわれているように思われる。

それはまた先生にお会いする度に感じられるもので、折々の季節に、例えば陽春の一日であれば、常照皇寺《じょうしょうこうじ》の桜をみて鞍馬をめぐり、雪の降りかかる初冬であれば、冷たい寺院をまわったあと、大市《だいいち》のすっぽんでしんから暖まり、その季節の音律に合わせて、話をされるのだった。先生が近代美術館にいらした数年の間、京都の自然と料理を織りまぜながら、語り伝えて下さったこともふくめて私は仕事の中に、自然の蓄えている蜜のようなものが少しずつ醸成されてゆくように思われた。

第五の季節

「あけがたに、生まれたばかりの嬰児《みどりご》をかたえに、やさしいサフラン色の娘は横たわっている。その娘を生んだ私の日が、まだ昨日のように絵の中にあるのに、その額ぶちはいつの間にか空虚になっていた。母子像の波うつ髪は、いま娘の上にある。額の外から皺《しわ》の多い手をさしのべている老いた天使は私だ。いつの間にか来ている老というのは何だろうか、老とは、時間にめざめる事ではないのだろうか」

女性として最も敬愛する詩人の永瀬《ながせ》清子《きよこ》さんのこの詩をよんでいて、昔何かでよんだことのある詩の一節を思い出した。「ある日、ほとほとと扉をたたいて、白い訪問者がおとずれる。その時、私達は扉を開き、快くその訪問者を招じ入れなければならない。誰もその訪問者をこばむことはできない。老とはそんなものである」と、そのころ私は発育盛りの子供をかかえて息せき切って仕事をしていたころだったから、それはずっとずっと遠い日のことのように思っていた。一日が二十四時間ではとても足りないと思っていた。夫はいらないけれど、家事全般をまかせる奥さんが欲しいと思っていた。一日でも家事から解放され、何の束縛もなく外出してみたいと夢みていた。いくつかの曲がり角で息をきらし、背負いすぎた荷物をとりこぼした。青葉のきらめく樹林の彼方《かなた》に透ける蒼空《あおぞら》は、いつまでも暮れないものと思っていた。落葉が深々と散りしく道にさしかかっても、めまぐるしく仕事にせきたてられ、時を意識することがなかった。ある朝、あたり一面に霜が下りた時、漸《ようや》く、自分の影が深い時を刻んで、地上に篆刻《てんこく》されているのを見た。訪問者が静かに扉をたたいたのであろう。女は(男のひとはどうなのだろう。一度たずねてみたい)常に自分の若い時、といっても四、五年前の顔を胸にとどめていて、ふと鏡をみて、こんなはずではないと愕然とするものらしい。

自分の好きな着物がよく似合い、たまに地味なものを着ると、少しはきれいにみえると思ったころはとっくの昔に過ぎているのに、希望だけは決して捨てない。鏡は非情にも、そこまではつき合ってくれない。ホイットマンは、「老いた女性は、若い女性より美しい」とうたい、若いころ私は、ホイットマンのいう老いた美しい女性を夢想したものだが、フランソワ・ロゼェや武原はんさんのようにごくかぎられた方にこそ、この言葉はふさわしく、大方の老いた女性には当てはまらないこともよくわかってきた。

しかし、今やほとほとと扉をたたく訪問者をねんごろに迎え入れなくてはならない。おそらくこの訪問者は、私自身よりずっと深く私のことを記憶し、とりこぼした荷物や、忘れていた思い出を諄々《じゅんじゅん》と語ってくれるだろう。一日が二十四時間で十分なことも、もう奥さんなどいらないことも教えてくれるだろう。

私はこの友と二人でお茶を飲み、羹《あつもの》をじっくりとおいしく煮込み、時の熟する音をこころよく聴き、時には共に旅に出ることもあるだろう。若い時の尖った神経がまるくなって、明け方の胸の痛みも消え、美しいものの近づいて来る時の鈴の音がきこえるようになるのも、この友と深い交わりを結ぶようになってからのことになるだろう。

もし、第五の季節があるならば、めぐり会えるかも知れない。

一条の煙

土曜日の夕方、仕事を終えると、毎週近江の母のもとに通った。この冬の寒さに耐えて、春を待ちかねていたが、三月に入ると起き上がれなくなり、かぼそく葉脈の透けた白い葉のようになって、九十歳の母は寝ていた。

その母の傍らに床を並べて、一夜の介抱をする。夜中、手をさしのべて、「わたしの手はこんなにかわいらしいなりました。あんたの手は大きいなりました」と童女にかえったようにいう。いそがしいのに、またきてくれたのか、早《はよ》うかえってトントン（機《はた》おりの手まねをして）してや、と何どもいった。

いつまで通えるか、私は薄氷を踏む思いだった。もう食物もほとんどとれず、何が食べたいと聞くと、「家のつごう」という。黒豆がとくに好きなのでたいて持って行くと、「いい味したあるなぁ」とゆっくり、刻みこむようにいった。妹がサラダをたべさせると、おいしいといい、そのあとすまなさそうに「セイヨウクサイ」といったと母の口真似をして笑った。消え入りそうな様子なのに、なぜかよく人を笑わせ、たくまずユーモアが飛び出した。まだ自室にひとりでいる時、ストーブを消しているので、どうしたのと聞くと、「勿体《もったい》ない」とこたつに入っていたという。明治の人間というのか、一生つつましく生きた。

漸《ようや》く堰《せき》を切ったように春がそこまで訪れていた四月上旬、母は亡くなった。介護に庭に目をやることもなかった今、窓一杯に侘助《わびすけ》、れんぎょう、水仙が一斉に咲き、母がその花の間を徘徊《はいかい》しているようであった。亡くなってからすぐ、明方に夢をみて、馬車が私の前をよぎり、花の幕の中に一気にかけぬけようとした時、何かがぽろっと落ちたようで、ハッと目がさめた。永い年月、庭の一木一草をいつくしみ、今その花々が一斉に咲いて、その主のいないことへの哀惜が合わさったのだろうか。

こんな年になって、天寿を全うした母をこんなにもいとおしく思うとは、全く思いがけなかった。若い時に母を亡くされた方はどんなであろうと思い、年齢とは関係ないのかと思う。老いて病み、枯れてゆく人間のあわれさ、いとおしさを身をもって示していったのだろうか。この世に生のある母と、その母を看取る子のかぎられた時を、今は千万の重みとして、近江にかよった幾度かをなつかしく思う。

最後の昏睡に入る直前、物をいわず、じっと食い入るように私をみつめたその眼を、最後ともしらずにいた他愛のなさ、むごいほどに老いてゆくあわれさを、身一つにかかえて死に近づいていることを目前にしながら、その棺をおおうまでは、決してみえていなかった。突然幕が下ろされ、白日の下にその人をみることのなくなったその時から、実は本当にその人をみるのだった。空洞が日ましに深く、その人とのかかわり合いの深さを身に刻んでゆく。

織の道に私を導き、一をいえば、十をわかってくれる人だった。私は仕事のどんな些細なことも、母に伝えたかった。それを無上のよろこびとする人だった。蒲生野《がもうの》の果てに母をおくった。樹々の芽はかたく、こんなにおそい春はめずらしいと山すそをめぐる東の窓に、まっすぐ一条の煙がのぼっていた。

縁にしたがう

大正十三年九月三十日、その日のことをいつか姉が物語ってくれた。姉が七つ、兄が五つ、下の兄が三つ、その日父につれられて三人は、近江八幡から神戸の埠頭にむかった。

八年ぶりで叔父がロンドンから帰国するのを迎えに行ったのである。近づく船の甲板に立つ叔父様は美しかったと姉は言う。三十歳の叔父が八年ぶりの祖国の山野を目の前にして、前年の関東大震災で日本は圧《お》しつぶされたかの如く報道された時の悲嘆を、一掃するように青い海と山の美しい神戸の町を見入っていたのだろう。幼い三人がどんなに小さい胸をふくらませて叔父を迎えたことだろう。父もまた、特別可愛がっていた弟の久しぶりの帰国は感無量だったろう。やがて三台の人力車は神戸の町を走り、まず立ち寄ったのは元町の洋服屋だったという。田舎町から、それでも今日は一張羅《いっちょうら》の晴れ着をきせられて緊張し切っている三人は、たちまち英国仕込みの、当時としては超ハイカラな洋服に着がえさせられ、特に姉の印象にのこったのはピンクの帽子だったという。フェルトの花飾りのついたかわいい帽子はよく似合った。二人の兄たちもそれぞれリボンのついた円い帽子をかぶせられて、その頃の写真が今ものこっている。次に立ち寄ったのは料亭である。その時の父のせりふは「何でもいいから上等の料理をどんどん持ってきてくれ」だったという。久しぶりの日本料理を弟に腹一杯たべさせたい、父の面目がみえるようだ。

その頃京都の病院で一人の女の子が生まれた。入院中の母と赤ちゃんを見舞いに、一同は神戸よりまっすぐ病院へむかった。それが叔父と私の初対面だった。勿論《もちろん》私は生まれたばかりで知る由《よし》もないが、その折、父母と叔父の間で決まったことなのか、母はその時覚悟を決めたと後に語っていた。

「あなたにこの娘をさし上げます」と心の中でそう言ったという。生まれたばかりのわが子を八年ぶりに出会った夫の弟に手渡す覚悟をしたとはどういうことか。いまだに私にとって謎ではあるが、こんなに年をかさねて、すでに故人となった親たちの胸ふかくに刻まれた思いをいためずに包んでいたいような気がする。後年母が茶色の小さなスーツケースを開けてみせてくれたことがあった。その中には、シンガポールとロンドンからの養父（母にとっては義弟）の手紙がぎっしりと入っていた。手紙には夏目漱石がかつて英国滞在の折に下宿していたすぐそばに住んでいることなどが書いてあった。シンガポールにいた時、何かみやげを買いたいが何がいいかといってきた時、母はただ印度更紗《インドサラサ》を、とたのんだ由。帰国の時は、何十枚もの美しい印度更紗を持ち帰ったという。母はそれを親戚中の女性にくばったり、自身も更紗の帯をいつも締めていた。その何点かは今、私や娘が締めている。赤い見事な更紗は座敷に屏風として今も飾っている。養父がまだ帝大生だった時には、九州の実家へ帰省するたび、当時大阪に住んでいた父母のもとへ立ち寄り、三人は人力車をつらねて芝居を見にいったり、住吉に詣でたりした。二十歳を出たばかりの母は、義弟の立ち寄る時持参する文学書や、翻訳ものの小説を何よりたのしみにしていたという。

その後、養父は東京で家庭をもったが子供に恵まれず、いつか父母に子供がほしいと洩《も》らしていたのだろうか。そして養父は単身洋行したのである。今となればすべて縁というほかはなく、私は三歳になるかならずで東京の養父母のもとへ迎えられたのである。養父母がどんなに大切に育ててくれたかは言うまでもないが、その二年後、九州大分で祖父の法事があり、親戚一同が集まった時、まだ四歳くらいだった私はじっと穴のあくほど一年ぶりの母の顔をみつめた後、「あのおばちゃんとねんねする」と言ったという。母は私を手ばなしたものの、自分の意志で手ばなした手前、人前で嘆くこともかなわず、時々、押入れの中に入って泣いたという。そして、「あの子は死んだんやない。あの子はどこへいっても大丈夫や」と、そう心にきめたらふしぎに胸がすっと納まったという。蒸気の白くみえる夜の駅頭で、私は乳母にだかれて汽車にのった。暗いやみの線路のむこうに、赤や緑のシグナルが私の胸にやきついて、その後ずっと夜の線路に明滅するシグナルをみると、故《ゆえ》しらぬ哀しみが湧いてくる。それは記憶というより、のちに聞かされたことと私の想像とが綯《な》い交《ま》じっているのかも知れないが。東京での私の幼い日といえば、梅の木の下でおままごとをする平穏無事な日々であったが、何か言葉にならぬ得体のしれない不安と哀しみがいつも胸の底に小さな水たまりのようにたまっていた。叱られたことも競ったこともない一人っ子の、開けても開けても扉のむこうに私の手をぎゅっと握ってくれる人がない、大切に箱に入れられていた人形のようなどこか虚《むな》しさがあったのであろうか、養父母にしてもそれは同じ思いであったろう。十七歳の日まで私は全く自分の境遇をしらずに過ごしたのだった。こんなに年をかさね、多くの山河を越えてきた今となれば、縁にしたがってここまで来たとはいうものの、汲めども尽きぬ養父母の恩愛を思うのである。

未知への旅

夜の明けきらぬうすあかりの中で、私はさだかには見えないものを摑みたいと思っていた。心のどこかではしっかりこの手に握りしめることが出来るという確信はあるのだが、あたりは暗く、ともすると闇に吸い込まれそうになるのだった。

二十数年前、私は小さな田舎の街の明るい飾窓《かざりまど》の前に立ちつくして、まだ自分の仕事は、薄くらがりの中にあることを感じていた。織物というどこをどうむいても逃れようのない制約の中で次第に身動きのとれなくなる思いから一刻も早く解放されて糸と色を駆使して自由な世界に飛び立ちたい、そんな明暗の綯《な》いまざった中を私は行きつ戻りつしていたのである。

（『一色一生』今日の造形〈織〉と私）

これは今から二十年近く前に書いた文章であるから、この思いを抱いていたのはすでに四十年以上前のことになる。思えばはるかに歩いてきたものかな、という感慨をいだかずにはいられない。

身動きのとれない制約、それはどんな仕事にも、芸術や工芸にかかわる仕事だけではなく、文章をかくにしても、スポーツをするにしても、同様の苦しい時期は必ずある。いつ、どんなことでその制約から解放されるのか、自分でも無意識に近い状態で通過するのだろう。ただ、あたえられたその仕事を一日たりとも放置することができず、自分と仕事とがどこかで一体化してしまい、気付いてみれば深くはまりこんでいたということになるのかもしれない。しかし現実はそう単純には運ばないもので、その間の迷いや煩悶は、いかに仕事を愛していようと、圧《お》し潰《つぶ》されそうに強烈なものである。私も仕事をはじめて十年くらいの間は、冒頭にかいたようにまだ明けきらぬ夜明けのうす暗がりの中にいて悩んでいた。今でこそ人は自由に織物を表現手段として作品を発表する時代になったけれど、四十数年前は全く皆無な状態だった。紬《つむぎ》、などというものは、地方の養蚕《ようさん》農家で製糸工場にも出せない屑繭《くずまゆ》を手で紬《つむ》いで地機《じばた》で織ったもの、というくらいの認識しかなかったのである。世はあげて近代化、機械文明にむかっていたから、そういう不揃いの、人の手の匂いのするような素朴きわまりない織物に着目することは、いわば源流にむかって素足で歩いてゆくような不安があった。しかしすでに民芸の創始者である柳宗悦《やなぎむねよし》先生は、大正の末期頃よりそれら見捨てられようとする民衆の仕事、雑器や襤褸織《ぼろおり》に新しい美を発見されていた。時代を逆流するというか、先取りするというか、すでに近代文明の行き着く先を見抜いていられたのであろう。物の創り出される必然の原理が存在し、その背後に哲理や宗教の世界が展開し、美の法門が開かれていることを開示された。私がこの師に導かれ、『工芸の道』という著作に最初に接したことは幸運であった。というより決定的だったといわねばならない。

旅行にでるにも重いその本を手離さずに持ち歩いたほどその頃の私にとっての支柱であったとはいえ、現実はわずかの信念など吹き飛ばすほどきびしく、二人の幼児をかかえての生活は、糸を布にすることはやさしいが、布を金にすることはむつかしい、という諺《ことわざ》どおり、織物を自己の内面表現の手段にしようなどという甘い夢は幾度かふみにじられた。しかし私には「心のどこかにはしっかりこの手で握りしめることができるという確信」のようなものが常にあったように思う。それは今にして思えば時代の要請のようなものだったかもしれない。織物をはじめて二年後、いきなり工芸展に入選、連続入賞など自分では思ってもみないことだった。農家の屑織《くずおり》を手本にして織った藍染の、「秋霞《あきがすみ》」という作品が選ばれたのも偶然ではなかったかもしれない。

あれから幾星霜、私は「秋霞」から旅立ち、何ども踏み迷いつつ、再び「秋霞」にもどるという旅をつづけた。そこには日本の母層ともいうべき慎《つつ》ましくも豊かで、聡明な母達の山野があった。野の花があった。植物から無償の色彩を溢《あふ》れるばかり受け入れる日々だった。織る以前に色があり、糸があった。蚕《かいこ》の命の糸を植物の命である色で染める、それを人の手によって織る、見事な循環がそこにあることさえ気付かなかった。あまりに自然の流れであり、人はそこに身をゆだねることさえ意識しないようだった。今振りかえってみて、その無償の恩恵の中に生きたことを若い次代の人々にいかに伝え、受け継いでほしいかを考える。勿論《もちろん》、そんなことは伝えようとして伝わるものではないこともよく知っている。しかし七十代を半ば越えた今、大きなしめくくりをしなくてはならない時期にさしかかっている。時代が私を見出し支えてくれたとしたら、次の時代にはまた新たな発見、新たな崩壊があって、私など思いもよらない展開が待っているだろう。

そんなこともおぼろげながら予知される昨今、思いがけないお申込みが韓国からあって、この六月ソウルの草田《チョジョン》繊維《ソミュ》・キルト博物館で私共母娘の染織展を開催することになった。館長の金順姫《キムスニ》さんがわざわざ京都までお越し下さり、日本の着物を韓国で展観することが実現したのだった。哀しい両国の関係を思い、日本の着物が韓国の方々に決してよい印象をあたえていないことをかねがね思っていた私は多少のためらいもあったが、時代は大きく変わり、折しも北朝鮮の金正日《キムジョンイル》氏と韓国の金大中《キムデジュン》氏が歴史的な会見をするその日に、ソウルで会は開かれたのだった。レセプションの日、熱気に溢れた温かい眼ざしが会場の着物の上にそそがれていることを知り、私は長い胸の痛みが溶けてゆくような喜びを感じた。

十数年前より私達は韓国に対しずっと想いを寄せていた。彼《か》の国の文化と歴史を知り、新しい友人関係をもち、ハングルを学び、三千里《サムチョンリ》の読書会、度々の訪韓などで偶々《たまたま》、金梅子《キムメイジャ》さんという舞踊家と知り合い、今日までずっと親交を深めてきた。その金梅子さんが金順姫さんを紹介して下さったのである。単に着物というのではなく、一人の人間の仕事、草木で染め織る作業、それらに韓国の女性は並々ならぬ好奇心をもって集まってきた。会期中の一日、金館長と共に早朝より南山《ナムサン》に登り、草木を集めてきて、実習を行った。その時の熱気は今も忘れられない。要望に応じて二回も行い、二百人近くの人が集まった。何かやりたい、身近にある植物で染めたい、これならば自分にもできる、韓国の女性はそう思ったにちがいない。時代はそういう充実した自己表現の場を女性にも与えようとしている。その上、韓国の女性には驚くべきパワーがある。私は圧倒された。実習二回目の時、遠く全羅南道《チョルラナムド》あたりから、草木や根を煮出した大鍋、糸、布、材料を車に山と積んであらわれた女性がある。後半の実習はその方にゆずったのは勿論である。すでに下地と準備は充分にある、きっと数年をいでずして韓国に草木染、手織等々の工芸がますます盛んになるだろう。我々は今まで韓国を知らなすぎた。韓国も日本を知らなすぎる。今まで韓国のチマチョゴリといえばピンクや明るい緑を想像する方が多かったと思う。全く違うのだ。今回お知り合いになったイ・ヨンヒさんは世界的なファッションデザイナーで、その色彩感覚の優秀なことは舌を巻くばかりであった。渋くはなやかで、明るく落ちついた色調といえばよいのか。気品に溢れかわいらしいチマチョゴリ、私も忽《たちま》ちファンとなり、一着つくっていただいたほどである。

そのほか組ひもと結びとを組み合わせ、玉や宝石、ヒスイ、メノウなどをちりばめたノリゲという飾り結びの品々、世界の一級品ともいえるそれらの芸術作品を私達は今まで全く知らなかった。ノリゲ作家キム・

ヒジンさんは品格の高い教養ある婦人で、そのお仕事ぶり、生活には全く魅了された。これからお互いの国の美しいものを通して交流がはじまろうとしている。

私もこの年になってなぜか次第に世界がひろがってゆく。特に望んでいるわけでもないのに、先年来、トルコ、イラン、韓国へ旅し、彼の国の染織を調べ、正倉院のルーツをたどることになった。その話になるとまだまだ筆が止まりそうもないのでまたの機会にゆずりたいと思う。六十をすぎた頃、そろそろ山にこもって一人静かに機《はた》を織り、本を読みたいと、山小舎のようなものを建て週末には必ずかよっていたのに、近年、いつの間にか足が遠のき、以前より外国へでかける機会が多くなったのはどうしたことだろう。これも時代の要請によるものか。そんな勝手ないいわけをして未知の世界に旅することの楽しさを味わっているが、それは今日まで続けてきた仕事が求めている最後のものなのかもしれないと思っている。

花は若者である

すでに、『語りかける花』の上梓から十五年の歳月が経っている。その中で、「ある日、ほとほとと扉をたたいて、白い訪問者がおとずれる。その時、私達は扉を開き、快くその訪問者を招じ入れなければならない。誰もその訪問者をこばむことはできない。老とはそんなものである」と私は昔何かでよんだことのある詩の一節を引いている。今や老いは私の部屋の久しい住人になっている。

さらに「私はこの友と二人でお茶を飲み、羹《あつもの》をじっくりとおいしく煮込み、時の熟する音をこころよく聴き、時には共に旅に出ることもあるだろう。若い時の尖った神経がまるくなって、明け方の胸の痛みも消え、美しいものの近づいて来る時の鈴の音がきこえるようになるのも、この友と深い交わりを結ぶようになってからのことになるだろう。もし、第五の季節があるならば、めぐり会えるかも知れない」と書いている。

そして、第五の季節はやって来た。

私はその間、イラン、トルコ、インド、中国、韓国などの遺跡や文化を訪ね歩いた。それらの国で出合ったさまざまのことが、大地に散り敷いた落葉のように私の内所にちりばめられ、醗酵《はっこう》を待って熟成したもの、そのまま朽ち果てたもの、いまだ混沌として私の胸のところどころを突き動かしているもの、瞬きの間にすぎた歳月は第五の季節をすぎ、もはや第六章に入っているのかもしれない。「美しいものが近づいてくる時の鈴の音」などと気取っている場合ではない。明日をも知れない老齢にさしかかり、いいようのない深い闇、底知れない暗鬱を日々感じているにもかかわらず、手をのばせば触れる闇の幕《とばり》からそっと身をかわしつつ、どうしたものかこの胸に時としてさざ波がおこるのである。細胞は日々よみがえるという。死滅する細胞より、復活する細胞に乗り継いで、人は第六の季節を生きてゆくのではないだろうか。五十年余、毎朝目ざめると仕事のことが胸に浮かぶ。それはごく自然のことであった。しかし三年程前、それが突然中断され、人に会うことも、本を読むことも、仕事のことなども一切考えられず、悶々とした日々をすごした。何かが切れてしまったのか、働きすぎたと人は言うが、休止期間であったのだろうか、二年をすぎて、どうして元気をとりもどしたのか、気がついてみれば機《はた》にのっていた。もう決して機にむかうことはないだろうと思いこんでいたのに、まるで昨日のことのように筬《おさ》の音は私を誘いこんで織りはじめたのである。たしかに若い時のような緊張感は失せ、登りつめようとしてもはるか手前で足をとどめてしまう。だが、何かが自由になっている。どこかで解放されているような気がする。自分で切り開いてゆく道、ひとりで草をかきわけて進んでゆく道だと思っていた。しかし今振りむけば若い人達が一心に歩んでくるではないか。私は重い腰を下ろし、あたりを見まわすと親しい者の姿はなく、若者達の姿に変わっている。疲れ切って坐っている私に、「大丈夫ですか」と声をかけてくれる。優しい響きだ。若い時に決して聞くことのなかったいたわりの言葉だ。その響きの中に私はかつて思いもかけなかった瑞々しい発想が芽生えていることを感じている。前途への漠然とした不安、懊悩をかかえきれないほど持っている若者達に伝えたい。この瑞々《みずみず》しい発想はあなた達から来るものだ。道をあけて通ってください。具体的にどうするということは出来ないが、何か手をさしのべたい。私がこの年まで何とか生きて来たのも、かつて先達から、この瑞々しい発想を与えられたからだ。道を切り開いてくれたからだ。森の木の切り株に腰かけて私は今、再び語りかけられている。若者達から。語りかける花、花は若者である。善くも悪くも大変貌するであろう次の時代にさらなる叡智《えいち》をもって生きてゆく若者に何かを託したい。私のこんな小さな仕事にも、語りかけてゆくものがあるとすれば、細胞が生き継いでゆくように、希《ねが》い事《ごと》も受け継がれてゆく。現代にしっかりした根をもち、その根から芽生えたものを疑わず伸ばしていく、それが自分の一生の仕事だと守り続けてゆくことが大切だと、切に伝えたい。それがもしかすると美というものに結びつくかも知れない。本当に美しいものでなくては存在してゆかないのだから。

雪の湖

一

昔、京へ帰る人を近江八幡の駅まで送って行く途中、真冬のことで、雪がしきりに降っていたのを、そんな湖がみてみたいと思いついて、車を湖岸まで走らせた。

白一色の野面をすぎて、湖の近くまで来てみると、降りしきる中に、冴えきった藍の鋼《はがね》を敷きつめたような湖水の色だ。

古い石橋を渡ろうとした時、突然枯葦《かれあし》が左手から湖の中ほどまで、金屏風をはりめぐらしたように、金箔を輝かせてあらわれた。

その黄金色を受けとめてか、眼前にひろがる湖の藍は、かつて見たこともない紺碧《こんぺき》に深く澄みわたって、白い雪片をかぎりなく、吸いこんでいた。藍と金は互いに迫りに迫って、白銀にまぶされながら、昇華してゆくようだった。三者は、それぞれ極限を求め合っているなど露しらず、ただそこに在るだけだったが、その時以来、私の中に焼きついたものは、湖の藍と、枯葦の金茶、雪の白だった。

何かを織りたいという衝動の根源《もと》には、必ずこの三者が浮かび上がる。しかし、そんなことを意識しだしたのはずっと後のことで、それ以来、私の中に湖が宿ってでもいるかのようにひきよせられてゆくのを感じた。

ひとをとりまく自然から、その人の心に浸透してゆくものがあるとすれば、朝夕の風のように、それは湖から吹いてくるようだった。

その頃、肉親を相次いで亡くしたせいか、湖にむかうとき、何となく鎮魂の想いがあったのかもしれない。山や森にかこまれた琵琶湖は、いかに広いとはいえ、内へ内へこもってゆくようなところがあって、とくに北の果てまでゆくと、湖底にひきこまれそうなくらい哀しみがある。

時々、私はあてもなく湖西線にのり、比良《ひら》山系を左手にながめながら、湖岸に沿って終点の永原まで行ってみる。時には行き止まりの菅浦をめぐり、月出峠《つきでとうげ》を越えて大音《おおおと》へ出る。賤ヶ岳《しずがたけ》の山頂には、北湖と余呉湖《よごこ》をのぞむ場所があって、雪解け水と、湖底より湧き出る水は、森の中の青い瞳のように、冴《さ》え冴《ざ》えと余呉湖をみたし、湖底に竜神の住まうという伝説もうなずけるようである。かつて周辺の村人達はこぞって湖上に舟遊びを楽しんだという。いつもこのあたりに来ると出会うのは、空と水の特別な感応であろうか、雲の裂《きれ》間《ま》より幾条《いくすじ》もの光の帯が湖面に射し、その光の中に浮上する竹生島《ちくぶしま》や、その周辺にあらわれる光の水盤に向かうただならぬ予兆《きざし》のようなものを感じるのである。近代科学の塵芥《じんかい》のとどかない、といってもすでに湖の大半は病んでいて、いずれは時の問題にすぎないとはいえ、人さえ住まわねば汚れないものを、という皮肉な現象がここにも現われている。

近江をはなれ京都に住んで二十数年がたつ。時折近江を訪れると、まず空の広さに目を洗われる。かつて「いちめんのなのはな、いちめんのなのはな」の山村暮鳥《やまむらぼちょう》の詩のように、むせかえる黄色の海の中で、母と機《はた》を並べて織っていた。二歳の時養女として手離した私が、どのような運命のめぐり合わせか、再び母の晩年になって織の道を伴にしていることを、「神様が下さったごほうびや」と母は言っていた。今、晩年の母の年に近づいて、ようやく身に射し入った近江の風や光がよみがえる。夕餉《ゆうげ》の最中、「夕焼や」と一言いって箸をおき、門口にまろび出る母に続いて、私や幼い子供達まで一斉にあとに続く。

西の空の比叡山をシルエットに、天空一帯、茜色《あかねいろ》に染まる。黄金にふちどられた雲の奥から交響曲がなり響くようだ。今も蒲生野《がもうの》にあのような荘厳な夕焼をみることができるのだろうか。京に移り住んで、東に比叡山を仰ぐようになって一層あの夕焼空を恋しく思う。あの山のむこうに湖がひかえている。何千年の歴史の変遷を鏡のように映してきた湖は、月の夜に琵琶となって、その物語をかきならすのではあるまいか。

湖はその形態によって、独自の音色をもつという。その音色にしたがって湖全体は調律され、フルートや、弦楽器のようにその音色は上音《オーバートーン》をもっていて、月の軌道や、湖の満干と共鳴し合うのだという。月が湖上を移動する時、月はメロディをかなで、メロディは湖全域に響きわたる、とテオドール・シュベンク(『カオスの自然学』)は語っている。湖が月の光にさそわれて琵琶をかなでると思ったのも、あながち空想ではなかったのかもしれない。

二

いつの間にか三十数年が経っていた。何もわからない一介の主婦が、いきなり三界《さんがい》に家なしの境涯《きょうがい》に放り出され、心の奥底には芸術に対する止むに止まれぬ憧憬は持っていたのかも知れないが、あらゆることに無意識で、押し寄せてくる運命の荒波にだけは立ち向かう意欲を持っていて、目の前に降りてきた織物という糸に必死ですがりついて日夜を忘れて仕事をした、といえるかどうか。こうして、遠眼鏡をすかしてすぎた昔をのぞいてみれば、目の前に岩が現われ、心身が砕けそうになるほど打ちのめされて、ようやく気がつくことが多かった。私を本当に知っている人は、さもありなんと肯《うなず》くだろう。

はじめにかいた三界に家なしの境涯に放り出されたのがそもそもの発端で、いかに人生に無防備であったか、人をむやみに信じたいという愚かしい性質が拭《ぬぐ》いきれず、思いきり、打ちのめされた結果、漸《ようや》く石のような塊が砕けたのか、それからの道のりは決して容易ではなかったが、私は私自身から解放された如く、仕事に突っ走った。三十をすぎてから、小娘のように喜々として、近江八幡の町はずれの倒れかかったような織小舎《おりごや》に通って、機の一《いち》から習い始めた。その一方では家庭を捨て前途まっくらな闇が突然のしかかってくるような明暗を綯《な》い交《ま》ぜたような出発だった。突然落ちた穴は暗く、無気味だったが、どこからか射し込む光が、まっすぐ私の心の中心を貫くように歓《よろこ》ばしく思われたから、はじめて自力で這《は》い出《だ》すことが決して苦痛ではなく、まさに新鮮だった。最初から植物染料とか手紬《てつむぎ》とか特別のことを考えていたわけではなく、親子三人が何とか織物で生きてゆければよいと思っていた。しかし実際は全く生きてゆけない状態だった。その数年間日夜を忘れて仕事をしたというのは本当だった。その間ぎりぎりの時限を両親が生きていて、全面的に援助してくれたのは何ものかの御加護というほかはない。止むに止まれぬ芸術への憧れというものをようやく自覚しはじめたのはその頃からだろうか。勿論《もちろん》そんな風に言葉にして意識したのではなく、仕事が仕事するとでもいうか、自分を導いてくれるものがあるということに気がつかされた。ある日糸を染めていてあまりに予期せぬ泥んこのような色になったのを嘆いて、母屋の方へ走っていきながら、ふと手もとをみると、光り輝く糸があった。風と光の中にあって、色が誕生していたのだ。空気にふれながら刻々に色が変化する。私の力でないものが、歴然と存在して私につき添っていてくれる。そんなことは私にしてみれば冥利に尽きることだった。色には何か未知からの香りがある。私はそこへむかって遡《さかのぼ》ってみたい。
　しかしそれは時の流れにさからうことであり、厳しい関門が待ちかまえていた。物を物として分析、解明してゆく方向とは逆の、物とは何か、物を物として存在させているものの領域というか、知識や努力では通れない、何か決定的な厳しい関門があるように思われた。物が私を拒否する。自分より以上の物を決して手にすることのできない、物自身のもつ格というか、物が私の願うことをきいてくれるには、物に自分の命を托することしかないということを思いしらされるのだが、それはなかなか実行不可能な道だった。今でも私は物にふりまわされている。物に馴れてくれれば猶更《なおさら》のことだ。自分からその落とし穴に落ちる。しかし物は、私さえ諦めず従って行こうとすれば決して裏切らない。黙々としているようだが無類に雄弁で、人間の言葉では語り尽くせない部分を見事に語ってくれる。ひとたび物に耳を傾けるや、万巻の書にも及ばないが、人は自分の限界でスイッチを切ってしまう。若い頃は仕事をしながら何か起ると特別のことのように思って、それを神秘的だ、と思って感動した。今でも私は人より簡単に感動するたちではあるが、この頃思うのは、日常あたりまえのことがすでに秘儀ではないかと思うようになった。かくされているものは何もなくて、私達が気付かないだけだと。ただ言えることは、そのものの質を高めることを怠っては何も見えないのではないかと思う。何か時代と共に根源的にものを見ようとする熱を失って冷却の方向にいっているような気がする。そんな時、次のような言葉に出会った。

　世界は浪慢化《ろまんか》されねばならない。そうすれば、人は根源的な感覚を再発見するであろう。浪慢化するというのは、質を高めるということ以外何ものでもない。私があたりまえの事柄に高い意味を、当然の事柄に秘密に充ちた外観を、既知なるものに未知なるものの品位を、有限なるものに無限なるものの仮面をあたえる時、私はそれを浪慢化するのである。

（ノヴァーリス『断章』高橋巖訳）

浪慢化などといえば過ぎ去った時代の言葉のように思われるかもしれないが、私はこの言葉に出会った時、今まで出会ったり、見たりしている現象が別の姿を装ってあらわれたような気がした。それを言葉で表わすのはむつかしいが、実体をおおう床《ゆか》しい薫りとでもいえばよいのか、ある種の美といっても許されるだろうか。物事の実体を皮をむくように見極めるのとは逆に、何かそこに装いあたえられているもの、針の先ほどにちらっと姿をみせる化身のようなものが感じられる。たとえば、ごく身近なことで、蘇芳《すおう》という赤い染液に白い糸を浸ければ赤く染まる、そんなことは当たり前のことなのに、ふとその時、全く予期しなかった水や空気や、外気の光にふれ、それらの働きがキラキラ輝いてみえたとしたら、心の中はま新しいよろこびにみたされる。別世界が新たな装いをもって現われる。それをしも、質を高めるというのではないだろうか。日常我々のすぐ傍を流れ去ってゆくものの中に未知なるものの品位を見出し得るのではないだろうか。

ある方からこんな話を伺った。阿弥陀経の中に語られているのだが、浄土では青い花の上に青い光が射し、赤い花の上に赤い光が射し、白い花の上に白い光が射していると、それこそ当たり前のこととして一見聞き流してしまいそうな話であるが、真如の世界といおうか、まさに一元の、言葉以前の美醜のない世界のことを語っているのではあるまいか。

いみじくもノヴァーリスの青い花にも青い光が射しているだろう。

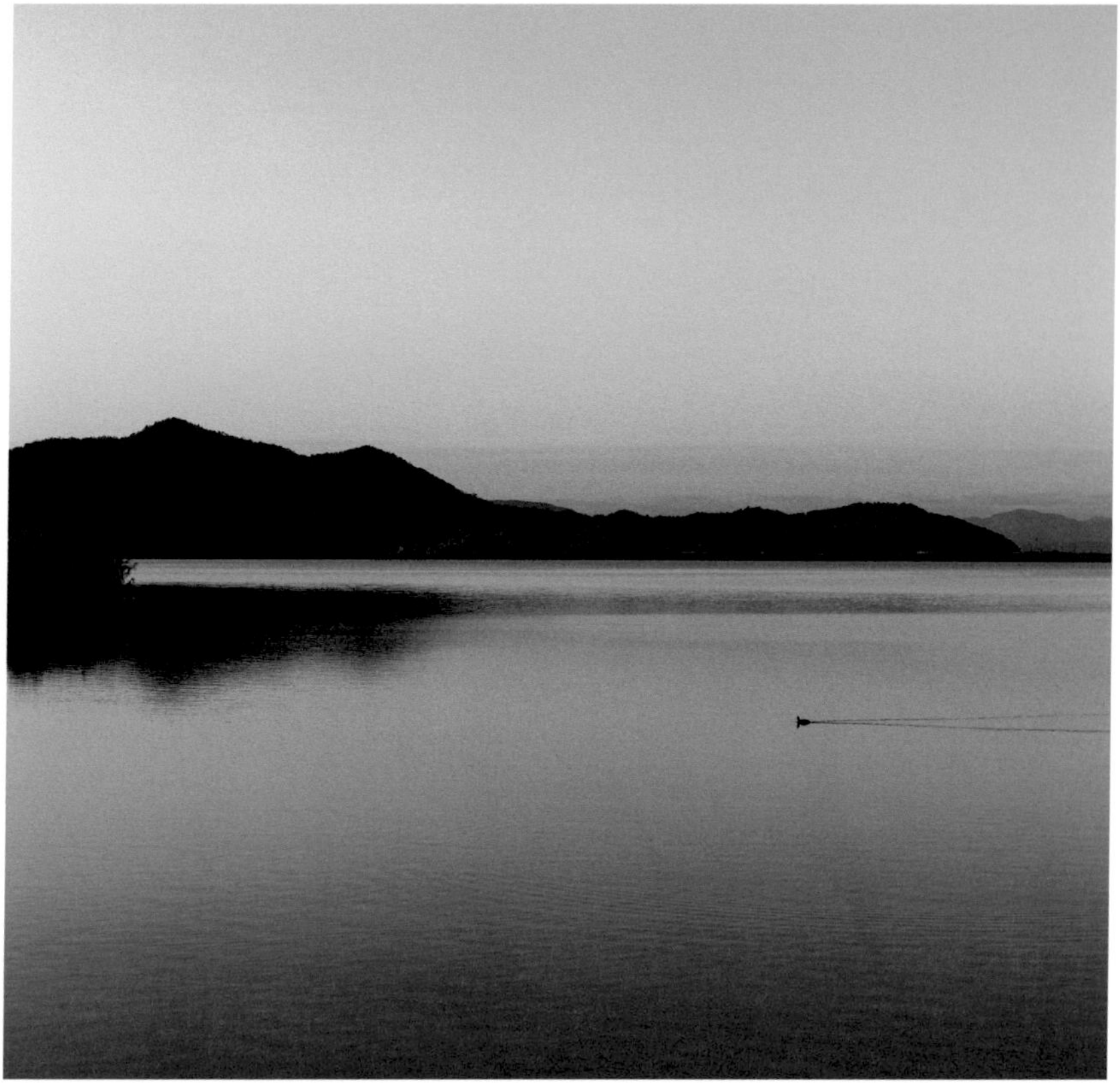

近江八幡 西《にし》の湖《こ》

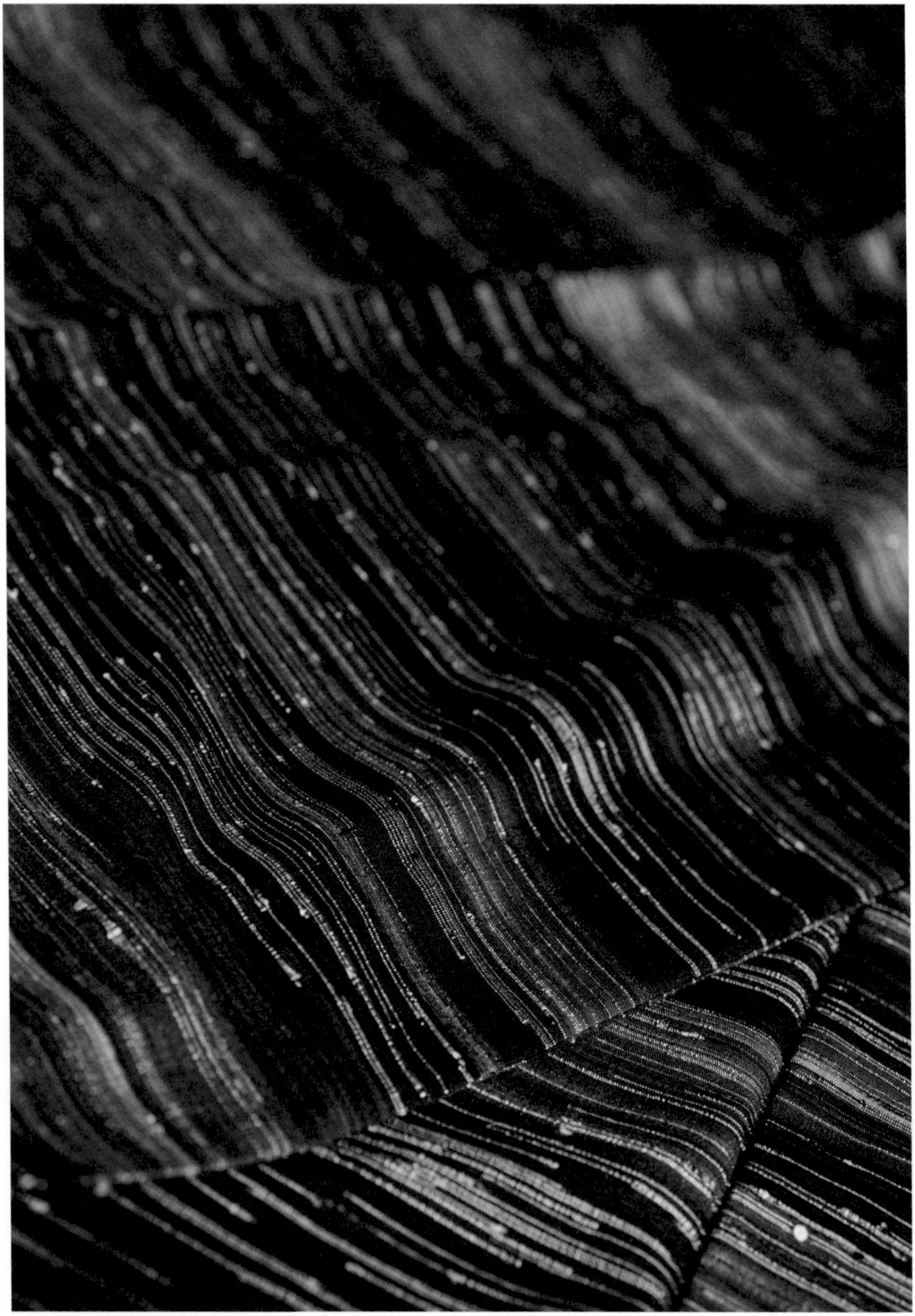

「秋霞」
あきがすみ

つなぎ糸

幸の扉

野の果てに小さな家がありました

男の子と女の子が仲よく住んでおりました。いつも平和な美しい日が續いてをりました。女の子も男の子も白い衣を着て静かに坐っておりました。野や谿をかけ廻って花をつんで歸る事もありました。

二人はこの世の何よりも深く愛し合っておりました。天にも地にも二人は唯お互ひを信じ愛するより何もありませんでした。二人の間には無言の嚴かなものが流れてをりました。お互ひにひそかに尊敬の心を持っておりました。女の子は五つ年下でまだほんの子供でした。けれどこの世のどんな女よりも清い美しい愛を捧げてをりました。男の子は女の子を温く包んでやりました。どんなに／＼女の子をいとほしく思ったかそれを現す術を知りませんでした。二人は幸福でした。二人の間にはいつも／＼淋しいものが流れておりました。この世で二人を知ってゐるものはありませんでした。たゞ神様が二人を守ってゐて下さいます。

嵐の夜は二人とも心細い寂しい思ひをしました。けれど男の子はぢっと震へてゐる女の子を温く抱いてやりました。そしてこんな瞬間に死ぬ事が出来ればと思ひました。

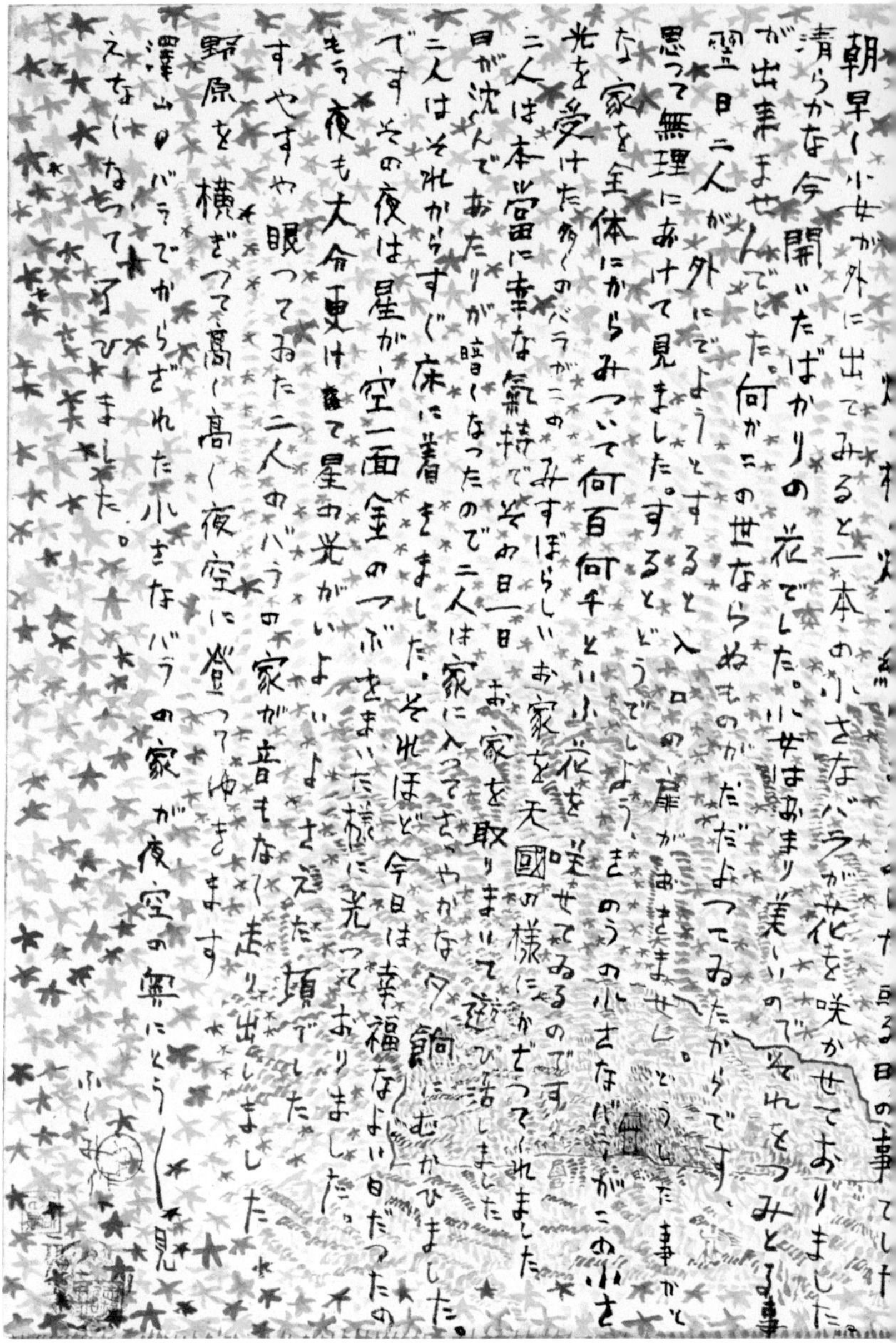
朝早く少女が外に出てみると一本の小さなバラが花を咲かせておりました。
清らかな今開いたばかりの花でした。少女はあまり美しいのでそれをつみとる事
が出来ませんでした。何かこの世ならぬものがただよってゐたからです、
翌日二人が外にでようとすると入口の扉があきません。どうした事かと
思って無理にあけて見ました。するとどうでしょう、きのうの小さなバラがこの小さ
な家を全体にからみついて何百何千という小花を咲せてゐるのです
光を受けた多くのバラがこのみすぼらしいお家を天國の様にかざってくれました
二人は本當に幸な氣持でその日一日お家を取りまいて遊び話しました
日が沈んであたりが暗くなったので二人は家に入ってささやかな夕餉にむかひました。
二人はそれからすぐ床に着きました。それほど今日は幸福なよい日だったの
です その夜は星が空一面金のつぶをまいた様に光っておりました。
もう夜も大分更けて星の光がいよいよさえた頃でした
すやすや眠ってゐた二人のバラの家が音もなく走り出しました
野原を横ぎって高く高く夜空に登ってゆきます
澤山のバラでかざられた小さなバラの家が夜空の架にとうとう見
えなくなって了ひました。
ふくみ

「野の果て」手稿（志村ふくみ 文，小野元衞《もとえ》 画）

ニコライ堂

文化学院

「朱の仏」(小野元衞 画)

左から，ふくみ，兄 元衞，姉 みよ子

ほうけいもんつづれおりひとえおび
「方形文綴織単帯」

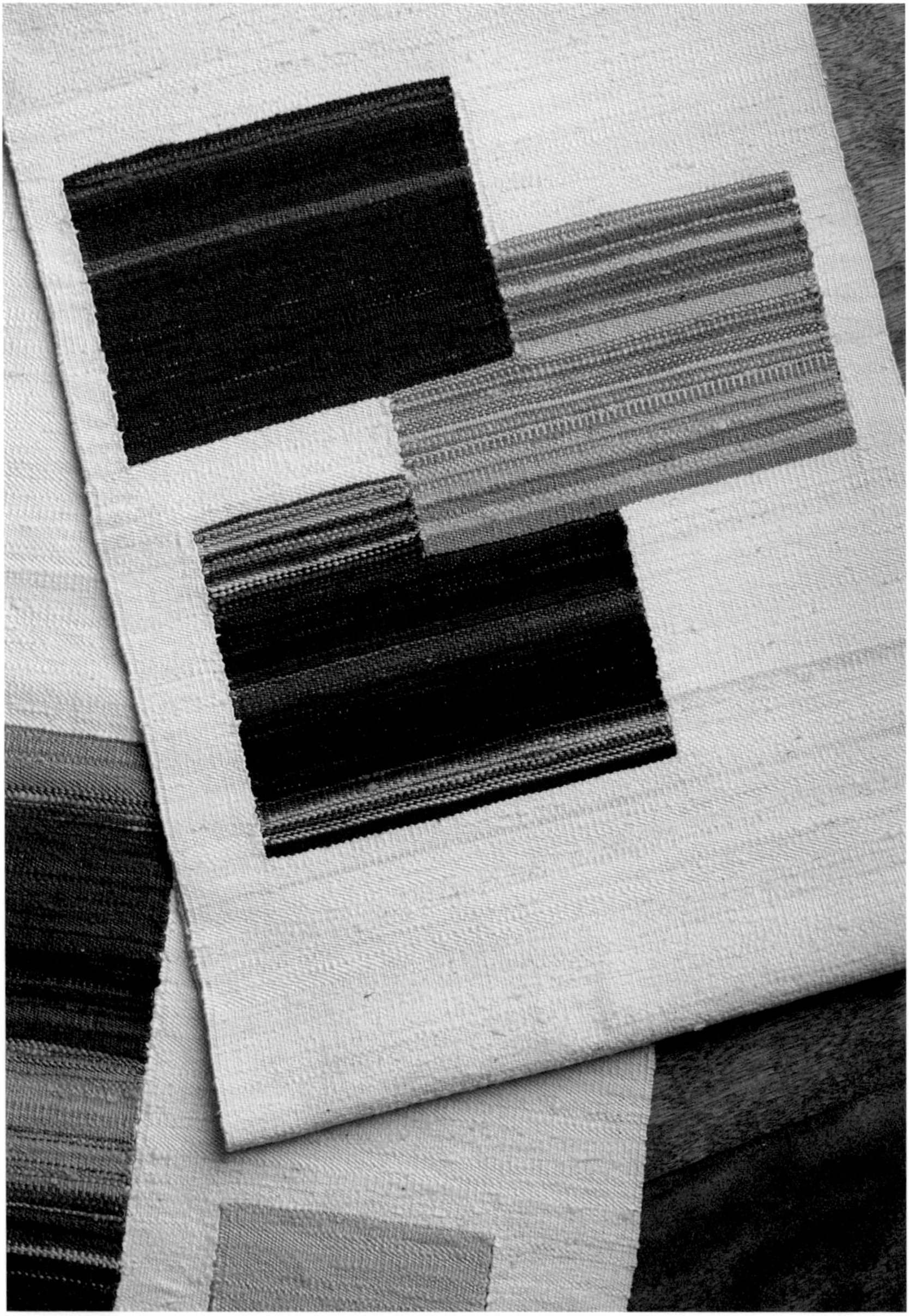

工房の客間　黒田辰秋の円卓，柳宗悦の軸

享保雛《きょうほうびな》(小野豊《とよ》 作)

近江八幡風景

雪の琵琶湖

清凉寺（嵯峨釈迦堂）多宝塔

Ⅱ 仕事

ちよう、はたり

ふと人は遠い昔を思い浮かべることがある。自分の生まれていない遠い世のことまで。

かすかな機《はた》の音と、近づく春の雨音をききながら、その奥に、「ちよう、はたり」「ちよう、はたり」という音を聞いたような気がした。

それが、「とん、からり」「とん、からり」というわが機舎《や》の音ではなく「ちよう、はたり、はたり、ちようちよう」とは。思う瞬間浮かんできたのは――時雨《しぐれ》にけむる夕刻の、上賀茂社家のうす暗い土間に石油ランプを灯して織っている三台の機。その間から聞こえてくるようなのである。

もう八十年近く前のことになるのだろうか、柳宗悦《やなぎむねよし》がはじめて京都に上賀茂民芸協団という民芸運動をおこした頃、上賀茂の社家の奥で藍に爪をまっ青にして熱にうかされたように「ちよう、はたり、ちようはたり」と機を織っている青年がいた。まだその頃、日本の染織史の中では、正倉院から昭和初期まで、王侯貴族の着用する絢爛《けんらん》たる装束、小袖《こそで》能衣裳をはじめ、せいぜい中流以上の社会の人々が身にまとう衣裳しか世に問われることはなかった。まして庶民がほころびるまで着尽くした普段着など、ぼろとして捨てるしか道はなかったのである。

その頃、京都の弘法さん、天神さんと呼ばれる古市には、それが決して価値あるものとしてではなく、その日を凌《しの》ぐわずかの糧《かて》にでもかえたい貧しい人々の垢じみた古着やふとん、藍染の古裂《ふるぎれ》などが片すみに並んでいた。それに眼をとめて柳宗悦が拾い上げたのが、丹波布《たんばぬの》であった。

青田五良《あおたごろう》はその頃同志社中学の絵画の教師をしていたが、生来裂類《きれ》が好きで、たまたま河井寛次郎《かわいかんじろう》の陶芸に魅せられたのが縁で、上賀茂民芸協団に加わり、前述の織物をはじめたのである。京都中の古着屋を漁《あさ》ったり、丹波の山奥に老婆をたずねて草木で染めることを習い、いざり機《ばた》、糸つむぎから、古着を裂いて織る襤褸織《ぼろおり》まで全くの独学で、道なき道を歩みはじめたのである。屑繭《くずまゆ》やぼろ裂で青田は美を創造する道をえらんだ。王朝の都の片すみ、しかも上賀茂社家の白壁の奥でそれがはじまったのである。屑繭やぼろ裂が絢爛《けんらん》たる能衣裳の展開する雅びの世界に比肩し得る美を創造できるか、今思ってもそれは全く無謀な企てである。しかし、強情、我慢、青田は体がぼろぼろになるまで織りつづけた。

その青田の傍《そば》で私の母は最初に織物を伝授されたのだった。柳宗悦のすすめで母は、青田を織物の師として学びはじめたのである。

「色なき水のさまざまに映し出す色のふしぎ、明日死んでしまう蟬の羽がなぜあんなに美しく装われているのか」などと、織の手を休めては語ったという。遺《のこ》されたわずかの裂は、ウィリアム・ブレークの本の表装とか、三國荘《みくにそう》の飾布《かざりぬの》など、驚くばかり斬新で美しく、知性の高いものであった。それが屑繭やぼろ裂で織られたとは、到底思えない。いや、そういう素材のもつ原初的な力、機械産業におかされず、科学に分析される以前の、そのもの自身が内在する生命力を、青田は的確に把握し表現したのだと、ようやく私は強く首肯するのである。

しかし科学万能の道を逆行し、衰退の一途をたどる手仕事に目をむけ、そこに自己の芸術的表現を託するには時代が少し早すぎたのか、新しい道への受難は貧困と病ばかりではなく、なぜかそれを突き崩そうとする世間の眼が青田を苛《さいな》み苦しめた。

「今はまだ暗い、誰もかよわぬ道だが、必ず誰かがあとから来る。自分は踏台になる」といって三十七歳で亡くなった。その後、母はつよくこの道を進みたいと願ったにもかかわらず当時の社会、医家、主婦、母、等々の圧力に抗しきれずこの道を断念したのである。今、私の手もとにのこされているのは、青田五良著の『上賀茂織の概念』という一冊の小冊子である。

織、染め、撚《より》、糸、すべてが克明に知るかぎりの能力で誠実に記されている。母は遺された数点の作品と共に、この小冊子を宝物のように思い、断ちがたい思いを断って、納屋に機と共にしまっていたのである。それから数十年経って、私がこの道へむかうことになろうとは。なぜこんな昔語りをはじめたのだろう、「ちよう、はたり、はたり、ちよう、ちよう」という機音にさそわれて思わず筆がすべり出したのではあるが、実はやはり、書いておかねばならないことなのであろう。

まさか自分が青田のあとを継いでこの道に入るとは夢にも思わなかった。今となってみれば、まぎれもなく私は青田を祖師としてこの織物をはじめているのである。母が上賀茂の社家で青田から伝えられたものは植物染料、紬《つむぎ》、襤褸織のことなどであるが、その中で青田が遥か先方を見すえて孤軍奮闘、物づくりの不屈の、強情、我慢の精神を、母をとおして私に、私をとおして次の世代に伝えようとした思いを、ようやく私はつよく自覚させられている。そのことを私は、若い世代に伝えなければと思う。今、当然のこととして紬織は世にむかえられているが、昭和初期、柳宗悦の民芸運動と青田五良の出現なくしてはあり得なかったのである。

今回私は四十余年になる仕事の中から、数滴、あるいは数十滴の色のしずくを掬《すく》い上《あ》げて、平成の、今の色をとどめておきたいと願い、一冊の裂帖をつくることを思い立った。

しかし、はじめてみれば数十滴ではおさまらず数百滴、あるいは無数の色の群れがどこからともなく立ちあらわれ、思わぬ大仕事になっていった。もとより一人の人間が僅かの間に成し得ることなど大海の一滴にもみたないものである。しかし色は色を呼び、私は水車がまわるように溢《あふ》れるは溢れるにまかせ、その中の僅かの色彩をもって一帖《いちじょう》の本としたのである。掬い上げられた色の何と僅かなことだろう、何と貧しいことだろう。流され、消えていった色は無量である。わが掌《てのひら》にのこった僅かの色をもって私の襲《かさね》の色目《いろめ》を組み合わせることとなったのである。当初葛籠《つづら》の中に永い歳月眠っていた色をあつめてつくってみるつもりだったが、いざはじめてみるとほとんどが、気に入らぬものばかりだった。これは全く新しい心組みでかからねばならないという思いが次第につよくなった。移りかわる歳月、人の心、それを色が映し出さないはずはない。着物にしてもそうだった。四十年前に織ったものはまだ母の匂いがした。明治、大正、昭和を生きる辛抱づよい、慎《つつ》ましい女の香りがした。縞《しま》、格子《こうし》、暈《ぼか》し、絣《かすり》、残り布はいくつかの葛籠に溢れんばかり、そのうちの何点かを選んで台紙にはりつけると、隣同士、「あ、お久しぶり」なんて挨拶しながら納まってくれる。「あなたとはいや」と反撥《はんぱつ》するものもあって、出番を待った裂たちがそれぞれに主張しはじめる。私はとたんにその頃があざやかによみがえって、思わず感慨にふけったりしていると、遂に出番のこなかった裂たちがぶつぶつとくりごとを言う。私はすっかり疲れてしまって、四十年ごと葛籠の蓋《ふた》をしめてほっと溜息をつくのであった。古い裂は追憶、私の日記のようなものだった。

私の掌の中で色は次第に自己を確立し、主張し、一色で立ち上がろうとする。裂でも着物でもなく、ひたすら色として、全く織物を感じさせない領域、そんなものがあるかどうか私にはわからないが、色がそれを要求する。私はその一色に全集中力をかけて立ち上がらせたい。何かが迫っている予感はする。織物の領域をどうしたら越えられるか、私は色を追うしかない。色に深く染まるしかない。そして突きはなすしかない。それが今後の私の課題かもしれないと思う。

色と糸と織と

第一信

水子さん

杼屋《ひいや》(1)にたのんでいました三十五センチの杼、やっと出来上がりましたので御送りします。この長い杼と松《まつ》葉《ば》綜絖《そうこう》(2)で、あなたの念願の織物が出来ますように。

私もこの間から染めのことで故障がおきて、悩んでいます。あやうい色を追いかけて、足もとの地が崩れるような思いを繰り返しながら、ますます深みに落ちてゆくようです。

先日も見知らぬ方から電話がかかって来ました。大山崎の山の中腹に住む方ですが、

「家の前の古い大きな榛《はん》の木を道路拡張のため切り倒してしまって、嘆いていたら、その切り株から地面をまっ赤に染めて木屑が散っていました。まるで木から血が流れているみたいで、いたましくてじっとしていられない気持ちでした。その時、何かの本であなたが、木の皮などを煮出して染めていられると書いてあったのを思い出して、唐突ですが、御知らせしたかったのです。この榛の木で何か染められませんか」

というのです。

私は伺っているうちに、もう血が騒いですぐ車を用意してでかけました。山道は落葉で埋まって、歩きにくいのは数知れない団栗《どんぐり》のせいでした。坂道をのぼりつめると、ゆるく曲がった山ぎわに大きな切り株が生々しく、そのあたり一面に赤茶色がにじんでいました。太い幹が幾本もたてかけてあって、その切り口からも色はにじみでていました。百年以上も経っているという榛の木はじっと樹液を貯めていたにちがいありません。突然切り倒され、切り口を空気に曝《さら》したとき、色が噴き出たのです。

私たちは早速、皮剝用《かわはぎよう》の刀で、厚い皮を剝ぎにかかりました。表皮の下からあらわれた白い木肌もみるみる紅《あか》みを帯び、赤銅色《しゃくどういろ》に変わりました。私たちはせきたてられるように剝いだ皮を袋につめ、いそいで山を下りました。一刻も早く榛の木の色をみたかったのです。

釜に湯をわかし、木の皮を炊き出しました。熱するに従って、透明な金茶色の液が煮上がってきました。私も地面にひき粉になって散っていたあの赤茶色をみた瞬間、これは染まると思いました。何かに染めずに

はいられない。何百年、黙って貯めつづけてきた榛の木が私に呼びかけた気がしました。榛の木は熱湯の中ですっかり色を出し切ったようでした。

布袋で漉《こ》して、釜一杯の金茶色の液の中に、純白の糸をたっぷりつけました。糸は充分色を吸収し、何度か糸をはたいて風をいれ、染液に浸し、糸の奥まで色をしっかり浸透させた後、木灰汁《あく》につけて媒染《ばいせん》しました。発色と色の定着のためです。糸は木灰汁の中で、先刻の金茶色から、赤銅色に変わりました。まさに地面に散った木屑の色です。いえ、少し違います。それは榛の木の精の色です。思わず、榛の木がよみがえったと思いました。

榛の木が長い間生きつづけ、さまざまのことを夢みてすごした歳月、烈《はげ》しい嵐に出会い、爽やかな風のわたる五月、小鳥たちを宿してその歌声にききほれた日々、そして、あっという間に切り倒されるまで、しずかに、しずかに榛の木の生命が色になって、満ちていったのではないでしょうか。

色はただの色ではなく、木の精なのです。色の背後に、一すじの道がかよっていて、そこから何かが匂い立ってくるのです。

私は今まで、二十数年、さまざまの植物の花、実、葉、幹、根を染めてきました。ある時、私は、それらの植物から染まる色は、単なる色ではなく、色の背後にある植物の生命が色をとおして映し出されているのではないかと思うようになりました。それは、植物自身が身をもって語っているものでした。こちら側にそれを受けとめて生かす素地がなければ、色は命を失うのです。

ある日、私はふしぎの国のアリスが小さな穴からころがり落ちるように、植物の背後の世界にころがり落ち、垣間みたように思うのです。扉がほんの少し開いていて、そこから、秋のはじめの深い森がみえ、紅葉しかかったさまざまの樹が、陽《ひ》の光と少しの風にきらめいているようでした。一枚一枚の葉はしみじみと染めあげられ、その色の美しさはこの世のものとも思われませんでした。その後二度とその森をみることはありません。

ただ、こちらの心が澄んで、植物の命と、自分の命が合わさった時、ほんの少し、扉があくのではないかと思います。こちらにその用意がなく、植物の色を染めようとしても、扉はかたく閉ざされたままでしょう。

（1）製織《せいしょく》の際、緯糸《よこいと》をとおす操作に用いるものを杼という。杼を売る店。
（2）製織の際、緯糸をとおす杼の道を作るために経糸《たていと》を上下させる用具を綜絖という。松葉の形をした綜絖の一種。

第二信

水子さん

あの杼がお役にたっている由《よし》、投げ杼でなく、縫いとってゆく箇所のある時、あの杼は、あなたの指や、心くばりの役をしてくれるのですね。松葉綜絖で十枚の綜絖を七枚にへらすことが出来ました由、やはり道具というものは確実に仕事をしてくれます。

やっとはじまりましたね、あなたの花織が。

私も正月あけから、憑かれたように染めに明け暮れています。寒の水で染めたいということもあるのですが、二月に梅林をもっている方から、トラック一杯梅の枝をいただきました。かたい蕾《つぼみ》が一杯ついていて、そのままあたたかい室内に活ければ蕾はふくらむのではないかと思いながら、ふとみますと、蕾は真紅《しんく》なのです。紅梅です。

枝を折ってみますと、折れ口も紅いのです。きよらかな紅がすこしの酸でうるんだような、熟成した梅の果肉の一部にもこんな色をみることがありますが、折れ口のその紅色をみた時、私はその色をこちら側に宿したい思いがしました。咲かずに切りとられた幾千の梅の蕾を私は抱きたいと思いました。

白梅と、紅梅にわけて、釜に盛り上がるほどの枝を煮出しました。煮上がった液はまるで梅酒のような琥《こ》珀《はく》色《いろ》です。白梅の方がいくらかうすいようでした。その液に糸をつけると、青みの底光りする淡い珊瑚色《さんごいろ》に染まりました。

トラックに一杯あった梅の枝の半分以上は、焼いて灰にしました。梅には梅の、桜には桜の灰で媒染するのが最もよいとされているのですが、なかなかそんな条件に恵まれませんでしたが、今回はたっぷり灰がとれました。灰に熱湯を注いで上澄液《うわずみえき》をとり、その灰汁に糸をつけますと、梅は自身の灰の中でやすらいでいるようでした。次第に青みが消え、和紙をとおして光が透けてくるように紅みがさしました。まるで少女の頬に紅のさすような珊瑚色でした。梅は梅の母胎《ぼたい》にかえり、蕾はひらいたかと思われました。

以前桜でもそういう思いをしたことがありました。まだ折々粉雪の舞う小倉山の麓で桜を切っている老人に出会い、枝をいただいてかえりました。早速煮出して染めてみますと、ほんのりした樺桜《かばざくら》のような桜色が染まりました。

その後、桜、桜と思いつめていましたが、桜はなかなか切る人がなく、たまたま九月の台風の頃でしたが、滋賀県の方で大木を切るからときき、喜び勇んででかけました。しかし、その時の桜は三月の桜と全然違って、匂い立つことはありませんでした。

その時はじめて知ったのです。桜が花を咲かすために樹全体に宿している命のことを。一年中、桜はその時期の来るのを待ちながらじっと貯めていたのです。

知らずしてその花の命を私はいただいていたのです。それならば私は桜の花を、私の着物の中に咲かせずにはいられないと、その時、桜から教えられたのです。

植物にはすべて周期があって、機を逸すれば色は出ないのです。たとえ色は出ても、精ではないのです。花と共に精気は飛び去ってしまい、あざやかな真紅や紫、黄金色の花も、花そのものでは染まりません。

友人が桜の花弁ばかり集めて染めてみたそうですが、それは灰色がかったうす緑だったそうです。幹で染めた色が桜色で、花弁で染めた色がうす緑ということは、自然の周期をあらかじめ伝える暗示にとんだ色のように思われます。

以前にも、私は真紅のバラの花弁ばかりを大鍋に入れて染めてみたことがあります。熱を加えると花弁はたちまち、濃い臙脂色《えんじいろ》の液を流しながら、淡紅《とき》に変わりました。煮上がった液は臙脂色でしたので、あるいはと思って染めてみましたが、紅《あか》みはさしませんでした。

夏の終わりに地上に散った花弁が、少し冷気を帯びて、黄ばんだローズ色になるのをご存じでしょう。それは寂しい色合で捨てがたいものでしたが、精気は抜けていました。咲き誇るあでやかな花の色のすぐ傍に、凋落《ちょうらく》のきざしがあるということでしょうか。

花は紅、柳は緑といわれるほど色を代表する植物の緑と花の色が染まらないということは、色即是空をそのまま物語っているようにも思われます。

植物の命の尖端は、もうこの世以外のものにふれつつあり、それ故《ゆえ》に美しく、厳粛でさえあります。

ノヴァーリスは次のように語っています。

すべてのみえるものは、みえないものにさわっている。
きこえるものは、きこえないものにさわっている。
感じられるものは感じられないものにさわっている。
おそらく、考えられるものは、考えられないものにさわっているだろう。

本当のものは、みえるものの奥にあって、物や形にとどめておくことの出来ない領域のもの、海や空の青さもまたそういう聖域のものなのでしょう。この地球上に最も広大な領域を占める青と緑を直接に染め出すことが出来ないとしたら、自然のどこに、その色を染め出すことの出来るものがひそんでいるのでしょう。人間はいち早く、藍という植物の中からそれを見出し、何千年守り育ててきました。藍こそ植物染料の中で最も複雑微妙な、神秘の世界といってもいいと思います。この染料は他の植物染料と根本的に違います。藍以外の植物は、炊き出した液で染めるのが殆《ほとん》どですが、藍は藍師が蒅《すくも》という状態にしたものをわれわれが求めて、醱酵建《はっこうだ》てという古来の方法で建《た》てるのです。

昔から藍は、建てること、甕《かめ》を守ること、染めることの三つを全うしてはじめて芸といえるといわれています。古来、藍小舎《あいごや》には愛染明王《あいぜんみょうおう》をまつり、祈りながら染めたということです。それ故、この藍の色には深い精神性がたたえられ、歴史や風俗に浸透した色として風格を備えています。インド、中国、アフリカ、日本と、全世界で藍ほど人間と深いかかわりをもち、愛された色はないと思います。ことに日本人の顔立、心情に藍ほどふさわしいものはなく、藍染は一時期驚くほどの発展を遂げ、深い内面性のある色にまで及びました。

つい二十年ほど前までは、人造藍《ピュアインディゴ》に押されて衰退の一途をたどっていましたが、近年、藍に対する認識が深まり、その復興ぶりは目をみはるものがあります。私もいずれは自分でやらなくてはならないと思い、廃業した紺屋《こうや》の甕をわけてもらい、十年ほど前に、京都の現在の家に移ったのを契機に藍小舎をたて、藍を自分で建てはじめました。失敗の連続でした。

かつて片野《かたの》元彦《もとひこ》先生に藍建てを教えていただいた時、藍を建てることは、子供を育てるのと同じだと、藍は建てる人の人格そのものだと、そして藍の生命は涼しさにあるといわれました。四国の吉野川流域で藍作りに生涯をかけている佐藤さん一家の蒅を暮れに一年分、わけていただきますが、われわれ素人が一発勝負で藍を建てることを昔から「地獄建て」「鉄砲建て」といって万に一つ建てばよい方だとされていました。五、六年悩みつつ、何度か止めようかと思いましたが、藍を止めることは自分の他の仕事もすべて駄目になると思い定めていましたので、止めるわけにいきませんでした。前にも他の染料と全く違う点があると申しましたが、私は藍を手がけることによって、植物が単なる色だけでないことを知り、植物の側のいい分、言葉にならない言葉や形態から何かをさぐろうとし、植物の言葉や様子をわかる耳や目を持ちたいと痛切に思いました。一口にそれを勘と申しますが、その勘にも藍をどのようにとらえているかの微妙な振幅があり、失敗や失望をかさねる中に、他の植物に対する配慮がおのずと変わってきました。前述の植物の背後の世界を感ずるようになったのも丁度その頃です。

甕には一つ一つ藍の一生があって、揺籃期《ようらんき》から晩年まで、一朝ごとに微妙に変化してゆきます。朝、甕の蓋をあけると、中央に紫暗色《しあんしょく》の泡の集合した藍の華（あるいは顔）があり、その色艶《いろつや》をみて、機嫌のよしあしを知ります。熾《さか》んな藍気を発散させて、純白の糸を一瞬、翠玉色《すいぎょくしょく》にかがやかせ、縹色《はなだいろ》にかわる青春期から、落ち着いた瑠璃紺《るりこん》の壮年期を経て、日ごとに藍分は失われ、洗い流したような、水浅黄《みずあさぎ》に染まる頃は、老いた藍の精のようで、その色を「かめのぞき」ということも大分後に知りました。かめのぞきといえば、甕にちょっとつけた淡い水色をいうように思いますが、実は藍の最晩年の色をいうのです。

健康に老いて、なお矍鑠《かくしゃく》とした品格を失わぬ老境の色がかめのぞきなのです。かつて、唐組《からくみ》の深見重助《ふかみじゅうすけ》翁が、伊勢神宮の平緒《ひらお》を組まれる時、かめのぞきの色が是非いるといわれ、

「ながいこと、ほんまのかめのぞきに出会《でお》うたことがおへん。難儀《なんぎ》な色どす。今頃のかめのぞきには品格がありまへん」

といわれたことがありましたが、その頃の私はまだ藍のことがよくわからず、そんなものかくらいにしか思っていませんでしたが、今にして思えばよくわかります。二カ月をすぎても藍の勢いは衰えず、中央に凛《りん》乎《こ》とした紫暗色の小さな花を浮かばせ、ひっそりと染め上がってくるかめのぞきの色は、若者の色ではなく、風雪を越えて老境にある人の気品を備えているように思われます。残念ながら、修業の足りない私は、そのような色をわずか、二、三度染めただけに止まっております。たいていの場合、その手前で藍は力を失い、色は染まっても、品格は失われます。藍染はそれだけで一生の仕事であり、専業とすべきものです。私の場合、藍染の糸を使って織物をしたいための仕事として、藍を手がけていることが根本的に矛盾しているのです。その上、紫も紅も茜《あかね》もそのほかの色も染めたいのです。まま子にされた藍はたちまち機嫌をわるくしてそっぽをむいてしまいます。私が欲張っているのです。「藍染は紺屋に任せなさい」といって下さる方もあります。そうすべきかとも思います。しかし、インドの蛇使いが壺の中から蛇をみちびき出して踊らせるよ

うに、藍甕の中からゆらゆら、立ち昇る香気の中から、私は藍の精をみちびき出したいのです。笛吹き次第で藍はどんな色を出すか、藍の微妙なグラデーションはやがて緑に通ずる道なのです。かめのぞき、水浅黄、浅黄、縹、花紺、紺、濃紺《のうこん》と、藍は甕をくぐらせる度数によって、徐々に深さを増します。その移りゆく濃淡の美しさは水際の透明な水浅黄から、深海の濃紺まで、海と空、そのものです。あの蓼藍《たであい》という植物からよくぞ人々はこれほどの自然の恵みを引き出したものです。

その十段階に近い藍の濃淡に、黄色の染料、刈安《かりやす》、梔子《くちなし》、黄蘗《きはだ》、沖縄の福木《ふくぎ》などで染めた黄色をかけ合わせますと、それぞれ少しずつ違った赤味や青味の黄に十段階の藍がかかり、緑のヴァリエーションが生まれます。初冬、橙色《だいだいいろ》に熟し切った梔子の実を煎じて染めた黄はあたたかく黄金色にかがやいていますし、穂を出す前に刈りとる刈安を染めますと(椿媒染)、青みのある金属質の黄色になります。沖縄の福木の黄は明るいレモン色です。それらの黄色をしっかり糸に定着させ、最も盛りの縹色にかけ合わせますと、まぶしいほどの緑が生まれます。青と黄、水と光、自然はこの二つを結合させることによって、緑を誕生させました。

第三信

水子さん

斜に走る線上に同じ形の花織を配して、千灯の趣を出したいという、あなたの思いが、このおたよりからこぼれ落ちた小さな裂《きれ》、紺地の花織になったのですね。たしかに斜に走る線上に灯がともり、放射状の白い絣《かすり》とうちかさなるところ、まるで夜空に散る花火ではありませんか。「恋人にでもあげるのでなければとても辛抱し切れない」ほど苦労されたのがよくわかります。

実は私も今年のはじめから染めためた糸の束を、一尺方形の藤の葛籠《つづら》に一色ずつならべて、織ってしまうのが惜しく、時折とり出してながめているのです。手厚く、こまやかに組まれた藤の葛籠は祖母から伝わったもので、艶やかな飴色になっています。ふっくらと、盛り上がった蓋をあけてみましょう。

藤紫、鶸《ひわ》、淡紅《とき》、水浅黄、鬱金《うこん》、朱、萌黄、縹、紫、臙脂、鼠、栗茶、……

深い絹の艶をふくんだ色がこぼれました。葛籠の中はさして深くもないのに底の方から次から次へと糸の束が湧いてきて、部屋にみちています。一つ一つの色は誰に侵されようもない独自の世界をもっています。どんなに遠くの、異なった国からやって来たことか。インド、中国、地中海、色と色は決して交ざり合うことはないのです。例えば今ここにマレーシャ群島でとれた蘇芳《すおう》、中国産の紅花、地中海の西洋茜、それぞれで染めた糸があります。蘇芳の赤、紅花の紅、茜の朱、この三つの色は、それぞれ女というものを微妙に表現しているように思います。

蘇芳は、インド、マレーシャ方面に産する蘇芳という木の芯材です。この木片をたき出しますと赤黄色の液が出て、その液に明礬《みょうばん》で媒染した糸を浸けますと、真っ赤になります。あらゆる赤の中で、この蘇芳の赤ほど、真っ当な女をあらわして嘘のない色を知りません。あまり真っ当すぎて、昔、私はこの蘇芳と格闘して、寝込んだことがありました。今にして思えば、若かった私が、女の色に体当たりして振り廻されたのかも知れません。黒か白、金か銀、そういう極限の色しか配色に持ってこられないのです。弱い色は、はねつけます。実にしんの強い色です。未熟な私は、それだけの強い配色をこなす技量をもたず、蘇芳に圧倒されました。

この赤は、純粋な、生娘《きむすめ》の赤でした。

私はふと思いついて、楊梅《やまもも》という木の皮を煮出してとった渋い黄色の液を、うすくこの赤にかけてみました。赤は少し濁ったようで、あたたかみが出ました。しんなり苦労したひと妻の色です。この赤には、緑も茶もよく合いました。他の色を受け入れる余裕がでて、より一層女らしいのです。

蘇芳は女のしんの色です。紅の涙といいますが、この赤の領域には、深い女の情をもった聖女も娼婦も住んでいます。

紅花は、山形、中国からも産出されます。先年、私は山形の山間部に紅花をつくる婦人を訪れました。高地の澄み切った空気の中で冴え冴えと咲く草花をみた時、ここで栽培される紅花の紅は美しいだろうとすぐ思いました。紅花は寒の水で染めるとよいといわれ、手の切れるような寒の水に紅花の花弁を浸し、藁灰汁《わらあく》でもみ出し、酸で紅を発色させます。淡い鴇色《ときいろ》から桃色、紅緋《べにひ》まで、何回となく染めかさねます。

紅花の紅は少女のものです。蕾のひらきかかった十二、三歳から、十七、八歳の少女の色です。

壺の中に、少女が住んでいた。
蛍籠《ほたるかご》のような、透けた機舎《はたご》で
少女はひねもす、機を織っていた。

はるか上方の壺の口から、

天空にかがやく、星がみえた。

ある朝、壺の口から
雪が舞い下りてきて、
蛍籠の上に積もった。

少女は雪水をとって、糸を染めた。
ちりりと鳴るような、紅の色だった。

花弁ばかりをあつめて染める紅花は、移ろいやすく、陽の光をうけると、すっと色がにげてしまいます。花から色は染まらないはずの、たった一つの例外なのですが、やはり、陽の光は避けるのです。そういえば、花はまだ陽の昇りきらない早朝に摘みます。朝露にぬれて、萼《がく》の棘《とげ》がいたくないからといわれていますが、——。

茜には、日本、中国、地中海の産があります。茜という草の根はうすい紅色をしていますが、その根を煎じて染めるのです。以前はこの嵯峨野にも群生をみましたが、近年はあまりみかけません。
茜は、しっかり大地に根をはった女の色です。生きる知恵をもった女の赤です。
蘇芳が情ならば、茜は知でしょうか。
蘇芳は媒染によって、赤、臙脂、葡萄、紫、といくとおりにも変化し、少しの変化にも敏感で、危険をはらんでいます。蘇芳は魔性だと思います。それだけに、ただならず魅惑的です。

昔から花は移ろい、根は堅牢だといわれてきましたが、まさしく紅は移ろい、茜根は、鎌倉期の緋縅《ひおどし》に使った茜色が今もあざやかにのこっております。

第四信

水子さん
一つの仕事が終わる頃には、もう一つの峠がみえてきて、ほっとするどころか、もうその峠にたどりつくことしか考えないのがあなたの仕事ですね。矢継《やつ》ぎ早《ばや》にこころみる花織は、沖縄を起点にしながら、もう旅立っているようです。

私もここ一年かけて、裂帖の製作をつづけていますが、なかなか取り組む気持ちになれなかった紫根染《しこんぞめ》をはじめています。というのは、最近モンゴルから新しい紫根が入ったからです。万葉の昔は、蒲生野《がもうの》なども紫野《むらさきの》とよばれたほど日本の中部に紫草は生えていたのでしょうが、近年は東北地方の一部にわずかに自生するのみで、われわれの手には入りません。

紫根には山根と里根とがあって、いずれも今年とれたものをその年中に使ってしまうのがよいとされています。

これほど材料次第という染料も珍しく、染法も、時間や温度によって刻々変化します。紫根を折って中が白ければ新しく、中まで紫に染まっているのは古いのです。

昔から紫は、「椿灰《はい》さすものぞ」といわれているように、椿の灰が必要で、それも椿のつやつやした葉や枝の新しいのを焼いて、その灰汁をすぐ使うのが理想的です。

紫染は、藍染と双璧と思われるほどむつかしい染色です。おそらく紫染ほど、その人の精神性や感覚と密接に結びついたものはないでしょう。

『枕草子』に「紫の色、雪にはえていみじうおかし」「火《ほ》かげにおとるもの　むらさきの織物。藤の花」といっているのもおもしろく、「花も糸も紙もすべて、なにもなにも、むらさきなるものはめでたくこそあれ」といわれるほど、紫はすべての色の上位にたつ色であり、丁度《ちょうど》高貴な色が、おのずと厳格に人を選ぶように、人は自分の把握できない感覚や情緒の世界を色にあらわすことの不可能を、紫根染によって、痛切に知らされるでしょう。

紫は自分から寄り添ってくる色ではなく、常に人が追い求めてゆく色のように思われます。私なども随分紫を染めてきましたが、いつのまにか掌《てのひら》の中から抜け出てしまい、未だに紫を染めたという実感がないのです。そのくせ、常に紫を身近において、一すじでも入れないと満ち足りないのです。紫を主役に使うことの出来ない自分は、せめて脇役に紫を使っているのでしょうか。蘇芳が女の魔性なら、紫はその魔性から現実性を引き抜いたような気がします。ゲーテが、「不安な、繊弱な、憧憬的な色」といっているのも肯《うなず》けます。

前述の椿灰で、紫根からとった液につけた糸を媒染しますと、青味の紫から、赤味の紫まで染まります。灰汁が濃いと青味です。

紫根液―椿灰を何度も繰り返し染め重ねて、濃き紫を染めるのには半年近くかかることがあります。十回、二十回と染め重ねてゆくうちに、だんだん深みと品位を保つようになれば、苦労はないのですが、青味の中にも冷たい品位や貧しさ、赤味の中に揺らぐ不安や野暮がちらちら顔をみせます。玉三郎さんがいつか赤味の紫を、女の耐えられない脆《もろ》さというように表現したことがありますが、蘇芳の赤にまで耐え切れば、情念として生かす道があるのですが、紫には針で突くような脆さがあります。すぐれて魅力的な所以《ゆえん》です。

この紫根液を六十度以上に熱しますと、鮮やかな色彩は消えて「滅紫《めっし》」という鼠がかった色になります。「けしむらさき」とも呼ばれ、紫の滅んだあとの色香は、ふとした光線によって、底の方から紫が匂い立ってくるような、寂しげな情感をたたえて、佳人の老いた姿のようです。鈍色《にびいろ》とまではいきませんが、紫の滅びたあとにのこる色香が、喪に服す哀しみの色としてまとわれる時、光源氏がいつもより一層なまめいて感じられたというのもわかるような気がします。

このような沈潜の美をとらえて妙なのが、日本独特の美意識ならば、ここでぜひ、鼠と茶について語らずにはいられません。

四十八茶百鼠といわれるほど、われわれ日本人は百にちかい鼠を見わける大変な眼力をもっています。それはむしろ、聞きわける、嗅ぎわけるに通ずる、殆ど五感全体のひらめきによるものと思います。楊梅、橡《つるばみ》(団栗《どんぐり》)、五倍子《ふし》、榛《はん》、栃、梅、桜、蓬《よもぎ》、現《げん》の証拠《しょうこ》、薔薇《ばら》、野草、およそ山野にある植物すべてから鼠色は染め出せるのです。しかも一つとして同じ鼠はないのです。百種の植物があれば百色の鼠色がでるわけですし、採集場所や時期の違い、媒染の変化などで、百の百倍ほどの色がでるのではないでしょうか。

それほど複雑微妙な鼠色はいくら染めてもあきのこない尽きぬ情趣をもっていて、それが「和」「静寂」「謙譲」など日本人の好む性情にぴったりなのでしょう。私にとっても、鼠色は、よごれ白(あわいベージュ、これも鼠の出る植物から殆《ほとん》ど出ます)とともに、今日までどんなに苦境を救ってもらったことか。常に伏兵であり、援軍であり、あらゆる色の調整役をつとめてくれました。鼠色は己を殺して、他を生かし、あらゆる色をやさしく包みこんでくれます。いわば地の色、カンバスです。

江戸末期につけられたその名も、銀鼠《ぎんねず》、素鼠《すねずみ》、時雨鼠、深川鼠、数寄屋鼠、源氏鼠、夕顔鼠等、鼠という色が、黒から白に移行する無色感覚の段階であるために、どんな名を冠しても、一つの情緒的な世界をかもし出すことが出来たのでしょう。夕顔鼠など、たそがれに白々と咲く夕顔に翳《かげ》の射す情景を想像したのですが、その色は紫がかった茶鼠色なのです。

音階でいえば、半音階のまた半音とでもいいたい色合で、一つの音《ド》と音《レ》の間にどれほど複雑な音がひそんでいるか。それは色においてもおなじことです。しかも植物染料ではその一つ一つが異なった植物からとれる色であれば、一つの色の純度を守る以外に、その色を正しく使うことは出来ないのです。いいかえれば植物の色を染めることは、その植物の色の純度を守ることです。これは植物染料をあつかう上で、最も基本的な態度だと思います。

過去において、繊細を極めた日本人の色彩感覚が、そのあたりまで掘り下げられていたとしたら、われわれはその道すじを絶やしてはならないと思います。

茶にいたっては、その名も藍海松茶《あいみるちゃ》、礪茶《とのちゃ》、黄唐茶《きがらちゃ》、江戸茶、路考茶《ろこうちゃ》、宗伝茶《そうでんちゃ》、紫鳶《むらさきとび》など、語感から来る雰囲気をたどってゆけば、茶色の展開する世界がいくらか分かるような気がします。路考茶の路考は、歌舞伎俳優の瀬川菊之丞《せがわきくのじょう》の俳号で、路考の好んだ茶だといわれていますが、確かに青味と黄味の底光りする茶は、一癖も二癖もある男性の渋さを引き立たせるに充分ですし、紫鳶といえば、鳶の羽を思わせる乾いた動物的な茶に、紫が降りかかる奥行のある茶になっています。

先にも書いたように、一つの色には別個の、その色にしかない確固とした世界があります。一つ一つは孤独な色です。しかし、梅という母胎の中から媒染によって、鼠や茶や、さまざまの兄弟姉妹が生まれ、雑木や草花から染め出した鼠には、それぞれ違った色層の鼠の親族が生まれます。

この経《たて》と緯《よこ》の関係を組み合わせ配列しますと、無限の配色が生まれ、一つの紗幕《ヴェール》がかかったように色と色は睦《むつ》み合《あ》い、互いに離反することがありません。この一つの紗幕とは、植物の樹液とか夾雑物《きょうざつぶつ》とか、科学では割り切ることのできないα《アルファ》があって、色に奥行をあたえています。

しかし、ここで混同してはならないことは、世にいう草木染が、渋く、素朴であるというので、何でも草木を染め出して染めれば渋い色が出るという風に思われがちですが、実はわれわれが見ている昔の草木染は殆ど褪色《たいしょく》した色なのです。それらの染められた時点では、目のさめるような豪華な明るい色だったかも知れません。平安時代に襲《かさね》の色目《いろめ》が発達し、紋様を必要としないほど、色自体の世界で、四季の移り変わりや、人々の心情まで表現し得たということは、その時代の人々が、草木から色を染めることを信仰のように大切にしていたからです。人間を守る和霊《にぎみたま》が宿るといわれる薬草から色を染め、その衣を着て、自らを守っていたのです。期せずしてそれは植物の精とも思われる色をみちびき出すことに通じ、純度の高い色であったと思います。

ですからみだりに色と色をかけ合わせたり、まぜ合わせることはなかったと思います。もしかけ合わせる場合は、それなりの必然性があって、例えば藍と黄をかけ合わせて一つの色をうみ出すように、藍と紅《くれない》とをかけて二藍《ふたあい》、梔子《くちなし》と紅をかけて紅緋、など、黒染には藍下、紅下があって、黒に藍をひくことによって品格を、紅をひくことで情をあらわしたのだと思います。

このように色の法則の追究は、長い年月をかけて醸成された高度な日本の文化の特色で、湿潤の、四季の推移のある日本にのみ生まれた色彩だと思います。

自然界の変幻極まりない仕組みの中には、一定のリズムや周期がめぐってきて、われわれにほんの一滴のしずくをしたたらせてくれるのです。それを受けとめる態勢がこちら側に整ったとき、はじめて色が生まれるのです。

自然界の扉の剛直さ、棘の鋭さ、蜜の甘さ、それらが綯《な》い交《ま》ざって、玄妙な調和ある色彩がもたらされるのだと思います。

第五信

水子さん

五島列島にはとうとう行けなくなってしまいました。五島へ行くまでは糸のこともおあずけと思っていましたのに、行けないことが分かると、かえって想像がふくらみます。

昼間農事にいそがしい島の女の人達が、寸暇《すんか》を縫ってあなたのところに集まり、目をかがやかせて糸を染めている時の、健康な体つきや話しぶりが、くるくる繰り上がってくる白い糸や、それをとりまく海や空の青さとともに、鮮明に浮かび上がります。

きっと行きます。

秋蚕《あきご》の時には、きっと行きます。

今、私のところも糸とりで目のまわるほどいそがしいのです。一週間で繭《まゆ》から蛾《が》が飛び出す生繭《せいけん》をもらったのです。五日目だそうで、あと二日で繭を喰いやぶるのです。

家中繭の匂いで一杯の中を、練炭をおこして、繰車《くりぐるま》をいそがしく動かすもの、繭をたくもの、出来上がった糸を綛上《かせあ》げするもの、食事の時間も惜しいのです。蚕《かいこ》が桑をたべなくなり、首をもたげて何やらさがしはじめると、そろそろ繭づくりがはじまります。

蚕の体が透明な液体でみたされ、小さな口から一心に糸を吐き出しますと、空気にふれた瞬間、もうそれは寒天のようにかたまって蚕とは別個の、「いと」になっています。こきざみにふるえながら、糸を吐き続ける蚕は、やがて、コロンとした茶褐色の蛹になって、空中に舞い上がることも果たせず、白い繊維の幾重にもかさなった自分の小さな城の中で死んでしまいます。

「いと」〝いとうなり。その細きにより絶えるをいとうにより――〟と、糸の語源にもしるされていますが、蚕はその息づかいを糸にのこして、小さな命とひきかえに、純白のつややかな糸をわれわれにあたえてくれます。この一綛《ひとかせ》の絹糸を掌にすれば、あたたかく、そっとにぎりしめると、内からの力がかえってきます。糸は生きていて、私にこたえてくれます。いとしいと思います。抱きしめたいほどいとしいと思います。釜の中で生きたままの蚕を煮るのはこの私ですのに、こんな言葉は白々しいというものです。しかし、こういう過程を一つ一つたどってみて、最後にこの思いののこるのはどうしようもありません。

釜の中で煮られた数十個の繭から、煙のような細い糸がするすると引き出されますと、繭はいっせいに爪先立って、かすかに左右にゆれながら、白く光る糸を繰り出します。糸枠にまきこまれてゆく糸は、上質の絹飴のような光沢を放って、数十本は濡れたまま、しっかりと寄り添い、一本の糸の表情を備えます。よくみますと、あの蚕のふるえは、はっきりのこされていて、ふるえの空間に、糸のふくらみを宿したまま集合しています。

われわれは濡れたままのその糸をいそいで枠からはずさねばなりません。これは大事な仕事です。もしそこで枠のまま放置しておけば、あの蚕のふるえの息づかいはのびきって消えてしまいます。いそいで綛上げにした糸は、羽のようにかるく、ちりちりとこまかく波立っています。水しぶきの消えかかる前に、光が前方から射して、霧のようにまぶしくキラキラと光ることがあるでしょう。出来上がったばかりの糸はまるでそんな美しさです。つい四、五日前まで蚕の体にあったものが、こんな姿に生まれかわって、われわれの身体をつつんでくれるのです。やはり、いとしいではありませんか。掌にとって、握ったり、はなしたり、ひっぱったり、ゆるめたり、すかしたりしますと、糸は生まれたての雛のように、内からの力でこたえながら、やわらかく生動をおこします。それは生命そのものです。握りしめれば内にこもる力で、ひっぱれば、たゆたう力をはらんで、生きているあかしを伝えます。ピンと張りつめた何千本の絹糸は、遠くの空気までたぐりよせるかのように、透徹した空間になって、糸の周辺の緊張感は、濃く、密になります。

この糸の内にこもる力を失うまいとわれわれは最初の幾工程かに心を注ぐのです。人間にとっても生まれてからの数年間が大切なように、糸にとってもこの時期でその性状が決まるのです。私は色を染めることばかりに熱中して、糸のことを随分留守にしていました。糸を自分であつかってみる余裕がなく、糸が大事だということはよく分かっていたのですが、染めや織ることで精一杯だったのです。ところが、糸のことを本当に自分で手がけたくなったのは、色が本当に出だしてからなのです。色のことがわかりだすと同時に、糸のことがほっておけなくなったのです。

つい最近そのことを指摘した先達がおりました。「それはあなたの色がよくなったからですよ。よい色をよい糸に染めたくなるのは当たり前でしょう」。ごく当たり前のことを、そこまでやってきて（二十年かかりました。私の怠慢にもよりますが）、ようやくその気になりだしたのですが、こんどはこの糸を自分流にこなすのに、さらに二十年かかるでしょう。

〝年をとるのも芸のうち〟とはこのことです。私は色の世界に深入りしました。そういう人間が糸の世界に深入りするとは思えません。私の限界内の糸しか私にはあつかえないかも知れません。しかし、年とともに元の処へかえって行くようになりたいものです。

今、家でとっている繭は春蚕《はるご》といって、いちばん勢いのいい繭です。春蚕、秋蚕、晩秋蚕《ばんしゅうさん》、晩晩秋蚕《ばんばんしゅうさん》、冬蚕《ふゆご》といって、あたたかい地方では桑のとれるかぎり蚕を飼うそうです。

紲上げした糸には、人間に躾《しつけ》や教育があたえられるように、練りや撚《よ》りの作業を経て、それぞれの織物にかなうような糸に仕上げられます。練りは糸に光沢をあたえ、撚りは糸に伸縮の力をあたえます。滞りなく整った糸を前に、人はおのずと糸の支配する力の籠った空間に従い、ある種の儀式のように仕業します。糸の道は人間の曖昧《あいまい》さを決して許さないからです。

しかし、糸は変幻自在です。こちらの心次第で、ある時はあやつられ、ある時はともに微笑みます。糸と自分とが、一つになっている時は、至上のものです。まだ練りも、撚りもしていない生絹《すずし》の糸は、白い胞子をかぶったようにきよらかで、光を含み、桐のかるい筬《おさ》でそっと織れば、古代のうすものになりましょう。その時人は、糸をいだくように、筬をかきならすような姿になるでしょう。自然にそうなるのです。

いつか私もそんな思いをしたことがあるのです。すーっと緯糸《よこいと》を入れて、糸が布になる瞬間、私はそういう恰好になったと思うのです。糸か布か分からないその瞬間を受けとめるにはそれしかないのです。私の心がその瞬間をいだいていたのです。

布は透けて、水の中にあるように光ってみえました。手もとで糸が布になってゆくのを、私はぼんやり意識しながら、かるく筬を打っていました。

第六信

水子さん

インドや中近東の赤には、魂のふるえるほど美しい赤がありますが、こんどのあなたの色は赤だそうですね。木綿に赤を染めるのは大変でしょう。その経糸《たていと》の赤を、黒の緯糸でおさえてしまうのですか。織色は「夜気の中の赤」でしょうか。

もともと、インドには、「織られた大気」とか「夜の滴《しずく》」とか名付けられた、妖しい織物がありますが、ようやく形を成しているそれらの透けた織物はこの世で最も美しいものの一つでしょう。そんなことを思うと、われわれが古典を学ぶ時、砂漠の一握の砂にも価しない自分の小さな発想など、木っ端《こっぱ》微塵《みじん》に砕かれてしまいます。

私も今、縞《しま》に喰い下がっています。その縞は能衣裳のほんの一部に使われているのですが、私がどんなに四苦八苦しても微動だにしない、したたかな縞です。一本多くても、少なくてもいけない。色も分量も動かすことが出来ないのです。しかし、それを動かして、現代の私の織にまで呼びもどさなくては、私の縞にはなりません。

もし、どこか細い一筋の道がのこされているとしたら、私にとってそれは色です。新しい、その年の、適った時期にとれた植物から導き出した色以外はありません。

私が何か織りたいと思う時、殆ど色から来ます。色さえ充分に染まっていれば、あまり工夫しない方がいいのです。

私にとって色は形なのです。白い紙に一行の詩をかくように、私は色を織り込みます。胸中に大方の輪郭は描いていますが、一行をかいたことによって、次の一行が生まれ、定められた枠の中では、自由に色をえらべます。経糸はいったん決めてしまえば最後まで動かすことが出来ませんが、緯糸は即興で入れることも出来ます。経糸は伝統、緯糸を今生きているあかしにたとえれば、この陰陽がかさなって織り色が生まれます。

織りはじめに主題を決めるために、さまざまの色を入れてみます。色と色はなかなか溶け合わず、互いに牽制《けんせい》し合っていますが、その中に一色入れたことによって、あたりの色がすーっと吸い寄せられ、音色が生まれます。ようやく主題がみつかると、それをどういう風に展開するか、軽いリズム、重々しい調子、間のとり方、フーガのように追いかけていくか、など、縞の大小、色の強弱、糸の変化などを見守りながら、細い一すじの色を入れますと、全体が引き締まり、音色がきこえます。その色と音のあつまりで、つつましい室内楽のような織物が織りたいと、それは私の夢です。色が形と申しましたが、その意味では無地が最初の、最後のものと思います。

無地は色そのもの、糸も織もすべてごまかしのきかない仕事です。色だけをみていて、飽きることのない、底の方から匂い立ってくるような色の精を導き出さなくてはなりません。糸もあの蚕のふるえを宿したかがやく糸をつかい、心をしずめて織機にむかわねばならないでしょう。
それは私の、はるか彼方《かなた》の目標です。

糸の音色を求めて

今日は、みずみずしい取りたての野菜とか、清々しい草花のような素朴な作品にふれ本当に楽しゅうございました。今日の創作工芸展の皆様の作品は、家族や友だち、周囲に対するあたたかい愛情の創り出したものということがよくわかり、そういうものの純真さが、私どもにいくらか失われかけているのではないか、という気がいたしました。

私が織物をはじめた二十数年前には、専門外の方の間に織物がこんなにさかんになるとは思いもよりませんでした。地方的に、西陣のような伝統の織物はあったとしても、個人が楽しんで、絵を描いたり文章を書いたりというような気持ちで、自分の内面的なものを表現する場としての織物は、なかったと思います。

私が二人の子を連れ離婚し、東京から京都の実家へ戻ったのは、二十数年前のことになります。その苦しい人生の転機に立った時、ふっと心に浮かんだのが、母が昔やっていた織物のこと——。けれど生活《たつき》のために織物をえらぶのは無謀なこと、それよりも早く事務員にでもなって、独立して生きていきなさいと周囲は申します。その反対の中で、ただ母ひとりが、何とかやってみるよう励ましてくれました。その励ましにすがるような思いで手さぐりでやりかけてはみたものの、海のものとも山のものともつきません。不安は日毎《ひごと》に募るばかり。そんなある日、母のすすめで、民芸協団のおひとり、陶芸の河井寛次郎《かわいかんじろう》先生にご相談に伺いました。自分で織った小裂《こぎれ》をもって——。

するときは先生は「この道は厳しく生半可《なまはんか》な決心でやっていける仕事ではない。子供を抱えながらの片手間では材料の浪費、時間の浪費。創作の道は間口は広いようにみえるけれど、一歩踏み入れれば、大変なものだから」と、言葉厳しくいさめられました。

はじめて知る工芸の道の厳しさにショックを受けて帰った数日間、落胆しきっていた私をみかねた母はもう一度、同じく協団のおひとりだった木工芸の黒田辰秋《くろだたつあき》先生にご相談に上がってみてはと申しました。私もこれが最後との思いで、勇気をふるって工房をお訪ねしたのです。その小半日《こはんにち》、とつとつと実に熱をこめて、話して下さったことばの幾つかは今も心に残っております。

「自分は気ままな怠け者で、好き嫌いが激しいから、木工、これしか出来ない。だが、自分が本当に使いたいもの、人にもいつも愛着をもって使ってもらえるものをつくりたいのだ……。その道のりは厳しく地獄同然の時もあるが、そこに又、本当の喜びもある」と。そして工芸の仕事はひたすら「運・根・鈍」につきるといわれました。

「運」は、自分にはこれしか道がない。無器用で我儘《わがまま》な自分はこれしか出来ないのだと思いこむようなもの。「根」は、粘り強く一つことを繰り返し繰り返しやること。そして「鈍」とは、材質を通しての表現である工芸は、絵や文章のように、じかの思いをぶちまけて表現するものを鋭角とすれば、物を通しての表現であるから、直接ものをいうわけにいかない「鈍」な仕事なのだ。しかしそこにまた安らぎもあると。これこそ工芸の本質についての教えなのだったと、二十年たった今ようやくその意味のふかさを思うのです。

先生はその時、「私はあなたに織物をすすめることもやめさせることも出来ない。ただ、もしこの道しかないとあなたが思うなら、おやりなさい」とだけいわれました。

しかしお話をきくうちに、私の胸の中は、苦労するなら、この道しかないという切実な気持ちで一杯になっていました。帰る夜道の空はまっくらでしたが、その空の奥には無数の星がまたたいているのだと思われて、それ以来何かその星影に導かれて、殆《ほとん》ど迷うことなく、歩み進んで来たような気がいたします。

それから半年ほどして、黒田先生から「伝統工芸展に出してみないか」というおはがきをいただきました。未熟な私に、これは全く予期せぬことでした。驚くばかりの私に、母は、人様にみていただくようなものは十年修業しなくては……身のほど知らずの仕事、お断りなさいと申します。全くその通りですが、一方私には、別れていた子供と一刻も早く一緒に暮らしたい、それには周囲の人に納得してもらえる独り立ちの仕事を持たなければとのねがいがありましたから、このおすすめを有難いお励ましと受けとって一生懸命やってみたいと思いました。ところが「大それたことを」と絶対反対の母からは、何の援助もしないと、はっきり申し渡されました。自分では糸を買う一文のお金もないほど切迫していた私は西陣の糸屋に、一度使った糸をもらいうけ、色を染め直すなど苦心いたしましたが、思うようにまいりません。せっぱつまって、母のあの秘蔵の桶をあけました。

すると……白い繭《まゆ》からひいた自然の光沢をもった紬糸《つむぎいと》がいくらか残っておりました。そして幾巻かの藍、赤など植物染料の染め糸も……。期限もぎりぎり、糸もぎりぎり、自分の気持ちもぎりぎり。ただただ心に描いたものを真っ直ぐ表現したいと機《はた》に向かいました。技術も知らなければ手本もなく、白いつづれのカンバスにわずかな色糸を絵を描くように彩ろうと思いました。あるいはこれで織物を断念しなくてはならなくなると、そんな気持ちもよぎります。そこへ黒田先生からのおはがき。「破調《はちょう》の美を求めよ」それだけの文面です。私にはどういうことかわかりません。ともかくそれを機の柱にはりつけて織りつつ眺めつつやっているうちに、いつか「破調の美を求める」とのことばが、自然に自分の内部《なか》に融け込んで来たのでしょう。織り進んでゆく間に、前とは全然違ったものを、次の所で織ってしまっているのです。

こうして、やっと織り上がりましたのは、締切の前日。なにかと苦労をかけたため病床にあった母も「よくやった、これであなたも思い残すことはないだろう」といってくれました。黒田先生も、「稚拙なことはわかっているけれども、精一杯やったのだから、まあ出してみましょう」といって下さいました。私もなにか、すっきりした気持ちになって、早く子供の所へ帰ろうと思っていたところへ「入選」の報をいただいたのでした。

それからは、小さな村に母が建ててくれた機小舎《はたごや》で、ただ一筋に織りつづけ、やっと四年目に、小学校と幼稚園に入ったふたりの子供を引きとり、母と子の生活をはじめることが出来ました。ですから私の織物は生活のために、生きることをかけての織物であって、余裕のある中では今の私は生まれなかったかもしれないと思っています。

こうして今日、手仕事がさかんになったのも、時世が激しく傾斜して一時忘れられかけた人間らしさを取り戻そうとする人々の心のあらわれでしょうか。自然のふところへ、再びかえらなければという心もちも、また還《かえ》って来ておりますね。

私の糸は殆ど最初から植物染料を用いておりますが、これもやはり、母のとっておいたあの桶の中のしなやかな絹糸に染められた鮮やかな色に魅せられてのことなのです。たまたま私が化学染料で染めた糸と、何十年も前の糸とを木に干して眺めましたら、母が昔染めた糸は自然の中にすーっと溶け込んでしまいますのに、私の方は、ぽっと離れたような感じがして、その違いに驚いたことでした。そのあと、芹沢銈介《せりざわけいすけ》先生から「植物染料で染めたものを野原にほうり出してごらんなさい。全く一つになりますよ」と伺い、ますます自然の結びつきの深さを感じ、それ以来、植物染料にとりつかれております。

もちろん色数も多く、自由に選べ、堅牢で手間もかからない化学染料の開発は素晴らしいものだと思います。しかし、化学染料と植物染料は世界が違い、それぞれの生かし方があると思います。縁あって植物染料の方に進んだ私は、自然のめぐみとしての色にいよいよ惹かれ、日々新たにその妙味に近づきたいとねがっております。

「藍」については、母が、藍ほど日本の女性にあうものはない。藍を着たら女性は涼《すず》やかに美しくなると申し、戦前はあちこちの紺屋《こうや》の染色を眺めては、楽しんでおりました。しかし時の勢いでやはり自分でするより他なく、白洲正子《しらすまさこ》さんのご紹介の片野元彦《かたのもとひこ》さんのご指導を受け、藍小舎《あいごや》を造り、藍を建てるようになりました。「藍は子供を育てるようなもの」といわれたそのことばを思いながら、藍の生命を守り育てております。

私の場合には色というものは、天の配剤というか、自然の法則に従うのみ――。自分で工夫して色を掛け合わせることはないのです。具体的にいえば、一つの植物の最もよい状態の時に採集し、それを又一番いい状態で煮出し、引き出していく――。それを繰り返していくうちに、経験によって少しずつ複雑な色も、純粋な色も、自分の心に副《そ》って出てくるように思われます。

伝統的な能衣裳や小袖《こそで》には素晴らしい日本の染色の美しさがあり、とても現代の個人の力では及ばぬ自然の色彩が輝き出しております。私の染色した着物は、あるいは今日の着物の枠から、はみ出しているかもしれませんが、同じ伝統の流れの中に在るにはあまりにも力弱いものですけれども、その美に一歩でも近づくことが出来ればと思うのです。

よく私は若い人たちと、小倉山あたりにいろいろな植物を採集にまいります。ある時は桜を伐《き》っている方に出会い、それをいただいて、みんなでかついで帰り、皮をはいで染めましたところ、花がすみのような美しい桜の色がそのまま出ました。しかも同じ桜でも咲く前に伐ったものはいくらか赤味のある桜色になるし、しばらくおくと、あの優美なほんのりした紅色の出ないこともあります。また木の性質、伐られた状態などにもよって、実に濃《こま》やかな色の変化がみられます。それを自分なりに受けとめて、桜なら桜の潜在的な美なり力なりが表現できればうれしいのです。

植物であれば緑は一番染まりやすそうなものですが、ふしぎと単独の緑の染料はなく、黄色と藍を掛け合わせなければ出来ません。黄色は黄蘗《きはだ》とか、刈安《かりやす》、梔子《くちなし》、福木《ふくぎ》で、中でも堅牢だといわれている刈安を椿の灰で媒染《ばいせん》しますと、青味の黄色になります――赤味の黄色は、藍と重なるとにごってしまいますが、これを青味の黄色と重ねると、素晴らしくきれいな緑になるのです。

この媒染の椿は葉でも枝でもよく、一年に一回の葉がりの時、もやしますと、脂があって、パチパチと燃えます。その灰を熱湯に入れ、一昼夜おいた上澄液《うわずみえき》が媒染になるわけですが、媒染の働きというのはおもしろいものです。蘇芳《すおう》の赤は女人そのままを表わす魅力的な色で、私は魔物のように思う時がありますが、これを明礬《みょうばん》、鉄、銅といろいろに分けて媒染しますと、真紅《しんく》、臙脂《えんじ》、紫、赤茶と、それぞれ違った変化をみせます。それだけに非常に危うい性質をもっていて、逆にいえば、それだけ妖しい美しさを内蔵しているといえましょう。一つ一つが変化すると同時に、もとが一つの植物ですから、その色を合わせればきょうだいか親戚のようなもので、自然に溶け合うのもふしぎではないと思われます。

紫、紅、茜《あかね》が私の色の中に加わったのは、ごく最近のことで、研究してから三年にしかなりませんが、中でも『源氏物語』の中であれだけ繰り返され象徴的にいわれている「紫」というものを、私なりに究めたい気がしています。縞《しま》の中にかくすように入れたほんの一筋の紫によって、そこに奥行と深みがつくられますが、紫こそは高貴な魅力を秘めていると思います。

万葉の昔に倣い、紫もやはり椿の灰で媒染しますが、新しい椿、伐りたての椿、焚きたての椿の灰が一番きれいに澄みます。雨ざらしの椿では、やはり灰も生きていないということだと思います。

こうして生きているだけに状況に敏感なのも植物染料です。特に美しい色はうつろいやすいのです。これは美しいものの宿命ではないかしらと思いながらも、やはり私は美しい色を求めつづけております。

織物の地色は単独ではなくて、必ず、経糸《たていと》と緯糸《よこいと》が重なりあって出て来るもので、これを織色と申します。

時に紬などは、丁度、経糸と緯糸が殆ど同じくらいの力で重なりあって一つの雰囲気をつくります。そして織物の妙味はこの織色を生み出すことにあるのだと思います。経糸というものは、基本的なもので、一たん建てたら動かすことは出来ません。でも緯糸は、自由に入れられます。特に私の場合は、ぶっつけ本番、昨日は紫だった、白だった、今日は嬉しいから赤にしようと、自由な自己表現の場になるわけです。経糸と緯糸、そのバランスが、その時々の心境の表われともいえます。

格子《こうし》の場合には一度縦の縞をたてて、それと同じ横縞を入れ、しばらくじっと眺めていると、音楽の「主題」のようなものが浮かび上がってまいります。それを少しずつ変化させ、横縞を長くおいてみたり、短くしてみたり、織色を濃くしたり、うすくしてみたりするうち、全体の音色が生まれます。カチッと決まった最初の縦、横のバランスのとれた主題をどのように展開するか。追いかけたり、逃げたり、饒舌《じょうぜつ》になり、寡黙になり、さまざまな間のとり方が、実に面白いところ。

織糸のえらび方も私は自由なやりかたで、染めているうちに偶然浮かび上がってくる色を、こんな色が出来たからこれで織りたいという風に、むしろ色からの発想で織っています。

工芸はやはり材質が決定的要素――心に適う材質をえらぶことが第一です。

他の分野のことはおき、私のつむぎの場合には、繭を手でひいた糸がよいのです。なぜ手でひくのがいいかといえば、蚕《かいこ》の口から繊維のはき出されるリズムがあるわけで、そのリズムをそのまま人間の手で受けつぐため、糸が生きていて、織っても糸自身の味がそこなわれません。私は、生糸も藁の灰汁《あく》でていねいに練ります。石鹼で練った糸はぺたんとしますが、灰汁で洗えばこしがちがい、ふわーっと自然に糸が呼吸している感じなのです。その上、天然の染料で染めますと、更に糸も生きてきますし、色も生きてきます。ふしぎなもので、人工と自然のものは合性《あいしょう》がわるく、植物染料は化学繊維には染まりません。化学繊維は空洞がなく、植物繊維は自然の空洞をもっているので、いつまでも伸縮力があって、糸自体が生きています。そうした生きものと生きものとの出会いのようなところに、人間が参加させてもらっている——私の仕事は、そこに尽きると申せましょう。

今日発表の中にみた「根」をモチーフとした合作。新鮮な感じでオヤッと思いました。「根」は見えない部分にありながら、それぞれの植物の生命力や個性をつくる微妙な働きや形をもっており、その意味でやはり地上のものを表現していると思うのです。かくれたものが原動力となって大地に花咲かせ、緑の葉を生かしている、そこに着目されたのは素晴らしいことだと思います。作り、育てる女性の天性が根を培《つちか》うものであるように、これも今日の一つの感想でございます。

アルカイックな織物

昔、ある美術館から私の最も初期の作品、「鈴虫」(一九五九年)をもう一ど織ってほしいと依頼された。まだその頃はその作品を織った時からさほどたっていなかったので、私はお引き受けして織りはじめた。

何か違うな、と時折、胸をかすめたが織り上がった作品を納めた。ところが思いがけずこれは「鈴虫」とちがう、アルカイックなものがない、と返却されてきた。

私は相当ショックをうけ、自信を失った。たしかにそのとおりだ、初期のその作品とは違う、むしろ織は整い、色も鮮明である。しかし初期のものは、何か全体が重く沈み、底力がある。織の技術は拙い、色も充分に使いこなされていない、それなのに作品自体が何かを語っている。拙い言葉かもしれないがその時に織った私の心情を語っているのだ。

その頃私は離婚し、二人の子供を手ばなし、何一つ先の見通しのたたぬまま近江の里へ厄介になって必死に織っていた。夕ぐれ時の山すその竹林が風にゆれ、蒼い空が物哀しくおおいかぶさっている、子供はどうしているか、いつ手もとにひきとれるか、そんな思いを片時もはなれずひきずっていた。お金もない、材料もない、あるのは必死な織物への思いだけ。今思えばそれが私を支え仕事をさせていたのだろう。思いもよらないことだったけれどその作品、「鈴虫」が賞をうけた。それをもう一つ織ってくれという美術館のたのみだった。

同じものができるはずはない、それは歴然としているのに愚かにもその時気づかなかった。むしろ、その時はその時の鈴虫が織れると思っていた。しかし鈴虫は一回きりだった。どうしてその時の心情にもどれるだろう、何もかもが違っている。そのことに気づかぬ愚かさ、私はそのことによって思いしらされた。すべては一回きり、ただ一度だけ、アルカイックが繰り返されるはずはない。

その後もう一ど辛《つら》い経験をしたことがある。

ある作家から藍の着物をたのまれた。お送りしたが返された。私の思いとは違っていた、と率直な気持ちのいい手紙だった。その時もその方が私の藍にあるアルカイックな魅力を求められたのだと思う。たしかにそれはなかった、と私は納得した。厳しいのは私が私に対して怠ったかえり矢である。的をはずしたのは自分で、世間は的をはずさない。

それからもう一つ、これは最近感じたこと。もう六十年も前に母が織った着物「吉隠《よなばり》」を私はここ何十年着つづけている。あまりに好きなのでどうにかして私もこんな着物を織りたいと願いつつ、何どか挑戦しても似て非なるものしかできない。

降る雪はあわにな降りそ
　吉隠の　猪養《いかい》の岡の寒からまくに

という『万葉集』の——但馬皇女《たじまのひめみこ》薨《みまか》りまし後、穂積皇子《ほづみのみこ》、冬の日雪の落《ふ》るに、遥かに御墓《みはか》を見さけまして、悲傷流涕《ひしょうりゅうてい》して作りましし御歌——この歌を母が愛してその思いを織ったのだと聞いていた。明治、大正の空気を色濃く吸って育った母の時代、語りきかせてくれた上方の女の暮らし、家の奥深くひっそりと、しかし濃密に日常の陰翳のあるしきたりの世界に生きていた女の、そんな情感が今の私ににじみでるはずもない。それ故《ゆえ》に憧れは果てしなく、明治の女性の息のつまりそうな情念の数々が、たとえばあの頃の小説、漱石の『門』『それから』の、御米や三千代の面影から匂い立つように浮かんでくる。

密室の白百合の、罪をふくんだような香りと共に、身にしみこんでくるようだ。おさえてもおさえても、地味で堅実な着物の袖の振《ふり》からこぼれ落ちる鮮烈な紅絹《もみ》の紅《くれない》。

明治に生きた女達の色香は、闇の中にしずかに消えつつあるのだろうか。

色に目覚める

一

色とは何か、色はどこから来るのか、色は本当に色なのだろうか。

この仕事をはじめて以来、私の生活は色にはじまり色に暮れるような毎日だった。植物の樹液から色を得るということをなぜ選んだのか。当初これほど植物染料が決定的だとは思っていなかった。

昔、母が上賀茂民芸協団で染めた糸がたまたまのこっていて、私はそれを使ってコプトまがいのまことに拙い帯を織ってはじめて日本伝統工芸展に出品した時、当時審査員だった芹沢銈介《せりざわけいすけ》先生が、落選しかかっていた帯を、「色が美しいから」というだけでひろって下さったということを後に知ったが、その折、「一生植物染料をやっていく気か」といわれ、私は迷いなく、「はい」と答えたその時ですらこれほど深く植物染料にかかわってゆくとは思っていなかった。

その頃、たまたま軒先に隣り合わせに植物染料で染めた灰色と化学染料で染めた灰色の糸を干《ほ》していた。

庭の緑の木々にすぅーと溶けこんで自然の空気を吸いこんでいるような植物染料で染めた灰色の糸、その隣りにひとりそっぽをむいて浮き上がっている化学染料の灰色、その違いをはっきり見たことがあるいは、植物染料との最初の出会いであったかも知れない。

言葉ではいい表わせない、感じるもの、それだけにゆるぎのない色の生まれ出る出自とでもいうか、私の中で色の核のような存在が感じられたのではないだろうか。

織ることのたのしさもさることながら、植物から抽出した液にまっ白な糸を泳がせ、次第に染め上がってくる、まさに色が生まれる瞬間に立ち合うことのうれしさ、何にたとえられよう。ぽっと頬を染めた少女のような初々しい紅花のうすべに色、意を決して自らを高昇させる蘇芳《すおう》の真紅《しんく》。黄金色にあたりを輝かせる梔子《くちなし》の黄色。夕空に天使をつれてやってきたかのような茜色《あかねいろ》。一色一色浸みわたるように深まる紫根《しこん》の紫、思わず染場は別天地になって、まるで自分達が染め上がってゆくようなよろこびが全身に伝わる。染場の若い人々は顔を輝かせ興奮している。といっても一ばん興奮するのはいつも私らしい。

色はこの上なく正直で、常に一喜一憂の仕事場である。染め上がった糸は絵の具のようなものだ。美しい色が整えばまず織りたいと思う。形が先か、色が先か、どんなに最高の糸を用い、構成力がしっかりしていても色が問題である。マーク・ロスコは色彩の画家であるが、作品をつくる時、「他のどんな要素よりもあなたにとって色が最も重要なのでしょう」とある人に問われた時、「いえ色ではなく、measures 寸法或は尺度だ」と答えたという。色を構成するのにまず尺度だとはいっても、それなら色はどうしてえらぶのか、色はロスコにとって分身のようなものなのではないか。勿論《もちろん》ロスコは色だと答えると思った私は、意外な気がしたが今は分かるような気がする。

色と構成は一体である。理性と感情の均衡というか、実に微妙な関係にあるが、この二つが絶体絶命に溶け合っているものこそ傑作とよばれるものになるのだろう。ロスコの作品はどこから色か構成かなど全く感じさせない。それほど色はロスコ自身なのであろうし、構成は決定的な生き方そのものなのであろう。画家が絵の具を得るように私は植物から色を得ている。それも一つの生き方、構成力なのだと思っている。それを自分は自然から受けているということがまた別の世界につながり思いがけない展開をみせてゆく。

四季の移り変わりと共に植物から出る色は刻々変わってゆく。一つとして同じ色が染まらない。植物の生い立ち、若い木か古木か、伐採の時期、染め方、その時の人間の心境等々、千差万別に変わってゆくのが植物の色である。

二

「藍の命は涼しさにある」

藍についての師匠は片野《かたの》元彦《もとひこ》である。自分で藍を建てるということは私にとって至難の業で、紺九《こんく》の主人は「そりゃ鉄砲建て、地獄建てといって素人のあなたには無理や」と言下に言われた。それでもあきらめきれず、諸々の藍師をたずねて教えを乞うたがうまくいかない。そんな時、たまたま白洲《しらす》正子《まさこ》さんに相談したところ、名古屋の片野元彦を紹介して下さった。片野さんは藍染による絞《しぼり》の世界を格調高く創造された方である。片野さんは織場の片すみに建てていた藍甕《あいがめ》をみて、即座に「こんな綺麗ごとじゃ駄目です」といってまず藍小舎《あいごや》を建てるようにといわれ、仕事場の奥に建てた藍小舎をしばしば訪ねて懇切丁寧に指導して下さった。しかし何どやってもうまく建たない。藍建に最も大切なものは木灰の灰汁《あく》である。それがなかなか手に入らない。せっかく苦心して集めた木灰に少しの不純物が入っていたとか、灰汁を抜いたあとのもの（陶芸家が必要なもの）であるとか、貴重な蒅《すくも》（藍の原料）を度々捨てなければならない状態になって、私はすっかり自信を失い、片野さんに弱音をはいた。「私が女だから駄目なのでしょうか」（古来女は不浄であるから藍甕に近づくなという言い伝えがある）と言うと、片野さんは厳しい口調で、「私は明日死んでもいいように娘に伝えています」と言われ、私の打ち込み方の足りなさを種々指摘された。まず木灰を人だのみせず自分でつくること、出自の正しいもの（雑木の幹とか枝の伐《き》り倒して間もないもの）を燃して灰にすることなど。その他藍を建てることは、

一、子供をもったようなもの、絶えず目をはなさず愛情をもって見守ること

二、藍の命は涼しさにある

三、建てること、守ること、染めること、をもって「芸」ということとされた。

その後「藍浄土」という片野さん父娘の藍と絞の仕事がテレビで放映され、私は深く心を打たれた。それは片野元彦の仕事の真骨頂《しんこっちょう》というべく、心魂を傾けて藍と絞に立ちむかう姿を映してあまりあるものだった。並々の覚悟で藍にむかうべきものではないと、片野さんは遺言のように言いのこして逝かれた。文字通り藍なくして私の仕事はない、と思いさだめて藍を守ってきたが、私の色の世界は藍一筋ではなく、蘇芳、紫、黄、茶、鼠とあらゆる色に対して貪欲であったから、しばしば藍の機嫌を損じ悩むことの多い日々で

あった。

今から二十数年前、自分は織物はやりたくないと言っていた長女の洋子が、私の藍に悩む姿をみて、藍をやってみたいと言い出した。親の後ろ姿はかくしようもなく子供に見とおされていたのか、そこならば自分のやり甲斐のある場だと思ったのか、私とはまた少し違った取り組み方で藍を建てはじめた。

思いがけない伝承が藍をとおして仕事全体を貫く何か目にみえない存在として力づよく加わってきたような思いだった。まさしく私一代では藍を守りぬくことがむつかしい、さらに深く藍の生命体を知り、その神秘的な天体を映す色彩の繧繝《うんげん》（グラデーション）を染め出し、きわめることが出来ればと、祈りにも似た思いで見守ることとなった。

藍はほかの染色方法とちがい、甕の中で醗酵《はっこう》させ、還元させ、その微妙なバランスを日夜見守ってゆかねばならないが、そのことが実は藍の色としての生命と深くかかわり、他の色彩にはない宇宙的な光と闇を抱き、そこにかかわる人間の精神性を問うところまで表現し得るものなのだということに次第に気づかされたのである。かつて片野さんは、藍はその人の品格をあらわすといわれた。

古来、ヨーロッパでは古代の宗教画、中世のフレスコ画に必ず霊性の高い青《ブルー》が登場した。中近東においてもブルーモスク、モザイク、装飾書体《カリグラフィ》などに用いられた青はまさに天上的色彩である。日本でも平安時代の絵巻、古写経、平家納経の紺紙《こんし》金泥《きんでい》など、藍と金の組み合わせは、密教の世界でも最高の色彩である。

かつて母が、日本の藍ほど精神性の高いものはない、あなたの仕事の根幹として必ず藍を守ってほしい、と言って廃業した紺屋《こうや》から藍甕をいくつももらいうけ、いつか必ず建ててくれるようにと言っていたことを憶《おも》い出《だ》した。日本の女性には藍染の着物が一ばんよく似合うといって終生藍の着物を着ていた。

庶民にも、田んぼで働く農婦にも、貴族にも、すべての人に藍はよく似合う。三十年来、何ども何ども藍を建てることに失敗し、もうやめようかと思ったこともあったが、何としても止めては私の仕事のすべてがだめになると思いさだめてようやく藍を中心にすえて仕事をはじめた時、ふしぎにもほかの染色の水準が上がったような気がした。藍の本性を知ることによって植物染料全体の姿が浮かび上がってきた。藍を天体から射す光と、地下深く存在する闇の色であるとすれば、植物の葉や花、実などは地上を彩る色であり、地球に生きとし生けるものの生命の色ではあるまいか。藍の生態は月の干満と深いかかわりをもち、新月に建てはじめ満月に染めはじめるというのが最高の状態であるということが次第に分かってきた。

三

「含蓄のある一点」(ゲーテ)

緑は私にとって色彩世界への導入口、キイポイントである。見えない世界、宇宙の彼方《かなた》へ導いてくれた色である。

あの緑したたる植物の葉から緑は染まらない、という最初の疑問。藍甕の中に浸した白い糸が引き上げられた時の鮮やかなエメラルドグリーンが瞬時に消えてしまう不思議、なぜあの緑は消えてしまうのか、地上にとどまらないのか、刈安《かりやす》や梔子で染めた黄色を藍甕に浸した時、はじめて緑が誕生する。

あおくんときいろちゃんが会えてうれしくなって、みどりになっちゃったレオ・レオニのお話のように、なぜ！　と思わず大声を出した時、次の言葉にぶつかった。

「闇に最も近い青と、光に最も近い黄色が混合した時、緑という第三の色が生れる」

さらに、

「色彩は光の行為である。行為〔能動〕であり、受苦〔受動〕である」（ゲーテ『色彩論』序）と。

今までひとりで胸にかかえて、息がつまりそうだったこの疑問に答えてくれた書物に出会った。色彩が光の行為であり、表情であり、さらに現実界の様々な状況に出会った時に受ける苦しみ、いたみであるとは、目から鱗というより以上の開眼だった。そこから展《ひら》かれてゆく超自然的な力、氷山の一角のような緑というひとつの色を節穴としてみえてきたものはあまりに厖大《ぼうだい》で汲みとることさえ出来ない自然界の姿であった。

「光と精神。自然界における光と、人間界における精神は、ともに至高にして細分化しえないエネルギーである」（ゲーテ『箴言《しんげん》と省察』）という言葉は、光と人間の精神はひとつなのだという湧きあがるような歓《よろこ》びをあたえてくれた。人間の眼が形だけをみているのではなく、光を神の啓示としてみているのだということを信じてよいのか、何ども何ども読みかえした。

もしこの眼が太陽でなかったならば
なぜに光を見ることが出来ようか
われらのなかに神の力がなかったならば
聖なるものが　なぜに心を惹きつけようか
（前の二行はプロティノスの『エンネアデス』、後の二行はゲーテの大幅な意訳）

さらにこの詩は神が人間にむかってその信頼の冠をさずけて下さったような、敬虔《けいけん》な祈りをいただかずにはいられない。漠然と抱いていた私の色彩への宏大な扉が夢ではなく截然《せつぜん》と開かれ驚くばかりの展開を示してくれた。勿論、色彩論の何分の一も理解したとはいえない。分からないところは分からない。分かるところは心が躍動し、歓喜する。またしても頁をひらけば目が釘づけになって、そこから仕事の迷路、暗闇に光が射す。

それが二十数年、ずっと続いていて、私はまるで小学生が本を開いたり、閉じたりするようにすでに、『自然と象徴』はぼろぼろになっている。しかしまだ突然鞭《むち》でたたかれるようにそんな箇所を見落としていたか！　と呼ばれるような気がする。この書物は私が仕事をするかぎり常に自然が唯一絶対の師匠であり、そこから教えられるものと交響し、感応して仕事をしてゆかねばならないことを指示してくれるのである。

たとえば、

「自然はつねに真実で、つねに真面目で、つねに厳格です。自然はつねに正しくて、過失や誤りはつねに人間にあります。これを知らない人を自然は軽蔑し、これを知った真実で心の浄《きよ》らかな人にだけ、自然は胸を開いて、秘密をうち明けてくれるのです」（エッカーマン『ゲーテとの対話』）と。

この言葉はまことに人間にとって辛辣《しんらつ》で、まだまだ自然は秘密を打ち明けてはくれない。むしろ自然はますますかたく扉を閉じ、人間は傲慢にもそれを乗り越えようとしている。自然が苦しみ、悲鳴をあげて訴えていることを我々は日々身辺にじりじりと感じているにもかかわらず、涸《か》れかかった泉からなお水を汲もうとしている。そんな中でふと、開かれた秘密のあることに気づくことがある。秘密はかくされているものではなく常に開かれている。閉ざしているのは人間である。

自然を深く見つめ、耳を澄ましてその声をきき、ひろくあたたかい自然の懐《ふところ》に抱かれる時、その存在を、生命の響きを感じる。そこへたどりつき何か手にふれたとき、それをゲーテは「含蓄のある一点」と呼んでいる。その一点を見出した時、ほんの少し自然が開示される。その一点から次々と見えてくるものが必ずあると言うのである。

それを「導きの糸」とも呼んでいる。

四

「緑は生命の死せる像を表わす」(シュタイナー)

導きの糸にみちびかれて私は色が単なる色ではなく、色の根源は光であり、光は色の母胎《ぼたい》であることを知らされた。宇宙からのメッセージであり、あの大空を彩る透明な青、暁天《ぎょうてん》を染める茜色、夕焼の真紅《しんく》、雨あがりにかかる七色の虹、海の藍、河の藍緑《らんりょく》、炎の赤、すべて自然現象にあらわれる色、物に染まらず、手にとっては無色透明である。もう一つは物に結びついて物そのものになっている色、あの大地のさまざまな土の色、岩石、そこに埋まっている宝石の色、植物の緑、花の色などいずれも自然がこの世に生み出し、物に定着させた色である。さらに、人間が生み出した人工的な化学染料の色、これらの三つの領域に存在する色を私達は日々目にしているのである。

それならば私が今染めている植物から抽出した色はどの領域に入るのだろう。自然が持っている色を人間が取り出して、色をいただくなどと昔私はよく言ったものだが、今はそんな言葉で一くくりにできないような気がしている。自然から取り出して人間が利用しているものは数限りなくあるし、今や自然破壊の域にまで達しているものも少なくない。遠からず植物の中でもう染められない、消えてゆく色も多いと思う。何か今書きとめておかなくてはならない、今染めて色としてのこしておかなくてはならないのではないかと私をせきたてているものがある。

「緑は生命の死せる像を表わす」と語ったシュタイナーはゲーテの後をついで、『色彩の本質』という著書をあらわしたが、これはその中で言われている言葉である。難解で何十年、常に言葉としてつぶやいてみてもよくわからない。にもかかわらず、緑という色に生と死が深くかかわっていることはよくわかる。植物染料を染めていて、植物が緑であるにもかかわらず、常に緑が逃げてゆく、どこへ行くの、と呼びつづけてきたが、この現実界の中で、生命は刻々滅びにむかっている。すべてのものは死にゆくものである。誕生したみどり児が瞬時に赤ん坊になり、子供になり、壮年になり、老年になる。植物も初々しい新芽の緑はやがて紅葉し、落葉する。色だけがこの世で不変なはずはない。最も生命の尖端にある色が死と隣り合わせであることは当然である。それが緑であり、生命の死せる像ということだと解釈してよいものか、まだまだ充分に了解しているとは言えないが、色というものが単にものに附着した色だけではなく、大宇宙からの伝言《メッセージ》であり、言葉であり、叡智《えいち》であると私はゲーテから学んだ。さらにシュタイナーが色を像であると言ったことは現実界からは色と見えていても、不可視の世界からはそれは単なる像である、ということであろうか。

色即是空、空即是色とはまさに真理の奥儀を語り尽くして余りあるが、西洋では色を理念的、哲学的にとらえる色彩学というか、ニュートン以来自然科学としてとらえてきているが、日本では学問として色彩をとらえることがあったであろうか。日本の色彩について語ろうとすれば、おのずから新たな色彩世界がみえてくるような気がする。それは万葉の、古今の和歌の世界から湧き出る泉のような自然界の色彩である。日本の色を思うとき、和歌の世界なくしては語れない気がする。西欧の理念的世界から情緒的、感性の世界に色は移行してゆくようである。

日本の色　――万葉の色

ながい間仕事をしてきて、何か一つ心の円盤の上を囁《ささや》くようにまわっている言葉がある。

「日本の色、日本の色」

織場の葛籠《つづら》に何十年も前から、日本の色とかいた和紙が貼ってあり、その中に染めた糸が入っている。箪《たん》笥《す》の中にもさまざまの染め糸が納められている。いつか心ゆくまで染めのこしておきたい。それが私の一つの支えのようになっている。そう念願してきた私の夢も今や最終段階をむかえている。果たしてかなえられるだろうか。

気に入った色が染まればすぐ使ってしまう性分なので、糸は増えたり減ったり、一向にたまらない。もう果たせなくてもいいと最近は思っている。色はすでに着物や裂《きれ》の中にのこっているのだからと。ただこの期に及んで日本の色について書いておきたい思いが強まっている。寝ても覚めてもこの想いは捨てきれない。

しかし、色を言葉で現わすことは至難である。不可能なことかもしれないとさえ思う。色は言葉にしようとした途端に消えてゆく。それなのに年をかさねればかさねるほどこの不可能なことにむかってみたい。言葉によって色をとらえるのではなく、その思いを語りたいのかも知れない。

なぜならこんなにも色を愛《め》で、色と共に暮らしてきた民族が世界のどこにあるだろうか、こんなにも色のことを深く生活にも、心情的にもわかっている民族はほかにはいないと思うからである。緑なすこの島国の四季折々の移ろい、四囲を海にかこまれ、湿潤《しっとり》と、繊細《こまやか》に、緑は芽生え、盛んなる山野のたたずまい、この国の色彩感覚の目覚めは長い歳月のうちに培《つちか》われてきた、世界に類をみないものである。外敵からのさまたげもなく、平穏に続いた国柄、正倉院にはじまる千余年の文化が抱きつづけてきたものは、勿論《もちろん》色彩のみにとどまるものではないが、そこに瑞々《みずみず》しい生命を奏で、人々の中に深く浸みわたるのは日本の色ではないだろうか。

もし正倉院御物《ぎょぶつ》や源氏物語絵巻にかほどの色彩がのこされていなかったらどうだろう。そんなことを思いついたのは、ほかでもない、色彩こそその民族の感情であり、形象をつかさどる精神であり、魂であると思うからだ。こんな思いを熱く持ちつづけてきたのは、この年齢になって『万葉集』の中にいかに植物による色彩が深く浸透しているかに気付かされ、そこから古今、新古今、拾遺集などの和歌の世界に薄雲のごとくたなびいている日本の色彩に目を開かれたからである。

『万葉集』の中には、植物染料による色彩が溶けこむようにして唱われ、『新古今集』には、色ともいえないほどのかすかな風や波の気配にもたくみに唱われている。

花は散り　その色となく　ながむれば　むなしき空に　春雨ぞふる（式子内親王《しょくしないしんのう》）

その色となくの深い余韻、散る花に、春雨に意味もなく引きこまれてゆくのはなぜだろう。このような歌人が世界のどこにいるだろう。

色なき色こそ、本当の色ではないかとさえ思う。こんな風に色のことを思い続けているのは勿論《もちろん》私が植物による染料から受ける無量の色の恩恵によるものではあるが、久しく伊原昭《いはらあき》の数冊の著書を傍らにおいて読み続けてきたおかげである。この方の古代からの色彩に対する研究に私はどれほど多くを学ばせてもらったことか、測り知れない思いである。その著書の一端をあげると、

『色彩と文学――古典和歌をしらべて』
『万葉の色――その背景をさぐる』
『平安朝文学の色相――特に散文作品について』
『日本文学色彩用語集成』（上代1・2、中世）
『色彩と文芸美――古典における』

等々である。これらの伊原さんの研究は、日本民族の深く高い色彩に対する思想を、厖大《ぼうだい》な資料のもと克明に研究された成果である。

世に知られず地道に、歌謡や物語や絵巻の中から繊細な探知器のようにさぐり出し、まとめ上げて、偉大な霊山のように今私の前に聳《そび》え立《た》っているのである。

もしこの書を読まなければ色彩がそこまで深くこの国の文学に浸透しているかを気付かなかったかも知れない。伊原さんの学問の沃地《よくち》が豊かにひろがっていたからこそ、実際に植物染料を手がけ、そこから発生する色を確証し、それが単なる色ではなく民族の魂や歴史の中に生き続け、受けつがれてきたものであることを認識したのである。その裏付けとして伊原さんの書物が私を触発させてくれていたものだということによううやく気付き、私自身がおどろいている。

『万葉集』の中に植物から染め出された色を人々の心映えとして、恋歌に、相聞歌に、挽歌にうたいこまれていることを思い、もう一ど新たな目をもって『万葉集』を読むようになったのである。

「あい」「あかね」「かりやす」

「きはだ」「くちなし」

「くれない」「すおう」

「つるばみ」「むらさき」

などほとんど山野に自生する草木根実から採られた色であり、

「垣津幡《かきつばた》」「水縹《みはなだ》」「山藍《やまあい》」

「鴨跖草《つきくさ》」「紫草」

などその植物の姿を連想するさえ床《ゆか》しく、言葉の響き、文字のこころよさ、古代の人々の感性は洗練され、情感をこめて歌い上げている。

「鵐鳥《そにどり》の青き御衣《みけし》」
「水鳥の鴨羽の色の青馬」
「翡翠《かわせみ》の青緑」
など青の精髄と言葉がまさに一体になって目に浸みるようである。

恋の心象と染色の生態が微妙にまじり合い、かさね合い、想いの濃さ、淡さ、どこからともいい難く色そのものになってゆく古代の人の感性は、おおらかで、自然の巧みにそのまま従っている、いや、自然の内《うち》懐《ぶところ》にいだかれているとしか思えない。

位高き人から平らかな暮らしの人までその心情の豊かさ、床しさは人々が神に近く、神を敬う生活そのものであったと思う。それでなくてどうしてこんなに率直にありのままの歌がうたえようか。

紫は古代より最も高貴な色とされているが、庶民もまた最も好む色であったと思う。それほど魅力的な色である。正倉院文書《もんじょ》にも、紫の羅、紫色絞纈《こうけつ》、紫紙《しし》、金塵紫紙、紫革、紫瑠璃などさまざまの分野で用いられている。延喜式には、深紫、浅紫、滅紫《けしむらさき》、深滅紫《ふかけしむらさき》など色相の微妙な変化を染め分けている。

滅紫、ほろびる紫、褪紅《たいこう》、あせる紅。

紫はあせるのではなく、ほろびる。紅はほろびるのではなく、あせる。

今実際に染めている私はそれを実体験している。紫は根で染め、紅は花弁で染める。根は終極である。滅びるしかない。花びらは褪《あ》せる。散る。そんな自然の法則が言葉としてのこっているとは！

紫は灰指《さ》すものぞ　海石榴市《つばいち》の八十《やそ》の衢《ちまた》に　逢える児や誰（『万葉集』巻十二　三一〇一）

とあるように紫根《しこん》は椿の灰汁《あく》で媒染《ばいせん》すると美しい紫色を得る。現に今朝も私はそのやり方で紫を染めてきた。千年余もその方法は伝えられ、生きている。

紫草《むらさき》は　根をかも竟《お》うる人の児の　心《うら》がなしけを　寝《ね》を竟えなくに（巻十四　三五〇〇）
紫草《むらさき》を　草と別《わ》く別く伏す鹿の　野は異にして　心は同じ（巻十二　三〇九九）
紫の　糸をそわが搓《よ》る　あしびきの山橘を　貫《ぬ》かんと思いて（巻七　一三四〇）

額田王《ぬかたのおおきみ》は「茜《あかね》さす紫野《むらさきの》ゆき標野《しめの》ゆき……」と詠み、天武天皇は「紫の匂える妹《いも》を……」とこたえ、蒲生《がもう》野《の》に咲く紫草をこのように天真に、玲瓏《れいろう》にうたわれたことにも驚嘆する。

私がいつもふしぎに思うのは『万葉集』になぜこれほどの名なき人の歌が輝いていたのか、後世に遺《のこ》す印刷技術も何もない時代になぜこれほど大らかな遥々とした歌がのこされたのか、その後こういう庶民の歌はどうなったのか。古今、新古今はもう貴族の歌となっている。

原初の素朴な歌、色そのものはどこへ行ってしまったのか寂しい限りである。

人々は野に出て花を摘み、根を掘って採集した植物を、搗《す》ったり、写したり、煮出したりして、色の出自を見届けていたからこそ感覚が次第に冴え、磨かれていったのだろう。美しく染まった衣を恋人に着せたい、その色の褪せませぬようにと祈って歌ったのだろう。

それ故《ゆえ》じかに感じるのだ。紫は古代高貴な色であったが、実は原初的な素朴な色であったと私は思う。

「赤」はすでに『古事記』や献物帳にもみられる。茜朱、丹、紅、緋など、明るい太陽の燃える火のような強烈な赤から、柿の熟したような橙赤色、赤錆色、丹のような褪赤色、紅花で染めた薄紅色、桃色、緋色など実に華やかで可憐な色相を表わしている。

いう言《こと》の　恐《かしこ》き国ぞ　紅の色にな出でそ　思い死ぬとも（巻四　六八三）

紅に深く染《し》みにし情《こころ》かも　寧楽《なら》の京師《みやこ》に年の経ぬべき（巻六　一〇四四）

紅に染《し》めてし衣　雨降りてにおいはすとも　移ろはめやも（巻十六　三八七七）

紅《くれない》の濃染《こそめ》の衣　色深く染《し》みにしかばか　忘れかねつる（巻十一　二六二四）

およそ相聞歌の中で、紅、真朱《まそお》、朱華色《はねずいろ》、蘇芳《すおう》などは華やかさ、はかなさの象徴であり、かくしようもなく色に出ず、といわれるような妖しい恋のかけひきさえうたわれるのである。また赤は古代より火の色、血の色を象徴し、最も神聖なものであると同時に呪術的、外敵から守るための魔除《まよ》けの色などとして、家や舟に塗られたりしているのも色の力である。

橡《つるばみ》という色に表象される庶民の色、櫟《くぬぎ》、楢《なら》、栗、椋《むく》など、いわゆる雑木、薪などにもつかわれる木から、黒、茶褐色、鼠、焦茶など、その染料で染めた衣は色褪せないものが多い。いわゆる堅牢な色彩群である。

それ故、人々に親しまれ、洗いさらしても、縫い直しても変わらない色として珍重された。

紅は移ろうものぞ　橡の馴れにし衣《きぬ》に　なお若かめやも（巻十八　四一〇九）
橡の衣《きぬ》は人皆事無しと　いいし時より着欲《きほ》しく思おゆ（巻七　一三一一）
橡の解濯衣《ときあらいぎぬ》のあやしくも　殊に着欲《し》しきこの夕《ゆうべ》かも（巻七　一三一四）

橡で染めた衣は洗っても解いても何年経っても変わらない。紅などのはなやかな色にくらべて見劣りがすると人はいうかもしれないが、その衣を着ているとそれを染めてくれた人の想いが伝わって心変わりのしない恋人をうれしく思う。またそれを着てくれる人を自分は恋しく思う。何という慎ましい人々だろう。自然に抱かれて生きていた万葉の人々を慕わずにはいられない。今ありあまる物質にかこまれて、本当の色を失いつつある。色とは何かさえ思わなくなっている。貴賤を問わず、あたえられたものを慎しんで着ていた人々を祖先にもっていたことを忘れないでいたいと思う。

日本の色　——古今・新古今・源氏物語の色

色は時代と共に生き変化してゆく。あの万葉の頃の天真な、直情あふれる歌は次第に姿をかえ、平安期の『源氏物語』などにうたわれる歌は人々のこまやかな心理描写、恋のゆくえである。何より貴族、特権階級のものとなってゆくことが時代の成りゆきとはいえ、寂しい限りである。庶民はその頃歌っていたのだろうか。編纂するものはいなかったのか。

古今、新古今と移ってゆくに従って、もう一般の人々の声は聞こえなくなってしまった。

下賤なものは下賤の歌しか詠めないと、貴族は思っていたのだろうか。色彩も従って王朝の、襲《かさね》の色目《いろめ》、十二単衣にみられるような豪華絢爛《けんらん》とした貴族の衣裳、邸宅を彩る調度、庭園の風情などに変わってゆく。文化が爛熟《らんじゅく》し、醸成されてゆくことはいつの世にも王侯貴族の社会においてである。

平安朝の色彩はたしかに驚くほど華やかに、繊細に空前の美を発生し、その表現の豊かさにおいて、文《ふみ》の彩《いろどり》ともいうべき独自の世界を出現した。

たとえば文章や歌にあらわれる

「匂う」

「うつろう」

「なまめかし」

「あわれ」

などの表現に映し出されているものは言葉では語り尽くせない玄妙な色の命である。文芸の中に消えては浮かぶ走馬灯のように輝いたり、うつろったり、滅んだりしてゆく。「匂う」などというと実際ににおうのかと錯覚したりする人がいて、先年紫が匂っちゃこまるよ、と冗談をいった人がいる。

「紫匂う」というのを、紫根《しこん》のにおいと混同して思う人があるくらい、感覚的なものである。

ほんとうに匂うばかりの風情といえば、澄んだ空気の中、蒸留された最上の美しさが漂い出すことと解したい。

伊原昭《いはらあき》著の『色彩と文芸美』の中に、

「「にほひ」は平安時代の後宮女性の美的関心の中に端を発しているもので、視覚・聴覚・嗅覚のような諸感覚を超える美の一つの形態をあらわし、日本的な美の一性格として今日なお生き続けているものであると言われる。こうした華麗な日本文化爛熟《らんじゅく》の時代の、そして最も優美な貴族的また女性的な基盤の上に醸成された、「にほふ」が、平安時代の諸作品にどのように形象されているか、私の立場として〝色彩的な面〟からその様相の一端を探ってゆきたい」

とある。

宇治十帖の薫《かおる》、匂宮《におうみや》はいずれも嗅覚による匂いをあらわし、薫は天性のいわゆる体臭が高貴な匂いを発するところから名づけられているが、匂宮はそれに対抗して珍重な薫物《たきもの》を常に身に添わせていたところからいわれているものである。

いずれも二人の貴公子の麗しさをこれ以上表現するものは他にないと思われるが、その匂いの根元は一種の幻覚、この世ならぬあたりから漂う媚薬のような働きを多少もっていはしないだろうか。それは決して不健康なものをあらわしているのではなく、命のさかんなさま、初々しさ、清らかさを内包し、しかも非日常性、貴族性を表したものである。

「紅におう」「匂うばかりの桜襲《さくらがさね》」(『蜻蛉《かげろう》日記』)

「いとにおいやかなるもてなし」(『宇津保物語』)

「隈なく匂いきらぎらしく」(『源氏物語』)

「けだかく匂《いお》いろうろうじく」(『栄華物語』)

と、それが衣裳ばかりでなく、紙、車、御簾《みす》、植物、容貌とすべてにいたる色彩を媒体としながら、それを越える美的な情動にまで映発してゆくものである。「匂う」の美的表現は日本独特のものであろうか。中世ヨーロッパの修道院などで薬草からの香りが研究されていたという。

「匂う」という表現ひとつによって物語や絵巻物全体が幽玄に浮かび上がってくる、魔術のような気さえするのである。

ちなみに、香道において聞香《ききこう》という言葉があるくらい、香りは嗅覚だけではなく聴覚、視覚、味覚にまで及ぶという。「匂う」を辛味甘味にまで嗅ぎわける日本的感覚、かつて私は「黒方《くろぼう》」という御香をたいていた時、亡き父を間近に感じ、冥界と通じているのではないかとおどろいたことがある。香りはある領界にいざなう力があると思った。

石竹花《なでしこ》が　花見るごとに少女《おとめ》らが　笑《え》まいのにおい思おゆるかも(『万葉集』巻十八　四一一四)

「うつろふ」ものといえば、〝いろはにほへどちりぬるを〟とすでにこの十二の文字の中に、詠みつくしている。散りてこそ色なのである。いつ褪《さ》めるか、滅びるか、散るか、きわきわのところににおっているものが本当の色である。それを何とか滞《とど》めようとするのは人間の本能であり、生死にかかわる問題でもある。世の無常、咲き匂う花は色褪《いろあ》せ、黒髪に白い霜が降り、万物すべてうつろってゆくことを我々は見るのである。

天雲《あまくも》のたゆたい来れば　九月《ながつき》の黄葉《もみじ》の山もうつろいにけり（巻十五　三七一六）

鶯の鳴きし垣内《かきつ》におえりし　梅この雪に移ろうらんか（巻十九　四二八七）

美しければ美しいほどうつろいやすい、愛するものの死という凋落、衰微、この厳則を知れば知るほど、宇宙万物流転の中に何か恒久的なもの、常磐《ときわ》なるものを求めてやまない思いがある。「匂う」と「うつろう」とは、実は時の経過の線上にある必然である。

八千種《やちくさ》の花は移ろう　常磐なる松のさ枝を　われは結ばな（巻二十　四五〇一）

咲く花は移ろう時あり　あしひきの山菅《やますが》の根し　長くはありけり（巻二十　四四八四）

「なまめかし」という現象に、私は体に響くほどの体験をしたことがある。藍を染めている最中だった。勢いよく最高の状態で藍が建ち、初染めの時まっ白な糸を甕《かめ》に浸け、引き上げた。眩《まばゆ》いばかりのエメラルドグリーンが絞り上がり、やがて瞬時に消えてゆく。その後を追うように縹色《はなだいろ》が浮かんでくる。藍染の中で最も盛んな色、それは初染めの縹色である。幼くも、老いてもいない。まさに青春そのものの色、縹だ。力が漲《みなぎ》っている。艶である。清々しい。その時思わずなまめいてみえた。色がなまめくとは！ ふしぎなことだが目の前の青が生気を発してなまめきたつのである。私はこの体験をするまでなまめくとは艶なること、色っぽいことと単純に考えていた。しかし『源氏物語』にあらわれる「なまめかし」ということは到底一筋縄ではなく、実に複雑多様である。さまざまの色の対比とか調和、融合、その時々の情景や人物の心理や容姿すべてを彩なしてなまめくのである。

「くもりなく赤きに、山吹の花の細長は（中略）なまめかしう見えたる方の……」（玉鬘）

「そこはかとなくあてになまめかしく見ゆ。柳のおりものの……」（若菜下）

「薄紅梅に桜色にて、柳の糸のようにたおたおとたゆみ、いとそびやかになまめかしう澄みたるさまして……」（竹河）

「みずら結いて、紫裾濃《むらさきすそご》の元結《もとゆ》いなまめかしう……」（澪標《みおつくし》）

などかぎりなくなまめかしい形容が出て来る華麗な描写とは正反対に、色を捨て、削りとった無彩色の世界、白と黒の色相の中に鈍色《にびいろ》という色があらわれる。哀惜の喪の色である。

「無紋の上の御衣《おんぞ》に鈍色の御下襲、纓《えい》巻《ま》き給えるやつれ姿、はなやかなる御装いよりもなまめかしさまさり給えり。……」（葵）

「御おじの服《ぶく》にて薄鈍《うすにび》なるも（中略）すこし面《おも》痩《や》せて、いとどなまめかしきことまさり給えり」（蜻蛉）

今までのはなやかな、艶々とした色彩が否定されてゆく。大切な人の死によって、無常の中に出家、落飾《らくしょく》を願うもの、死に直面した病苦の中、白い衣にうち伏す姿、墨染《すみぞめ》の衣に身をかえて仏門に帰依する人、栄耀栄華の極みに生きた人々にも、それが華やかであればあるほど悲哀は深い。その対比の妙が、逆に白黒の世界をきわだたせる、『源氏物語』の比類ない美の象徴がこの「なまめかし」の逆転の世界にあったということは意外のようでもあるが、これも必然である。

「鈍色」、この微妙な衰退の表現、華やかな色から華やかさを抜きとってそこにひっそり匂っている色。あの華やかな宮廷生活があればこそ、悲愁の装いが、とくに光源氏をはじめ男性貴族の中にきわ立つのである。紫をして、滅紫《めっし》と誰が名づけたのか、紫根を染めていて、温度が六十度以上になると紫はほろびて鈍色になる。どこかに紫の余韻をのこした灰色、墨色である。文学上の造語ではない。歴《れっ》とした染色上の色なのである。紫式部の底知れない才能は色彩の上にも厳然と実証されている。王朝の華麗な色彩の物語である源氏は、終わりにあってあらゆる色を否定した白と黒、清浄と死の無彩色の世界にゆきつき、色として完成させたような気がする。

「あわれ」そしてここに到達した。

もののあわれ、これこそ日本の文化の基底に流れる音曲、和歌、文学すべてにうっすらとおおわれる霧のような心情である。短調の、その奥の野末の風のようなノイズにもまぎれるような、もののあわれとは、果たしてそこに色はあるのだろうか。

「ときどきにつけても、人の心を移すめる花紅葉の盛りよりも、冬の夜の澄める月に雪の光りあいたる空こそ、あやしう色なきものの身に染《し》みて、この世のほかの事まで思い流され、おもしろさもあわれさも残らぬおりなれ。すさまじきためしに言いおきけん人の心浅さよ」(朝顔、故藤壺への回想)

花もみじの華やかな美しさも充分に味わい尽くした今は、冬の夜の澄んだ月にちらちら降りかかる雪の、白ささえあやしくもうこの世のものではない色のない世界にきてしまった、すさまじいまでに純化された色なき色にまで来てしまった。それを心にとめない人の心浅さよ、となげく烈《はげ》しいことばである。それをあわれと呼ぶには凄すぎる。『源氏物語』がここまで極限の色を映し出すとは思わなかった。しかしそれこそが色彩文学の到達する境地だと今思う。

「源氏物語は、(中略)色彩から「あはれ」が生み出される段階にまで色彩を高めてゆくことを可能ならしめた。その色彩はすべての色彩を含み、それを超えた色彩の局限の世界の色なきものであり、そこに無上の美的情趣としての「あはれ」がうまれるとしたのである。すなわち、文学において色彩というものがここまで至り得ることを知らされたと言えるのである。

源氏物語によって捉えられた「あはれ」の生まれる究極の色彩「色なきもの」はやがて中世の幽玄の世界への端緒となるのではないかと推測される」と。

「「あはれ」の色相」の章の中で伊原さんは結んでいる。かねがね胸のどこかでは思っていたことではあっても、この伊原さんの導きがなければ到底考え及ばなかった。無彩色の白黒の領域からさらに色なき色にまであわれの世界を展開し、その文学の筆をすすめた作家が世界で唯一人、紫式部である。

一人の学者が生涯かけてこつこつ研究に研究をかさね、『源氏物語』を「色彩を骨子とする文学」であることを発見し、仰ぎ見る峰々の一つ一つを踏破してようやく最後の峰、「あわれ」の境地に到達した。そこは思いもかけず色なきものの世界だった。「匂う」も「うつろう」も「なまめかし」も、降りそそぐ花びらのような色彩の渦にまきこまれて、道をまどうほどであったが、次第に色はうすれ、薄明の中に「あわれ」が浮かび上がってくるのである。

私は年を経て思うのであるが、若い頃から伊原さんの本は何どとなく読んだ。感銘をうけつつ仕事をしてきた。ようやく日本の色について拙いものを書こうと思った時、はじめて浮かび上がってきたものは意外に深い思想であった。

この書の中にまだまだ私を呼び覚ますものがある。

それは日本の文化の闇にまぎれてみえる姿である。御簾《みす》ごしにかいまみるこの色彩世界の無量の深さである。

さらに水墨の世界は滔々と流れをなして、どこへすすんでゆくのか、伊原さんは「墨蹟《ぼくせき》の光輝の発見」へと研究をすすめる。

王朝の華麗な色彩は行き尽くすところまで翼をひろげ、その上空をはるかに乗り越えたところに思いがけず白黒の世界を発見した。それは『源氏物語』において墨蹟の世界だった。

いわゆる墨つき、墨の濃き、薄きその色合、めでとう、清げ、ろうろうし、ほのか、たどたどし、艶、という表現、その文字をかく色紙の白、青摺《あおずり》、紫、青鈍《あおにび》、などとの調和、その人物の心情をもあますところなく映し出しているのである。

源氏が女三の宮のしとねの端に巻文をみつけ、それを何気なく読んでみると、「御覧ずるに、おとこの手なり（中略）紛るべき方なく、その人の〔柏木の〕手なりけりと見給いつ」（若菜下）とあるように、文と人がまぎれることなく一体となってこの悲劇を実証してしまうのである。

「青鈍の紙のなよびかなる墨つきはしも、おかしく見ゆめり」（朝顔）

「浅からず染《し》めたる紫の紙に、墨つき濃く薄く紛らわして……」（明石）

平安朝は最も書道の隆盛がみられ、日本三蹟などもあらわれた時代である。「御手をならい給え」というのが当時の女子の第一の教養であった。日本の物語の中で『源氏物語』にはじめて墨蹟の美が登場してきた。

というのは、梅枝の巻には書道についての論議がかわされている。何よりも紫式部が能書家であったということは、久海切《きゅうかいぎれ》という伝紫式部筆の名品がのこされていることで知ることができる。絢爛《けんらん》たる色調が次第にうつろい、あわれに至って、暗く沈潜した墨色の色ともいえぬ悲傷の世界へと流れ来ったということは、紫式部の飽くなき人間性への探究にあった。

しかもそこで「紙墨光精」と評されるほどの藤原道長をはじめ多くの能書家が、墨、紙、筆等に最高の審美眼をもって書道の真髄をきわめていた背景があることも大きく影響しているように思われる。

絵合の巻で左（梅壺方）、右（弘徽殿《こきでん》方）が絵あつめで競い合い、なかなか勝負がつかない時、左方が須磨の巻をさし出した。かつて源氏が須磨に流された時、心のかぎりに思い澄ませて静かに書いた墨絵をみて一同は心打たれ、華やかな彩色の一切ない、有能な墨書家もおそれをなしたという墨絵に圧倒されて涙とどめたまわず、他のものをおしゆずって勝った、というくだりがある。

さらに供養のために書かせた経巻の、「端《はし》を見給う人々、目もかがやきまどい給う。罫《け》かけたる金《かね》の筋よりも墨つきの上にかがやくさまなども、いとなんめずらかなりける」（鈴虫）。罫をひいた金泥《こんでい》の線よりも料紙の上で輝いてみえたという墨色。これは私もはじめての経験で、金色より墨一色の方がまさっているとは驚くほかはない。経巻などでみる紺紙金泥などは色彩の美の極限と思っていた。しかし金にまさるものがある。

それは今まで聞いたこともなく、見たこともない、墨色である！　まさに新しい美の発見というか、墨の色をこんなに光輝あるものとして崇めた人が今までにあるだろうか。華やかな装束を脱いで喪に服し、鈍色のうすものをまとった源氏の姿に常にまさる美しさをみるのも、「着なし給える人がらなめり」（椎本）といわれるように、派手な彩りを一切なくして墨一色で描いた絵が何にもまさるものであった、というのも、それを描いた流離の哀しみにある源氏の人がらである。単に墨色が美しいのではない。

王朝の文化を織りなす人々の思いのたけの深さ、美意識の高度な洗練によって物そのものが輝くのである。そこに紫式部は根を据え、新しい美を創造する。すべてを切り捨てた色なき色、墨色の世界に人間の魂を輝かせたのである。

源氏物語絵巻の「御法《みのり》」に死を目前にする紫の上と源氏、明石の中宮が描かれ、前栽《せんざい》の萩、薄《すすき》が秋風になびいている。その全体を覆っている悲愁の色は滅紫である。まさにほろびゆく紫の上を物語ってあますところがない。しかしそれ以上に怖ろしいほど物語っているものがある。詞書《ことばがき》である。

消えゆく露の心地して、限りに見たまえば、……明けゆくほどにたえ果てたまいぬ

細まりゆく紫の上の息づかい、絶え絶えにかさなり合い、訴えるごとくにして消えてゆく、まさに狂おしいまでの乱れ書きでありながら、これほどにも美しく文字が生きもののごとく打ちふるえている。千々に砕け散るかとばかり料紙の上を漂いさまよっている。

すでに亡くなって久しい紫式部は知るよしもないが、この詞書の墨色の線の美しさ、妖しさこそこの作者の心情ではあるまいか。後世に伝えられ、世々に人々の心底に深く浸み透る日本の美、誰も到達なし得なかった色彩の文学の頂点をここに見る思いがする。

つなぎ糸

真っ白い経糸《たていと》を経《た》てた。イメージは雪だ。灰色の空から絶えまなく降り沈む雪、夜の海、月光の中に降る雪、私の中にあの夜の松島の雪が浮かぶ。霧か雪けむりか、朦朧《もうろう》とした海上の奥から月の光がとどくかに見え、さざ波が幾千の光の粒をまきちらして海に銀色の衣裳をくりひろげる。まことか、と目を疑いたくなる自然の秘芸である。こやみなく、音もなく、色もなく――。

あのような一瞬を機《はた》の上に出現したいと願ってみてもかなわぬこと、せめて胸の中にあるものの、氷が水に溶けるのを惜しむように、そこにとどまっているものを機に呼びこみたい。とつおいつ、私は雪が、氷が、溶けぬ間にと、さまざまの糸を入れてみる。

イメージが物にかかわる時、かすかな軋轢《あつれき》がおこる。イメージが先行するか、物が征服するか、実はそのどちらでもないのだが、気がついてみれば私はつなぎ糸をもとめて葛籠《つづら》の蓋《ふた》を開けていた。

思えば四十年以上前、まだ機織《はたおり》をはじめたばかり、近江に住んでいた頃のこと、私はそれを何気なくつなぎ糸と呼んでいたが、もともと農家の女性達が夫や子供に機を織って着せていた着物ののこり糸を夜な夜なつなぎためていたものである。赤や藍や茶の短い糸をつないで玉にし、それがたまると半纏《はんてん》や帯を織り、それは屑織《くずおり》、襤褸織《ぼろおり》などと呼ばれていた。

藍の濃淡や白、茶、黄などさまざまの色糸が、まるで絵筆のタッチのようにリズミカルに織られている。美しい。なぜ美しいかは見ればすぐわかる。何の作意もなく、糸にまかせ織にまかせ、織手の思いが寄り添ってゆく、やさしく、つつましく。それは落葉の散りしく森の土のようであり、水の流れるままに洗われてゆく細石《さざれいし》のようでもある。そうなるべくして成ったという織物なのである。

私の生まれるずっと前から母はなぜかこの屑織をこよなく愛し、あつめていた。その裂《きれ》で姉の洋服など仕立てて、幼い娘に超ハイカラな服を着せたと思いこみ、得意で大丸などに連れていったが、姉はボロ服を着せられて、「はずかしいて、はずかしいて」と言っていたことを思い出す。私は二歳で母の元をはなれているので、そんな思いをしたことはないのだが、後年、その裂をみた時は、胸に焼きつくほどつよい印象をうけた。幼くして別れた母や、その周辺にただよう魂をいざなうなつかしさであったろうか。のちの、織物へとみちびかれてゆく機縁ともなったであろう、母と私をふたたび結びつけた糸だったのである。気がつけば奇《く》しくもつなぎ糸と名づけていた。

この道へ入る契機《きっかけ》となった私の最初の作品「秋霞《あきがすみ》」は、そのつなぎ糸を使ったものだった。屑織の小さな布をみつめ、何とかして自分なりの屑織を再現したいと思っていた。しかし織物をはじめたばかりの私はつなぎ糸など持っていなかった。新しい糸を切ってつなぐ、など本意に反したことであり、不自然である。当然、作意にみちたものしか出来ないのだ。試行錯誤のうちに思う、糸と織が互いに寄り添って優しい物語になり、柔らかい音を奏でる、それは昔の世界である。今の私には作意しかないのだ。ものを創り出そうという意識が先行して、つなぎ糸達がピチッ、ピチッと反抗して神経にさわるような音しかたてないのだ。そうか、それならばいっそ徹底して意識したものを織ってみよう、それが現代なのだ。そんな思いにこりかたまって何日か経ったある日、ふと気がつくと機が何か鳴り出している。それはヴァイオリンの弦の音のようでもあり、スタッカートのきいたリズムのようでもあり、室内楽のこまかい弦の響き合うようでもある。知らず知らず杼《ひ》が糸の間を行き交い、自分が何かに動かされているように織り進んでいた。つなぎ糸が自由にそうなりたい姿になって入ってゆく。私はただ手を動かしている。それがこの屑織の本意なのだ、とようやくわかってきた。「秋霞」はこうして誕生したのだ。

その頃、近江では母もまだ元気で、菜の花畑のまん中で、機を並べて織っていた。つなぎ糸は母と私の合作であり、三十数年を経て、再び結ばれた縁《えにし》の糸でもあろうか。そのつなぎ糸をつないでくれる人をさがしていた。その頃、周辺の農家では足腰の弱ったお年寄りがひっそり暮らしていたが、母は思いついてその方々につなぐことをお願いしたのだった。

手間のかかる仕事だったが、数人の方の丸い玉にした糸玉が少しずつ、滴《しずく》がたまるように苧桶《おぼけ》の中にたまっていった。紺に白、白に紺、それらを藍の無地の中に織りこんでゆく。

今回の「雪の松島」にも白地に紺と藍を入れてゆこう、とそう思って葛籠の中をさがしているうちに、白い糸に三センチぐらいの黒い糸が等間隔にきちんとつないである玉を十個ほどみつけた。ああ、と私は思い出した。

冬の暮れがた、裏木戸に背を丸めたお爺さんがたずねてきて、「うちのばあさんに糸をつながせてくれんやろか。足腰がたたず、炬燵《こたつ》の中でじっとして、何か手をうごかす仕事がしたい、したい言いますのや、お宅の糸のしごとがうちのばあさんにもできゃせんかの」と言う。母はよろこんで早速糸を用意してお爺さんにわたした。それから何どか、月に一どくらい、お爺さんが「うちのばあさんが、ありがたい、ありがたい、これをしとれば極楽や、といいますねん」といいながら持ってきてくれた。

その糸だ。何ときれいにつないであることよ、白と黒のつなぎめはほとんど見わけがつかないほど見事についである。三センチなどとみじかくついでくれとは言ったこともないのに、普通の何倍もかかる手間を惜しまず律儀についである。つつましく礼儀ただしく生きてきたおばあさんの生き方がみえるようだ。蠟燭《ろうそく》の灯が消えかかる前の、ほんの一、二年を、きっとこの方はこの糸つなぎに心をかよわせて下さったのだろう。
　その時は思いもしなかったこのつなぎ糸が、今私も八十歳を目前にしてしみじみと胸にしみる。ありがとう、この糸つかわせていただきます。遠い人にむかって声をかけたい思いだった。その糸の玉をつかい切ると、芯にした古い新聞紙がでてきた。昭和三十五年とかいてあった。長いこと私はこのつなぎ糸にお世話になったのだ。

　織りはじめた。水と氷と雪と。色はなく白と黒とグレーの世界、その中にうっすら雪が解けはじめ、あるかなきかの空色が浮かぶ。かめのぞきの水いろをつかう。織りすすむにしたがってあの松島の雪が私の中に降り沈む。あのこまやかな雪の感触まで織の上ににじみ出てくるような気がする。あのつなぎ糸の小さな点線が風となり、波となってリズムをはこんでくる。ほんの一夜の、一瞬の雪景色の中に、今も生きつづけているさまざまの人のいのちを思う。

一色一生

嵯峨の釈迦堂（清凉寺《せいりょうじ》）には、釈迦牟尼仏の胎内から出て来たといわれる宋代の羅《ら》の残欠《ざんけつ》が幾つか遺《のこ》されている。硝子《ガラス》の中に真空状態で納められているそれらの羅の片々は浅緑、代赭《たいしゃ》、黄土色等、烟《けむり》のように繊《ほそ》い糸で、蟬の羽か葉脈のように織りこまれていて、天の羽衣とはこのようなものではあるまいかと思われる美しさである。おそらく、空気に触れた瞬間に風のように舞い散って姿をとどめなくなってしまうであろう儚《はかな》さを含んで、さながら上澄液《うわずみえき》のようである。

人は美しいものを見た時、とっさに飛翔するような実感に襲われるものであるが、私もそれを見た時、中国宋代に千古の夢を追って飛翔する思いがした。実態は今まさに風化の寸前にありながら、われわれの魂を遥かに誘《いざな》うものが確かにあるのである。それは織物でありながら、裂《きれ》でもなく、糸でもない、その物自体から紡《つむ》ぎ出《だ》される一条の糸は彼方《かなた》の世界に結ばれているのである。

かつて私は、古代インドの染織品、あの神秘なまでに幽艶なモール織や金更紗《きんサラサ》にも同じような感動をおぼえたが、インドの人々がそれらを「織られた大気」「夜の滴《しずく》」「朝の霞《かすみ》」等と形ではとらえられぬものとして呼んでいるときき、いかにもと肯《うなず》ける思いがした。それでは織物でありながら、織ではないものを感じさせるとは一体どういうことであろう。私は久しく漠然とした実感だけを抱いてきたが、ある時、次のような文章にであった。

「踊り子が踊るのは女であるというのは間違いであって、踊り子は女ではなく、また踊るのではない」という謎めいたマラルメの言葉である。いわばそれは踊りの窮極《きゅうきょく》の姿をいっているのであろうが、瞬時に現われては消え、空気と一体になって揺れ動くあの最も優雅な踊りは、やがて舞台や踊り子をはなれて、われわれを夢幻の境に誘ってゆく。確かに踊っているのは踊り子ではなくて、あらゆる方向から踊り子を支え、共に揺れ動き、進退している空間なのだということを感じる。

すべて芸の窮極は、そのものの個別の領域を越え、又はなれるところに在るということが漸《ようや》くはっきりして来る。

一方ふりかえってみると現実のわれわれはあまりにも煩雑な日常性を、石臼のごとく引きずって暮らしているのであるが、私もここ十数年の間短い旅行と軽い病気の期間をのぞけば、殆《ほとん》ど毎日機《はた》に向かわぬ日はなかった。

しかし今になって考えてみると、機を織っていたというより、糸を染めていたという方が実感として強いのである。確かに織るために染めていたには違いないが、織ることはむしろ仕上げの段階に近く、工芸の場合、まずよい素材を得ることが最も肝心なことであり、根元となる部分の仕事、繭《まゆ》から糸を紡ぎ糸染めをする——ちょうど大地に種子を蒔き、芽の生える頃が最も心躍る作業であるように、私の場合も（本当は糸紡ぎからしたいのであるが時間が許されないので）植物の花、樹皮、実、根等を炊き出して染液を作り、糸を染めるその段階が一ばん面白いのである。実にさまざまの色が染まるというより植物染料にかぎっては生まれるという方が適切であるかも知れない。すでに自然がそこに準備し、貯えておいたものを導き出す手伝いをしているように思われる。

この植物染料とは随分永い親身なつき合いであるが、どんな時も、何か犯しがたい法則に従っているような気がする。なぜなら、春の夕暮れの山脈《やまなみ》がそこはかとなく霞みながらえもいわれぬやさしさにみちた藍紫《らんし》の暈《ぼか》しであるのは、その時の京都の、湿潤な自然の醸し出す微妙な変化によるものであるから、それらの織色を出すことは至難なことのようであるが、朝夕それらの自然の移り変わりに接し、共に暮らしていると、風土が産み出すという言葉のごとく、それらを導き出す節理に人の心が結ばれるというのであろうか、ふしぎにいつとはなく生まれて来るような気がする。それは工夫といったものではなく、自然に適《かな》うということのようである。

植物は、その生まれ育った風土、季候によって千差万別であるが、最もよい環境に育てられ、最も適切な時期に採集されたものから炊き出された染液が、自然そのもの、あるいはそれ以上に美しく染まるのはさほどふしぎではないと思う。それ以上という時、人の心の願いが重ね合わされている時であろうか。

私は毎年、秋深くなると、大徳寺に住む老婦人より、見事な梔子《くちなし》の実をいただくが、その染め上がった色は、いかにも新鮮で、雛鳥のように初々しい。故深見重助《ふかみじゅうすけ》翁が明治三十四年に染められたという茜染《あかねぞめ》の糸をある時いただいたが、初めてその色を見た時、色とはこのように厳粛なものかと、私の眼はそこに吸いよせられて、暫《しばら》く離れることが出来なかった。時折私は、この一束の糸を机上においてじっと眺めることがあるが、それは糸というより一巻の経文《きょうもん》のように、なにかが強く伝わってくるのである。

明治三十四年といえば今から七十年程以前であるが、真紅《しんく》というよりやや黄味を帯びた赤は燃えさかる炎の色に近く、あくまで静かで、今も深く輝くような紅緋色《べにひいろ》である。糸一貫目に対して、茜根百貫を要したということの深茜染《ふかきあかねぞめ》は、約一年半の間、百七十回、茜染の煎液とにしごり（榊《さかき》の一種）の灰汁《あく》とを交互に浸け染めを繰り返して染め上げられたものである。その間百六十九回目に失敗すればすべて終わりである。その精神の張りは何であったろうか、宮中や伊勢神宮の御用を承るという緊張感からであろうか、若い頃、深見翁にこの茜染や紫根染《しこんぞめ》、紅染などお教えをいただいている頃、私は深い山で仙人に出会ったような気がして、忽《たちま》ちこの方を見失ってしまうであろうという不安が強かった。

「まあ　極道どすなあ」といっていられたが、まさに道を極めるということであろうか。

今故人となられた先達の踏んでゆかれた道を何とか見失うまいと願っている自分である。音より早く空を飛ぶ時代にこのような道を追い求めるのは、時を逆に生きることであるかも知れない。深見翁は後継者はいらないのではなく無いのだとはっきりいわれている。

近江の地よりこの嵯峨に移り住むようになってから六年程になるが、その時かねて念願していた藍建《あいだ》てを本格的にやることにした。その当時藍に関して全くの素人であった。

織物をはじめた当初、母が「藍染が絶えないように、藍の色を基調にした仕事をしてほしい。藍染の着物ほど日本の女の人を美しくみせるものはない」と口癖のようにいっていた。母は今から五十年程前、京都上賀茂に柳宗悦《やなぎむねよし》先生が民芸協団をつくられた時、そこで織物をしていられた青田五良《あおたごろう》という方に師事して織と植物染料とを習っていた。当時商売とは関係なく画家が絵を描くように、自分で糸を紡ぎ、染め、織るという人は皆無の時代であったから、青田さんはそういう点で創始者のような人であったが、すべて時代に先駆ける者の常として、その精神に吹きつける風はきわめて烈《はげ》しく、強情に、我儘《わがまま》に抵抗してきたが、遂にゴーギャンのような色彩の、装飾的な意欲がすみずみにまでゆきわたった衣裳を数々遺して早逝された。

母もまた明治、大正の女性として、医師の妻として、家事と育児を放棄して織物に打ち込むにはあまりに抵抗が強く、断念せざるを得なかった。しかし、この仕事に対する想いは永く母の胸に燻《くすぶ》り続け、たまたま私がこの仕事をはじめると同時に再び燃えはじめたかのように、七年前父が逝ってのちは、八十近い今も、毎日かかさず機に向かっている。どんな時も藍染の着物を身につけていた母にとって、日一日紺屋《こうや》のなくなってゆく寂しさは切実で、当時十軒以上あった近郊近在の紺屋に次々糸や布を染めに出して、滅びないようにと励ましていたが時代の趨勢はどうしようもなかった。そんな時、野洲《やす》の紺九《こんく》さんをさがし求め、街道一帯にむせかえるような藍の香が漂い、広い干場に見渡す濃紺《のうこん》の糸の群れを見た時、母と共にどんなに心はずませたことであろう。その頃はまだ自分で藍を建てるなど夢にも考えていなかったが、仕事を続けるに従って、自分で藍甕《あいがめ》を持つ必要を痛感しだした。藍は、かめのぞき、水浅黄《みずあさぎ》、浅黄、縹《はなだ》、織色《おりいろ》、紺、濃紺《のうこん》と、深い海の色から水際の淡い水色まで濃淡の暈しが染め分けられ、それに黄色の染料、刈安《かりやす》、梔子、黄蘗《きはだ》、鬱《う》金《こん》、楊梅《やまもも》等をかけ合わせ、若草、鶸《ひわ》、松葉、翡翠《ひすい》、苔色など数かぎりない緑色系統が染まるのであるが、自分で甕を持つことなくして希《のぞ》むことはむつかしいのである。

その上化学染料万能の現代では商売として紺屋を維持してゆくことは困難で、僅か数年の間に十数軒の紺屋は殆ど転業してしまい、瀕死の状態にあった。僅かにのこる紺屋の主人はよほど藍に愛着を持った仕事一筋の人間でそれらの人々も今は老齢を迎え、後継者の育っているところは稀であった。そうした状況を知れば知る程、藍建ての必要を感じ出したちょうどその頃、白洲《しらす》正子《まさこ》さんが藍のことなら、絞りと藍染をなさっている片野《かたの》元彦《もとひこ》さんに師事するようにと紹介して下さった。

初めて片野さんが私の仕事場に来られた時、言下に「あなたは藍がこんな綺麗ごとで出来ると思っているのですか」と言葉鋭くいわれ藍に対する根本的な心構えを話された。

「藍を建てることは子供を一人持ったと思わねばならない。

藍はその人の人格そのものである。

藍の生命は涼しさにある」といわれた。

四季折々に移り変わるこの国の自然はあの日本海の深い藍を産み、透明にひかる秋の空を産んだように、日本の藍ほど内面的な寂しさと、輝くような紺瑠璃《こんるり》の美しさを湛《たた》えた藍は世界のどこにもないと思う。その純度の高い藍色は古来よりの法則を守って建てなくてはならない。すなわち木灰汁《あく》による麩建《ふすまだ》ての方法である。化学染料と薬品は従来の方法からみれば百歩を一歩にかえてしまう簡便さを持っているが、生命ある色を染めることは不可能であり、生命ある色は生命あるものから生まれて来るものである。というのが片野さんの信念である。愛染明王《あいぜんみょうおう》に合掌してはじまる片野さんの一日は藍に明け、藍に暮れる敬虔《けいけん》なもので、私はその神聖な仕事場に導かれた時、自分の仕事の根底から揺り動かされる思いがした。

阿波の吉野川流域は昔から藍の栽培に適したところといわれ、今も藍作りの名人といわれる佐藤平助翁とその一家が一時衰退に瀕した藍作りを復興させ、この仕事に打ち込んでいられる。藍作りは節分前後に種子を蒔き、酷暑に刈り入れ、秋から冬にかけて蒅《すくも》に作り上げる。その一年間にわたる痩身の重労働の果てに作り上げられた蒅を毎年暮れになると俵《たわら》につめて送って来るのであるが、その労苦に対して一滴も無駄にしては申しわけないと、私は毎年、新年になると今年こそはと念願しつつ、藍建てに打ち込むようになったが、来る年も来る年も失敗の連続であった。

前にものべたように藍は生きている。その活力は日々刻々に変化し、昔から神秘な伝承があって、たとえ五年、十年と年季を入れても、カンの鋭さがなくては生涯自分で藍建ては出来ないといわれている。つねに人肌で生き続け、それより上がれば腐敗し、下がれば醱酵《はっこう》することはないのであるから昼夜温度に気を配らなくてはならない。十一月から翌年五月頃まで大鋸屑《おがくず》や籾殻《もみがら》を燻《く》べて甕を保温する。毎朝夕かならず静かに攪拌《かくはん》し、健康状態をみるのである。藍の機嫌の良し悪しを藍の顔をみるといい、艶々とした紫紺色の気泡が表面に盛り上がってくると藍の華が咲いたという。

この方法を昔から「地獄建て」、あるいは「鉄砲建て」といい、万に一つの成功しか希《のぞ》めぬところから、全国の紺屋が人造藍《ピュアインディゴ》の混入した甕に変わっていったのも当然の成り行きで、その純粋性を保つことがいかに困難かは、年を追う毎に深刻になっていった。ついに醱酵することなく死んでゆく甕の傍にうずくまり、立ち上がる気力もなくなったことも幾度かあった。昔から極端に穢《けが》れを嫌う藍は女を不浄として、小舎に近づいてもいけないといわれていたくらいであるから、女の身で大それた願いをおこしたのではあるまいかとある年、片野さんに断念するほかないと申しでたところ、「私はいつ死んでもいいように娘に伝えてある。ただ繰り返し繰り返しやる以外はない。自分も一夜にして腐敗した甕の側で涙を流し、こずみ込むあわれな日もあった。この藍建ての秘儀は教えておぼえるものでなく、藍と自分とが一体になる時点を掴むまで繰り返す以外はないのだ」と諭《さと》された。晩年にさしかかった片野さんの仕事が、藍と絞りに厳しく昇華されてゆく姿を目のあたりにして、自分の仕事がいかに生ぬるく、切り捨てる部分が多いかを痛感した。その時私は病児を持つ母親の哀しさのようなものが突然湧いてきて、私の藍は生まれながらに血液（木灰汁のこと）が薄かったのだということに気づいた。

健康な体質の藍をもう一度建て直そう、その時を契機にして、何かはっきり手ごたえを持つようになった。

なった。

甘い物（麸、酒、水飴等）辛い物（石灰）を欲しがっている時が、藍の顔をみていると自然にわかるように
　朝夕静かに櫂《かい》を入れて攪拌すると、藍は心地よげに身をゆだね、思いがけぬ静穏がひととき訪れる。薪や炭を使わなくなった今日、良質の木灰を集めることはむつかしい。私と思いを共にする若い人々は、風呂屋、料理屋、植木屋とリヤカーをひっぱって灰集めにでかける。暮れのうちに集められた木灰が大甕に一杯貯まったこの正月、私達は慎重に作業を積みかさねた。程よく温められた甕には、力のある艶々とした藍が健やかな香りを放ち、やがて一週間目くらいからぽつぽつ気泡が立ち醱酵がはじまる、時をみて、とろ火で煮込んだ麸を甕のふちから静かに流し込む、この時機を逸したら発色は希めない。中一日おいて、そっと甕の蓋をあけると、全面に紫紺色の気泡が漲《みなぎ》り、櫂を入れると、勢《せい》のある藍分がぐんぐん湧き上がってくる。朝陽《あさひ》をうけて光る紫の泡は満開の花のようである。翌々日、糸染めの日である。純白の絹糸を静かに甕に入れる。紺屋の白袴というが、白袴を汚さぬよう、それほど慎重に染めたということだそうであるが、空気を入れてはならない。

　糸は藍の中にひそみ、盛んな色素と香気を吸収して静かに引き上げられる。竹竿に一気に絞り上げられた糸は、空気に触れた瞬間、目をみはるような鮮烈な緑、陽をうけて輝く南の海のあのエメラルドグリーンにたとえられようか、しかしその色も瞬時も保つことはない。勢いよく糸さばきをするうち、すばやく酸化するのである。やがて水中で洗われ再び空気にふれたとき、まぎれもなく、涼しく深い藍色が誕生する。ここ五年間念じつづけてきた日本の藍の色が今はじめて、健やかな子供の笑顔となって私にほほえんでくれた。

　藍は建てること、染めること、守ること、この三つが出来てはじめて芸といえるという。

やっと建てられた段階である。ほんの序の口にある。無事藍を建てるまでに歩んだ歳月がこれからの仕事を支えていく。かつて一色に十年と思っていたが、この頃は一色一生と思っている。

かめのぞき

白い甕《かめ》に水をはってのぞいてみる、その時の水の色をかめのぞきというと最近知らされた。長いことこの仕事をしていてそんなことも私は知らなかった。藍甕《あいがめ》にさっとつけて染まった色をかめのぞきというくらいにしか思っていなかったが、よく考えてみればそんな筈《はず》はないのだった。

仮に一つの甕に藍の一生があるとして、その揺籃期《ようらんき》から晩年まで、漸次《ぜんじ》藍は変貌してゆくが、かめのぞきは最初にちょこっと甕につけた色ではなくて、その最晩年の色なのである。それぞれの甕に仕込む藍は、蓼《たで》藍《あい》の育成から蒅《すくも》(玉藍《たまあい》)に至るまでの過程を、木灰汁《あく》、石灰《いしばい》、麩《ふすま》、建てる人の心組みまでを含めて、それぞれ微妙に違った生き方をするものであるが、祖先伝来の紺屋《こうや》と違って、われわれのように一発勝負で建てることを昔から「地獄建て」あるいは「鉄砲建て」と呼び、万に一つ建てばよいとされていた。しかしこの方法しかないとなれば、何度失敗しても会得するまで繰り返すよりほかなく、そうして体でおぼえこんだものはいっそ間違いないのである。私も、体が何とか会得するまで五、六年のにがい歳月を経てきたが、藍は建てることのほかに、守ること、染めることの三つを全うしてはじめて芸と呼ばれるというのだった。

せっかく建った藍を日々守ることは、毎朝甕の蓋をあけて、顔（中央に浮かんでいる花）の色艶《いろつや》、ピリッとからめの舌加減、櫂《かい》のまわし加減にその機嫌のよしあしを見るのである。熾《さか》んな藍気を醗酵《はっこう》させて、まぶしい程の縹色《はなだいろ》に染め上がりながら、あっという間に短く燃え尽き、夭折《ようせつ》してしまう甕もあれば、一朝毎に熟成し、薄紙をはぐように静かに老いてゆく甕もある。どういう加減によるものか、守ることの要諦は、日々の私の心の翳《かげ》りや動揺がそのまま藍の上に映し出されてゆくのであるから、そのことを熟知することであり、幼子をかかえた母親のように、油断はならないのである。偶々一月《たまたまひとつき》すぎ二月《ふたつき》すぎても藍は衰えず、中心に凜《りん》乎《こ》とした暗紫色の花を浮かばせ、純白の糸を一瞬にして群青色《ぐんじょういろ》に輝かせる青春期から、しっとりと充実した瑠璃紺《るりこん》の壮年期を経て、かすかに藍分は失われてゆくが、日毎《ひごと》に夾雑物《きょうざつぶつ》を拭《ぬぐ》い去《さ》ってあらわれるかめのぞきの色は、さながら老いた藍の精の如く、朝毎に色は淡く澄むのである。

浜辺の白砂《はくしゃ》に溶け入る一瞬の透きとおる水のように、それは健やかに生き、老境に在る色である。決して若者の色ではない。風雪を越えて老境に生きる人の美しさをもし松風にたとえるならば、正にそういう香りある色なのである。

深見重助《ふかみじゅうすけ》翁が、生前「ながいことほんまのかめのぞきに出会《でお》うたことがおへん。難儀《なんぎ》な色どす」といわれたことがあった。その頃の私はまだ若く藍も手がけていなかったので、そんなものかというくらいにしか受けとれなかったが、今にして思えば、深見さんはかめのぞきの気品のことをいわれたのだと思う。

実際私にしても、ここ七、八年の間に、最後まで矍鑠《かくしゃく》として格調をおとさずに、全うした甕にまだ二度しか出会っていないのである。

それは言うまでもなく私の修練の足りなさによるもので、短く消えていったかずかずの藍に対して本当に申しわけなく思っている。朝毎に藍分を吸い上げられた甕はヨタヨタになりながら、老女の髷《まげ》のような小さく軽い花を咲かせ、ひっそり染め上がってくると「よお、まあ染まってくれて」と私はひとり礼をいいたい思いになっている。誰が名付けたのか、なぜそう呼ぶのか、群青と白群《びゃくぐん》のあわいの色を秘色《ひそく》と呼ぶという。今まで私は秘色とは、なぞめいたふしぎな色と漠然と思っていたが、そうではなくて、ひそやかな奥深い色を昔の人はそう名付けたのであろう。

ある朝、白い糸は甕の中から茶褐色の藍液を含んで上がってきたが、絞り上げた糸には何も染まっていなかった。二カ月余の間、全精力をふり絞って染まってくれた藍は、その力を使い果たしてある朝忽然《こつぜん》と色を無くした。私は思わず、線香をたてたいようだと思った。

魔性の赤

蘇芳《すおう》は古代染料として、正倉院御物の中にあり、「和名抄《わみょうしょう》」「延喜式」などにその名をみることができる。インド、ビルマ、マレー諸島等の南方に産出し、我が国は随分古くから中国をとおして輸入していたようである。

染色には蘇芳の芯材を用いる。芯材をうすくひいて煮出した液で染めるのだが、蘇芳そのものの原液は赤味のある黄色である。この液の中に明礬《みょうばん》などで媒染《ばいせん》した糸をつけると、鮮烈な赤が染まる。

蘇芳の芯材が内包する赤の深度は、ほとんど異界に通じるほどの深みに達していて、純一無垢《じゅんいつむく》でありながら、赤の両極が同時に内在し、私はそこに聖なる赤と、魔性の赤を同時に垣間みる気がするのである。深蘇芳《こきすおう》にまで染め重ねた裂《きれ》を掌《てのひら》にのせると、清艶というのか、きよらかなあでやかさでありながら、その周囲には炎のような熱気が立ちこめて、妖しいまでの美しさに酔うようである。それは赤、そして女という深く重い存在そのものである。

数えで十八歳の時、私ははじめて自分の両親、兄姉妹を知った。はじめて知る肉親の温《ぬく》もりの中で私は極度に緊張し、昂揚していたのであろう。その折の日記になぜか、「本当の赤はこの世にない」と記している。自分の中に噴き上げてくる思いを凝集して、稚《おさな》い胸にあふれた赤は、あまりに無垢で美しすぎ、この世にはない赤だった。

その時期を境に、急激な変転によってもたらされた数奇ともいえる運命の糸は、私の内部を変革し、幾多の曲折を経て、現在の仕事へと導いた。

無一物《むいちもつ》の上に何の技術も持たなかったから、ただ織物にしがみつく以外なかったが、唯一つの救いは、すべての苦渋を忘れさせるほどこの仕事に没頭させられたことであった。

はじめて蘇芳を入手したのもその頃だった。純白な糸が瞬時に鮮烈な赤に染め上がり、回をます毎《ごと》に、こくと輝きが加わって、体ごと蘇芳に染めこまれてゆくような感動を今も忘れない。当時はまだ貴重な染料であったが、私は思い切り多く使った。母が、これ以上の赤はないというほどの赤を染めてみよといい、何回となく蘇芳を煮き出してくりかえしくりかえし染めた。庭に真紅《しんく》の糸を干し上げると、二人の目はそこに吸いよせられ、知らぬ間に糸の傍に立っていた。その糸で帯を織った。赤はあまりに純粋で、私をはねつけた。どんな配色もよせつけず、私は赤と格闘しているようだった。白、黒、金銀という極限の色しか赤は受け入れようとしなかったが、未熟な私にその力量はなく、私は赤に圧倒され、寝込んでしまった。その時、私はふと純潔な赤を一色《ひといろ》よごしてみようと思いついた。楊梅《やまもも》の渋い黄茶をかけてみることにした。それは冒険だったが私はどうしても赤を汚してみたかった。

渋い黄色のかかった赤はやや暗く、しっとり落ち着いて、何か苦労した女の人をみるようだった。娘から人妻に、いい知れぬ苦を背負っている色だった。

無垢で、純粋な赤はもう私のものではなかった。はじめて赤は、他の色を抱く場をもった。茶も緑もころよく赤に溶けこみ、母が子を抱くように、他の色と和するやすらぎと、優しさが生まれた。

蘇芳の芯材から生じる赤は、女の芯の色だ。私が何よりも蘇芳の魔性を感じるのは、女が生涯に幾度も変貌するように、蘇芳もまた、媒染によってさまざまの色に変化することである。鉄、灰汁《あく》、石灰等によって、紫、臙脂《えんじ》、海老茶、葡萄色《えびいろ》など、いずれも年をかさね、女の年輪の深さを思わせる色でありながら、真紅から渋い紫まで、女そのものの芯が一すじ貫かれているように思われる。

どんなに年老いた女性でも、蘇芳で染めた着物を身にまとった日は、骨の髄まで女になりきるだろう。

私の個展の際、ある女性同士の間で蘇芳で染めた着物をとりあいになった。互いにガンとして譲らず、一人の婦人は私は御棺《おかん》の中までこの着物を持ってゆくつもりだといって、私につよく迫った。その時も蘇芳の魔性を感じた。ある作家に私は蘇芳の話をしたことがある。作家は小説の中に蘇芳の赤を描き、男女の愛欲の場のみにそれを使った。私は自分の蘇芳が傷つき、屈辱をうけたような気がした。私が語ったのは似て非なるものである。蘇芳が女の芯の色であり、魔性だということは、十八歳の日記に記した如く、「本当の赤はこの世にない」という純粋無垢な赤がその背後に存在するのであり、赤が純粋な発生でなければ、魔性もないのである。

現実に何かが起こり、ガラスのかけらほどの不純物があれば赤は消え、花は散ってしまう。ガラスが赤い火の玉になっている時はわからないが、その冷却期間に塵《ちり》のようなかすかな不純物があると割れてしまうのに似ている。

実が虚となり、虚が実となって生き続ける世界に蘇芳の赤は存在することを、蘇芳とつき合いはじめて二十数年、ようやく私はおぼろげながら知らされている。私が実を捨て虚を求めた時に、色は少しだけ私の方を向き、そこに迷いが生ずれば忽《たちま》ち消えてゆくことを痛いほど実感した。それと同時に、現実には何も起こらなくても、それ故《ゆえ》に、根の深い、生死を超えるものもあり得ると知らされた。

昔、母が「真実一路の旅なれど　真実、鈴ふり、思い出す」という言葉は女の生涯そのものだと語ったことがあるが、ふりかえってみれば、鈴振り思い出す赤でありたいと思うのである。蘇芳がさまざまの媒染によって変化するということは、実は非常に危うい染料ということになる。常に生きていて、他者の呼びかけがあればすぐ変色するということであるから、私は何どかその難点に接して、蘇芳はつくづく怖ろしいと思うのだが、またしてもその魔力にひきずりこまれて、蘇芳の染色に熱中するのである。

天青の実　――くさぎ

臭木。またの名を臭桐《くさぎり》、臭牡丹樹《くさぎ》、海州常山《くさぎ》といい、クマツヅラ科。落葉灌木《かんぼく》である。古くより、その青い実は天然染料としてしられている。

京都の四囲をめぐる山あいから流れる川は、桂川、天神川、紙屋川、御室川《おもろがわ》などと名付けられ、市中を幾《いく》条《すじ》となく流れている。

くさぎはそれらの川沿いの茂みに多くみられ、私達は年々新しい収穫地を求めて、それらの川の鬱蒼《うっそう》とした茂みにわけ入って、大樹や若木をさがして歩くのだが、ここ数年鬱蒼とした茂みはいつの間にか姿を消し、川沿いには白いマンションが立ち並んでいる。

来年はもっと山中までさがしに行かなくてはならないだろう。

毎年十一月に入ると、くさぎの実に溜めこまれた青い滴《しずく》は、秋の陽《ひ》の温もりをうけて、日一日と醸成される。

私はその頃になると、機《はた》を織っていても落ち着かない。さあ、今日こそ出かけよう。

何となく少年のようにいそいそした気分である。青竹の先を割ってV形の木をさしこみ、しっかりまきつける。くさぎは枝がもろく、私達の竹道具でもさっくり折れて、折れ口から何ともいえぬビタミンのような匂いが立つ。臭木と呼ばれる所以《ゆえん》である。

初夏。桐の葉に似た青々とした葉がくれに、白い花冠が一面にひろがり、その存在をたしかめておくのに好都合である。白い花が散る頃になって、ふと気がつくと、淡い緑の萼《がく》が何やら小さい玉を抱いている。日ましに萼はほんのりと紅をさし、少女の耳朶《みみたぶ》のようなふっくらした厚みをもつようになり、やがて萼は星形の真紅《しんく》の褥《しとね》になって、その中心に瑠璃色《るりいろ》の玉が姿をあらわすのである。

梢《こずえ》の葉が舞い落ちる頃になると、果実は秋空の水浅黄《みずあさぎ》をたっぷり吸い上げて、藍甕《あいがめ》の中の藍分が次第に醱酵《はっこう》して青さをましてゆくのによく似ている。

気温が一朝毎《ごと》にぐっと下がりはじめると、萼は紅紫色になり、青い実はやや黒ずんで、川べりの大樹は枝もたわわである。

私達長靴の一隊は川の中に入って、シーツをひろげる。他の一隊は用意の竹竿で枝を折ってシーツの中に落とすのである。袋に何杯もたまったくさぎの、枝についた赤い萼から一粒一粒実をとる作業は意外に手間どって大方夜なべ仕事になる。てんとう虫、椿象《かめむし》などがすみかを追われてはい出してくる。何日もかかって採集した実はやっとバットに半分。それでも今年は多い方である。

晴天をえらび、染めにかかる。何回も煮出し、途中石臼で実を搗《つ》き、漉《こ》して液をとる。一滴も無駄にはすまい。

湯気のたつ青い液の中に真っ白の紬糸《つむぎいと》がつけられ、引き上げられた時、色はすっかり糸に掬《すく》い上《あ》げられている。

昔、徽宗《きそう》皇帝が、夕立のすぎたあとの空の青さを見て、こんな美しい天青《てんせい》の器をつくるように命じたとか。私は先年故宮博物館でその器をみたが、目にしみとおるような青磁だった。その時、ふとくさぎの実の青を連想したのであるが、例えばかめのぞきの淡い水色とも違い、やや碧《みどり》にちかい青で、糸に染められると蠟質のなめらかさを持つようになる。それがどこか玉《ぎょく》のような半透明の光を帯びて、うすみどりの影をさすのである。

高村光太郎は「空は碧《あお》いという。けれども私はいう事が出来る。空はキメが細かいと」(「触覚の世界」)といっているそうであるが、まさにその通りなのである。

空の滴がそのまま、私の織の中にしたたり、滲みとおって、蒸留してゆくのがよく分かる。ひとの細工などうにもならない。形は滅び、瑠璃《るり》の微粒子が匂い立つようなのである。

それは色以前の愛《かな》しさなのだろうか。

秋の空に小さな壺をかかげて、懸命に天の青を溜めこんでくれた幾千の実の、生まれ変わってゆく場が偶然にも私の織の中なのだ。糸と糸の谷間に碧玉《へきぎょく》のしずくが浮き沈みして、やがて裂《きれ》の中に滲みわたってゆくのを私はいとおしいものとして見守っているばかりである。

緑という色

草木の染液から直接緑色を染めることはできない。この地上に繁茂する緑したたる植物群の中にあって、緑が染められないことは不思議である。植物染料の中でたった一つ、神は大切なものを忘れたのであろうか。しかし、そうではない。より深い真実を私たちに伝えるために、神の仕組まれた謎ではないだろうか。久しい間、私はそう考えつづけてきた。

緑の色は直接出すことができないが、そのかわり、青と黄をかけ合わせることによって緑が得られる。すなわち、藍甕《あいがめ》に、刈安《かりやす》・梔子《くちなし》・黄蘗《きはだ》などの植物で染めた黄色の糸を浸けると、緑が生まれるのである。ほかの色は色が染まるというのに、緑のときだけはなぜか生まれるといいたくなる。みどり児の誕生、甕《かめ》から上がってきた緑色に思わずそういいたくなるのはなぜだろうか。

やはり緑は生命と深いかかわり合いをもっていると思う。生命の尖端である。生きとし生けるものが、その生命をかぎりなくいとおしみ、一日も生の永かれと祈るにもかかわらず、生命は一刻一刻、死にむかって時を刻んでいる。とどまることがない。その生命そのものを色であらわしたら、それが緑なのではないだろうか。

たとえ植物から葉っぱを絞って緑の液が出ても、それは刻々色を失って、灰色がのこるばかりである。移ろいゆく生命の象徴こそ緑なのである。鉱物のように移ろいゆく生命のないものには、顔料・岩絵の具として白緑《びゃくろく》・緑青《ろくしょう》などがある。

もう一つの不思議は、藍甕の中に白い糸を浸すとはじめは茶がかった色であるが、竹の棒でキリキリと絞りあげて、手の力を抜いた瞬間、空気にふれた部分から、目のさめるようなエメラルドグリーンに染め上がってゆく。とみる間に目の前のエメラルドグリーンは消えて、縹色《はなだいろ》が生まれる。わずか数秒の間の変身である。あのひき上げた瞬間の緑はどこに消え去るのだろう。

彼岸《ひがん》の緑は、此岸《しがん》の縹色なのだろうか。表裏一体、この世にとどまる色としては、縹色なのである。とすれば、黄とかけ合わせて生まれた緑は、人の手をかりて生まれた自然の色である。緑が消えて、青になり、青が消えて緑になる。どこかで次元がすりかわるような不思議である。

しかも青い色は、私たちがこの目でみるかぎり空と海の色である。あの大海原の群青《ぐんじょう》も、澄みわたる空の水浅黄《みずあさぎ》も、手にとることのできない色なき色である。あの海原を染め空を彩る青という色は、どこから射してくるのか。天の彼方《かなた》から射す光が三千世界を照らすとき、限りない色彩が生まれる。

朝、太陽がさし昇るとき、天地は金色の光に包まれ、夜、闇が迫るとき、天地は青い幕に閉ざされる。この大自然の循環は、光に近い色は黄色であり、闇に近い色は青であることを私たちに教えてくれる。この黄色と青こそは、あらゆる色彩の両極をなす二原色であり、その間に無量の色彩が存在する。

私たちが草木から色を染め出していることも、じつはこの自然のごく一部分の出来ごとであり、その中に、どんな些細な現象であれ、神が自然に托して私たちに示している秘義がかくされていると思うのである。

紫のひともと故に……

千余年の昔、紫式部が創造した紫のゆかり『源氏物語』は、実に野に咲くひともとの紫草からその端を発したのではないかと思う。

もし紫草の咲く野辺がなかったら、この物語はどうなっていたであろう。それほどこの物語の発端から、その中枢をなす人物の性格、運命、全体の骨組みにいたるまで紫は浸透している。色彩が先導の美神《ビーナス》となって物語の命運を担い、その起承転結をいざなっていった大長編小説は、世界にも比類のないものではないだろうか。紫という色彩の持つ高貴さ、憧憬《どうけい》をさそわずにはいられない登場人物の美貌と知性、そして悲運等々、それらは小説としての必須の条件を備えて余りある。それが、「紫のひともと故《ゆえ》に武蔵野《むさしの》の草はみながらあわれとぞ見る」（『古今和歌集』第十七雑歌　よみ人しらず）とうたわれているように、可憐な野の花から想を発しているという。その紫草を私は一目見たいと思っていた。

折しも「紫草の花が咲きそろいました。一度お出かけになりませんか」と福知山の知人からおさそいの声がかかった。福知山の天藤《あまとう》製薬を経営される大槻さんは、御子息に社長職をゆずられてから、何か天啓の如く紫草の栽培、研究をその余生をかけてやって行こうと決心されたという。紫草の根、即ち紫根《しこん》から製造される薬の原料は今は主に中国、内蒙古の方から輸入しておられるそうだが、昔は万葉の時代から紫野《むらさきの》といわれるほど、京都、滋賀には天然の紫草が多く生えていたのである。近年気候の温暖化により、次第次第に東北、秋田、岩手の方に移動していったが、遂にそれらも自生のものはほとんど絶滅に近く、ごくわずか栽培しているにすぎない。したがって外来のものにたよるしかないのだった。私も今日までずっと中国、内蒙古の紫根を使っている現状である。日本の紫根で染めたい、というのは久しく私の念願しているところではあるが、今のところまったく不可能である。

今花のまっ盛り、という言葉に一も二もなく心ひかれて、私は福知山へ伺った。農場に着くと、数人の方々が今しも紫根を掘り出されているところだった。温室の中は白い清楚な小花の群、群、あの紫の色からはまったく予想もつかない五ミリほどのかわいい五弁の花だった。

「えっ、これが紫草の花ですか」私は思わずそう呟いた。しかし今、土の中から掘り起こされた根はまぎれもなく濃い赤紫である。こまかいひげを一杯につけて掘り出されてきた根は三十センチあまり、昨年植えたものが早くもこんなに大きな根をつけているのだ。一寸《ちょっと》つまんでみると、忽《たちま》ち爪がまっ赤に染まる。「ああ、いい色に染まりそうだ」。私は食欲ならぬ染色欲に突き動かされる。こんな新鮮な根で即刻染めてみたい。大槻さんは土はどんなのがいいか、花は早めに摘み取ってしまうのがいいのかなど、さまざまの試行錯誤をして研究していられる。

「今は栽培しているが、いずれ野にかえしたい。自然に育つようにするにはどうすればよいか。自分は会社の経営などの第一線をひいて、ようやく紫草と真向きになって共に生きようとしている。いつまでも輸入にたよってはいられない。もし輸入が禁止されるような時が来たら、その時あわててもおそいのだ。私は余生をかけて紫草と付き合うつもりです」と話される。私もまたいつの日か日本の紫根のみで、美しい日本の紫を染めたい。万葉の昔からうたわれる「紫は灰指《さ》すものぞ海石榴市《つばいち》の八十《やそ》の衢《ちまた》に逢える児や誰」(『万葉集』巻十二)のように、古来にのっとった仕方で古代紫を深く深く染めてみたい。

植物染料の中で最もむつかしい染めは、紫と藍だと私は思っている。紫は椿灰の媒染《ばいせん》にかぎる。その灰の純度、透明な気品ある紫を出すのには、紫根の新鮮さ、良質のものによらなければならないのは勿論《もちろん》であるが、何といっても灰による瞬時の変化、結晶の如き色の出現である。それはまさに予期せぬ如く、突然にあらわれる。私たちの予想を越えて、全く無惨な色に終わることもある。たとえ色は濃く出たとしても、肝心なのは品格である。色の品格こそ染色の生命である。紫はその中でもとくにそれが求められる。灰の濃さ、うすさによって、青みの紫、赤みの紫、江戸好みの紫、上方の古代紫——いずれにせよ、色に気品がなくては問題にならない。まさに色は自分を映す、恐ろしいほど自分をさらけ出すものである。同じ材料、同じ手法をつかっても、ひとりひとり全部違うのである。どこでどう違うのか、微妙である。とくに紫根を染める時、それが一ばんよくわかる。私はいまだかつて自分で「これでよし」と思う紫を染めたことがない。かつて唐組《からくみ》をされていた深見重助《ふかみじゅうすけ》翁の染められた紫に遠く及ばないのである。深見さんは宮中や伊勢神宮のお仕事をされていて、その心組みは古代の人が神に仕えるのと同じく、神聖な領域のお仕事であった。かつて私は親しく教えを乞う機会があったが、すでに時代は再びかえらず、深見さんの精神そして仕事は、深見さんの中にとどまったと言うしかない。

福知山を辞する時、大槻さんから数株の紫草をいただいた。今小さな庭のまん中にその数株を植え、朝に夕に、その生育のすこやかなことを願って見守っている。小さな株がやがて白い花をつけ、ごま粒のような種子をつけ、根に紫の色を宿す日を待ちのぞんでいるのである。

伝えるということ

私は何か根本的な疑問を感じている。果たして技術以外のことをいくら文字で書いてみても伝わるだろうか。参考書とか教科書的なものはある程度伝わるけれど、それ以外のもの、たとえば勘のようなものはどうして伝えたらいいだろう。

先日も植物（木藤の実と枝）を炊き出していて、一時間くらい経った時、火を少し弱くして、あと三十分くらいそのままにしてと若い人にいったら、「どうやって炊き出す時間を決めるんですか」と言われた。私は答えに窮した。いつも私は植物を炊き出す時、まず三十分から一時間くらい炊いたら、液の状態を見る。例外はあるが、たいていうす茶の液が出ているが、これ以上炊くか、ここで止めるかは植物次第である。もっと炊き出す方がいいかどうかは、液の色やその植物の言い分（状態）を聞くわけであるが、勿論《もちろん》植物は何も言わない。その時、植物がもうこれで十分といっているか、まだまだと言っているかわからないが、一生懸命聞こうとする。植物は何を言っているのか、と――そういう種類のことはいろいろある。ほとんど私の仕事などはそればかりと言っていい。それ故《ゆえ》、私のところに織物の習得を考えて来た人には、基本的技術以外は何も教えてあげられない、という気がする。というと極端だが、素材に対する心構えとか、織の基本的手法はしっかり覚えてもらうが、そのあとは自分で考えてやってゆくしかない。ある点では突き放したようなやり方かもしれないけれど、たいていの人は、一年も経つと私よりずっと上手にきちんと織れるようになる。

しかし問題はそれからである。もっともその事についてしっかり自覚している人もこの頃は多いけれど、いざとなるとその領域から先へ進むことが難しい。そこから先は教えることのできない領域である。そこで自己が試され、磨かれ、苦悩する段階に入る。染織といっても間口は広く、誰でもできるけれども、その実、奥行きが深いのである。その国の歴史、文化、伝統に深くかかわり、綿々と今日まで継承されてきた染織の道は意外と厳しい世界である。

また一方、人々の日常に深くかかわり、昔はすべて自分の手で織ったり、染めたりしていたのだが、それがすっかり生産側（主に機械生産）の手にわたり、我々は何でも希《のぞ》むものをかんたんに手に入れられるようになった。そこであきたらない人が自分の手で、ほかにはない自分だけのものをつくりたいと希《のぞ》むようになった。今日、染織を習得したい人々が増えたのは、それが一つの原因ではないだろうか。

私なども、母に、呉服屋にもデパートにも自分の好むものが売っていない、私の着たいと思う着物を織ってほしい、と言われたことは、この仕事をはじめる大きな要因になっていると思う。贅沢な高価なものが欲しいのではなく、自分にうつりそうな、売っているものとは一味違う、洒落《しゃれ》ているけれど、洒落ているとはちょっと思わせないもの、要するに自分の思いが通っているものとでも言おうか。自然の繊維（麻、綿、絹）で、自然の染料（植物）で、手織りで織ったものをという基本的な条件がまずあって、その上で、一つの信条というか、控えめ、慎ましさのようなもの（その当時昭和三十年ごろの）を、大事にしたいという、母たちの年代の女性の考え方なのだったと思うが、それはまた自分を活かすもっともいい方法だということを、その人たちは知っていた。

たとえば若い人が地味な絣《かすり》の着物をきりっと着ていると美しさが際立つように、己を知り、特色を活かすことをわきまえている人が自分の好みの着物を着るということがもっとも大切なことだと思う。

　そういう母たちの好みが私にも引き継がれているのか、自分で織るものはずいぶん大胆なものもあるが、私自身は目立たない縞《しま》とか絣が好きで、あらたまったところへは無地の紋付を着てゆくことにしている。豪華な衣裳の似合う方はそれは素晴らしいと思う、羨ましいとさえ思う。時々、私もまた着られないかもしれないと思うほどの大胆な意匠にとり組むこともある。それは自分のイメージを、衣裳という制約の多い枠の中にどうとり込むかという思いをこめて織るのであって、現実の女性に着てもらいたいと思って織るのではない。

　むしろ自分の思い描く幻想の女性に着せたいと思う。しかしそんなものは一生の間に一着か二着ぐらいしかできないだろう。

　たまに、とても着るにはむつかしいと思う着物を是非着てみたいという女性があらわれる。自分に挑戦するかの勢いで、その着物に体当たりである。女性の本性というか、未知の可能性に立ち向かう精神というか、女性が着るものにかける思いは凄いものがある。衣裳即ち自分というか、ふしぎに立派に着こなされるのである。そんな時は、私も着物をつくっていて冥利に尽きると思う。

織、旅、読むこと

短い人間の一生の中でただ一つのことをやり続ける。それは至極当たり前のことで今更言うべきことでもないのに、数カ月前にそのことに深く思いあたり、釈迦堂の築地《ついじ》沿いに歩いている時、自分の胸を誰かに叩かれたように実感した。しかしその思いあたった実体が何であったかどうしても思い出せない。頼りないことだとは思うが、それは今日まで積みかさね、さまざまの人の歴史や物事の成り立ちを見、体験しておのずとこの一本の道にたどりついたのかと思う。思い当たったそれは、ごく些細なことでも、その背後にまるで将棋の駒が一斉に倒れてゆくように連鎖してそう思い当たったのだ。

私のように染織の全体から見ればごく小さい部分の、紬織《つむぎおり》とか植物染料で染めるとかいう仕事でも、その背後の歴史とかルーツをたどれば意外とひろい世界が展開し、文化人類学とかゲーテの色彩論とかにまでひろがってゆきそうだが、とてもそこまで手の届くはずもなく、少し嚙《かじ》ったくらいで何も分かってはいない。

戦後五十数年、正倉院の扉が開き、私達は毎年秋それを拝観することができるようになった。毎年拝観するうちに、これ程の信じがたい高い水準の工芸品が千二百年近く校倉《あぜくら》に保存され、そのことごとくが聖武天皇の遺愛品、東大寺大仏建立の献納物と出所が明らかで、伝承品としてのこされていたことに驚嘆すると共に、いつの頃からか、もっと知りたいという身の程しらずの思いが湧き、本を繙《ひもと》いたり、その道の学者におたずねしたりしているうち、機会があって、染織品のルーツである中近東ペルシャ(今のイラン)を訪ねることになった。

今日の日本の染織品の根もとにあたるそれらの染織品は、ペルシャ・ササン朝あたりに端を発し、中国唐代を経て日本に渡来した。その高度の技術と美意識がすでに土壌として日本に存在したことも驚異である。東大寺落慶の際には多くの渡来僧、胡人《こじん》などが参列したというが、その頃にはいわゆる外国の文化がすでに浸透し、それを受け入れるだけの素地は充分に出来ていたのであろう。それにしても、それらを吟味し、咀《そ》嚼《しゃく》し、我が国の風土、心情をも加味して最も美的に表現した装飾品のかずかずは、染織品にかぎらず楽器も、什器《じゅうき》も、今日いかような科学技術を駆使してもその足もとにも及ばず、全く異質の天上的世界からの指令によるとしか思えないほどの宝物群である。

私はかつて、世界で最も美しいものの降り注いだ国はペルシャだと、思いさだめていた。写真でしかみたことのなかったイスファハーン、シラーズのブルーモスク、数知れない青いタイルを敷きつめ、積み上げ、遂に天にまでとどくかと思われる大聖堂や塔《ミナレット》に刻みこまれたアラビヤ文字の神秘的な線の美しさ、そのような世界に突然まぎれこむようにして訪れた自分がいまだに信じられない。あれは夢の世界である。喧噪や、人いきれや香物の匂いの中から見上げると、あのカーンと高い高い蒼《あお》い天空からふりそそぐ光の放射、人が地上に築き、描いたものの頂点を極めたブルーモスク、カリグラフィー、ペルシャ錦。

私達の目的はそのペルシャ錦だった。正倉院の染織のルーツといえばこの国の錦である。テヘランの文化庁で物々しい許可の札をいただき、胸に下げて各地のミュージアムをたずねたが、遂に正倉院に匹敵する裂《きれ》の断片すら容易に見出すことはできなかった。わずかにイスファハーンのミュージアムのガラスケースの奥にその断片をみつけて喜んだが、その様子をみていた女性の館長がさすがに心を動かしてくれたのか、地下室から恭々《うやうや》しく数領の錦をかかげてあらわれた。それらはたしかに真正のペルシャ錦、その館の庭に咲く、真紅《しんく》の薔薇や鶏頭《けいとう》の色を今むしりとって染めつけたかと思うほど鮮やかで、金や銀が蜘蛛の糸のようにからみ合い、煙るように香気豊かなペルシャの世界だった。その数領でペルシャを訪れた甲斐はあったというものの、現代にその名残や片鱗は全く見出すことが出来なかった。もっとも今世界中でどんな技術をもってしても、その再現は不可能であるし、得てして似て非なるものが模造品としてあらわれていることを思えば、いっそ何もないことの方が納得がいくように思われた。

現代から隔絶されたようにみえる昔ながらの風習や規律の中に、例えば黒いチャドルをまとう女性の神秘的な美しさの陰に、チラッと現代の鮮明な色彩の躍るようなひらめきを垣間みたり、彼女達が充分に今を意識し、どこかで共有していることを感じとることはできたのだが、一抹の物足りなさも残った。人はなぜか閉ざされた秘密の扉をのぞきみ、そこに何か信じられないほどの神秘性を求めたりするものである。たしかに私達もまだ開かない、あるいはもう一ど閉ざされた闇の部分に心ひかれ、憧れを抱いたまま帰国した。

さて、日本に帰ってふりかえってみると、人は外国にいってはじめて故国のことが分かるものだとつくづく思ったのだが、正倉院を起点として、室町、桃山、江戸と絶えることなく続いてきたその伝統の力というか、息吹きというかを、あえて誇るというのではないが、驚きをもってもう一どふりかえったのだった。連綿という言葉はよく天皇家につかわれるけれど、民間は勿論《もちろん》、ものいわぬ物の世界にも確固とした連綿の力は生きていた。

染織品についていえばこれほど多種多様、精巧を極め、各々の時代を汲み上げて洗練された染織品ののこる国は世界にないだろうと思われた。小さな紬の世界にも謎はあった。正倉院の染織研究者である松本包夫《まつもとかねお》氏から、ある時、「紬はいつ頃はじまったのですか」という質問をうけた。それはこちらから伺いたいことで私は全く知らなかった。せいぜい江戸か明治のはじめ頃、真綿から糸を紡《つむ》いで農家の主婦が織っていたものぐらいしか知識はなかった。ところが正倉院の文献に「錦綾紬羅《きんりょうゆうら》」という文字があらわれ、そのうち、紬だけは何を意味しているのかよくわからないという。錦、羅（うすもの）、綾、は私でもわかるし、いろいろの裂をみている。ところが紬が、正倉院の時代から他の三点と共に最も高度な織物の中に入っているとは。紬というと庶民のもの、高貴の方々の間にゆらめくような織物では決してない、という観念ははなれない。内匠寮《たくみりょう》には錦綾羅の織工がいたとは書いてあるが紬の織工の文字はない。とするとやはり真綿から紡いだ太い糸を地方で織らせていたのであろうか。それにしても千余年も前から紬という織物の領域はちゃんと定められていたことになる。このように日本の古代染織の流れは確実に今日につながっていたのである。

私にしても我しらず紬の領域をひろげてしまったのかも知れないが、高貴とか庶民とかに関係なく自由な自己表現としての染織は、ごく最近になって、紬にかぎらずさまざまの染織分野でこころみられるようになった。冒頭に書いたように一つの仕事をずっとやり続けていると、別の分野のことまで見えてきて、気がつくと自分の領域が少しだけ広くなったり、深まったりしているものだということを、私は紬を織りつづけてようやく考えるようになった。

文化とか伝統が、今に息づき、天皇家という一つの備ったものを中心として正倉院が守られ、島国という特殊な条件によって世界にも稀有《けう》な伝統が一筋の強靱《きょうじん》な糸として繫《つな》がっていたのである。しかし一番厄介なものはその伝統というもので、例えば、アメリカなどの染織をみると実に自由で闊達で創意に充《み》ちている。伝統より先に人間がいる。まず日本は伝統の中に人間がいる。重い楔《くさび》、はねかえすことのできない絶対的な説得力、そこに従う方がまちがいない。しかし何とか蹴っとばしてでも新しいものを創りたい。それが若者の願いだろう。実は若者でない老齢の私でさえそう思う。とくに近年、思いがけず中近東イラン、トルコを度々旅して、伝統が息づいていればこそ前衛が生まれるであろうことを実感した。受け継ぐべき土地に新しい種子をまく、その新しい種子とは、伝統を核とし、周辺に流動する自由な通路をもつことではあるまいか。

前述したように、小さな節穴のような自分の仕事の窓口からでも世界は見えている。どこへでも旅し、世界中の本を読み学ぶこともできる。情報ではなく、自分のしっかりした核に結びつくことのできる学問の道を見出すことができるはずである。とはいえ、自分の仕事、生活に追いまくられてとてもそんな余裕はない。私もそうだ。しかし、その中で一滴一滴、一頁一頁、心にとどめることは必ずあったはずだ。先達の言葉を胸にきざみ、植物に水をやるように育ててきた。その中で今も私の中であたためているのは、「織の仕事はいやでも毎日する、何かほかのことをやりなさい、私は数学と建築の勉強だった。あなたは何か？」と富本《とみもと》憲吉《けんきち》先生にいわれた言葉である。その時私は、「本を読むことです」と答えた。「よし、きまった。それが栄養源だし、潤滑油なんだ」と先生はいわれた。

岩波文庫一冊をもって旅にでる。休日に一冊よむ。

忘れもしない、インドに旅した時、グレアム・グリーンの小説を持っていった。早朝の小鳥が間近に来る鬱蒼《うっそう》たる荘園でその小説をよんだ時、主人公と自分とが渾然と風景に溶けこむのを感じた。トルコやイランに行く時はドストエフスキイだった。前々年、サンクト・ペテルブルクに行き、ドストエフスキイの館の前を通ってから、若い時読んだ全集をもう一度読みたいと思って、小さな文庫本をそろえ、どこにでも持ち歩いた。その土地の人々、風土となぜか一体になるのだった。

ドストエフスキイの小説の中の人物はどこにでもいて、街角やレストランの片隅に、はっと胸をつかれる人がいる。言葉が通じないのも忘れて語りかけたくなる。それほどドストエフスキイの人物描写は卓抜で、その細部の、例えば首すじの皺《しわ》まで読者にきっちりと刻印する。それが単なる描写ではなく、にじみ出る愛情なので、こちらは会わない先からもうその人物に親愛をおぼえて、見知らぬ人にその面影をかさねてなつかしくなるのである。だからインドのような国で時間待ちも平気だった。本さえ持っていれば、どこの国にいるのかさえ忘れる。この年になってそれは少々危険だ、と家人に忠告されているが、何を忘れても本だけは旅に欠かせないと思っている。

手の花　身の花

沖縄には一度聞いたら忘れられないいくつかの言葉がある。手の花、身の花もその一つである。家を建てる時、手の花《ティヌバナ》、身の花《ミヌバナ》をもって、この家の下に花を咲かしてたもれと祈るという。手でする仕事、身をもってする仕事への悲願のようなものだ。人頭税の時代の織物もそうだった。こんど石垣へ行った夜、織物をしている方々が私を歓迎してその夜、織物に関する舞踊を舞って下さった。苧麻《ぶーひき》（あさ糸）という踊りは、紅《びん》型《がた》の美しい衣裳をまとった人々が、苧麻糸をひく動作をこの上なく優雅に舞うのだった。布さらしという踊りは藍のすがすがしい絣《かすり》の衣裳をつけた人々が織り上がった布を海にさらす様子を舞うのである。

いずれも仕事をする女の人の仕事に対する愛情と畏敬が見事に表現されていて胸を打たれた。今の我々にこのような姿勢があるだろうか。糸を、布を捧げもって自然の神々に礼拝しつつ舞う姿は、失いつつある私達の仕事への謙虚な思いを痛切に思いしらされたような気がした。

石垣島で織をする女性が私達は今もあの踊りと同じ気持ちで仕事をしていますという。そして、織物の中に必ず一ヵ所、魂の抜け道をのこしておくのです、という。すべてを自分がしている仕事ではない。神様にゆだねる部分を魂の抜け道としてのこしておくというのだ。それとよく似ているのは、ナヴァホのインディアンは美しいブランケットの一隅の小さい三角を織らずにのこしておく。最後の仕上げは神様にしていただくというのである。自主性とか個性とかの向こう側にもう一度これらの言葉を浮かび上がらせて新しい仕事の方向性を私は考えてみたいと思ったのである。

平織

織物の中で、平織は最も平易である。空気や水の如きであり、始めであり、終わりである。何十年やっても、今はじめたかのように新鮮である。とはいえ、平織は最も手ごわい、底の知れない相手である。

平織自体単純無垢なので鏡のようにすべてを映し出す。なんだ、平織か、とうっかり踏み込めば、たくまずして根本原理の網の目にはめこまれて身動き出来なくなってしまう。経糸《たていと》が一本ずつ交互に上下し、その間を緯糸《よこいと》が左右する。この単純な作業の謎解きをすれば、経糸は空間であり、伝統であり、思考である。緯糸は時間であり、現在であり、感情である。経、緯の糸が十字に交差すれば、空間と時間、伝統と現在、思考と感情がその接点において織り成される。

経糸はすでに空間に張られた動かしがたい存在である。そこへ今日の自分の千々に乱れた感情が往来する。色彩はその日によって刻々微妙に、メタモルフォーゼしてさまざまに彩なす今日を織り上げてゆく。ある時は、平穏な情緒と、安定したリズムを奏で、ある時は、強靱《きょうじん》な意志の力で経糸に秘められた想いを構築してゆくこともできる。

平織は織手《ひと》の心である。底深い包容力をもって織手を包もうとする。しかし、織手は平織にすべてをゆだねることができずに苦しむ、その日この相克が織物を新鮮にする、汲めども尽きないものにする。平織に宇宙と人間の深い仕組みがこめられていることをようやく知るようになる。

織色

経糸《たていと》に青を、緯糸《よこいと》に赤を入れて織ると、青と赤がかさなり、青でもなく、赤でもなく、やや紫に近い色があらわれる。それを織色と呼んでいる。さらに七彩《いろ》を七倍に、たてよこ織り成せば無限の織色が生まれる。すこしはなれたところからみると、視覚混合の働きによって真珠母《しんじゅぼ》色《いろ》の輝きを得る。色と色は決して混ぜ合わせることなく、一つの純粋な色として重ね合わさるのである。

かりに経を空間、緯を時間とすれば、我々の日常もまた歓《よろこ》び、哀しみの織色である。記憶や夢に、もし色があるとすればそれもまた織色であろう。自然現象の中ではさらに神秘な織色があらわれる。晴れた日の海が緑翠色《エメラルドグリーン》に輝くのも、群青色《ぐんじょういろ》の海と、太陽の光の織り成す色である。京都の街をかこむ山々もまた、春の霞《かすみ》にはじまり、夏の驟雨《しゅうう》、秋の霧、冬の時雨《しぐれ》など、緑の遠山にうす青く、水蒸気がかかり、ある日は灰色のヴェールが、ある日はうす紫の靉靆《あいたい》した靄《もや》がかかり、遠近の山なみは暈繝暈《うんげんぼか》しの玄妙な織色を呈する。それはまさにしっとりと潤いを含んだ日本的織色の世界である。幸か不幸か私はこの織色の世界から宿命的にのがれることができない。それならば私は、色が混ざり合うことを拒み、互いに補色し合い助け合おうとしている色の法則性に従順でなければならない。

人もまた、他者との、かかわり合いにおいて他と混同することなく、互いに調和をつくり出してゆくことをそれは示唆しているのかもしれない。

機のはなし

機《はた》の経《たて》は、経典の経の字だという。絶対にごまかしがきかない。たとえ、百本であれ、千本であれ、一本まちがっても機は織れない。たった一本くらいと無精をきめこんで織りつづけると、最後まで傷つきっ放しとなる。人生にあてはめてみるとちょっと怖い話である。

この機の道は、私のように生来無精で不器用なものには相当辛《つら》い修業のはずだが、なぜかその方は全然直らないにもかかわらず、それらを補ってあまりある経典の不思議さに心をおどらせて今日まで続いている。見方を変えてみると、機は陰陽の道である。経糸《たていと》を陰とすれば、緯糸《よこいと》が陽。経糸を伝統とすれば、緯糸は今日に生きる証し。この二つが織り成されて、糸が布になり裂《きれ》になる。

私たちの生きる道にも、先天性というか、宿命というのか、自分ではどうしようもないあたえられた経糸があり、それに対してまったく自由な思うがままの緯糸がある。そのときどきの、明暗、喜怒哀楽が緯糸である。

経糸が男性ならば、緯糸は女性。力づよく完成度の高い縞《しま》を経に、白い緯糸を織りこむと、白糸の存在は誰も気づかない。ただ力づよい、いい縞が織れていると思う。しかし白糸の着実性、真実性といおうか、己れを空しくして経を生かす。それも、良き夫に従う貞淑な妻という関係か。あるいは自分の信ずるところに従うもう一人の自分ともいい得るような気がする。

媒染のはなし

あるひとが私のことをこう言った。志村さんは離婚という媒染《ばいせん》によって、染織の仕事をするべく染め揚げられた、と。

離婚が媒染になったという表現は少し妙であるが、言葉をかえれば媒染とは受苦、何らかの苦しみ、痛み、あるいは変動といってもよい。生まれたままの姿でなく、媒染剤によって色が変わる、あるいは発色するのである。

梅なら梅の液でともに染められたものが、灰汁《あく》や石灰や鉄で媒染することによって、それぞれ違った色になる。

親のもとで成長した息子や娘が年頃になって結婚し、就職し、環境によってそれぞれの色彩に変わってゆく。もちろん人間の場合それほど単純ではないが、それもある種の媒染である。自分の持っている素質と、遭遇した事実との関わり合いでどんな色彩に変わってゆくか。人間にもさまざまの苦患《くげん》を負いますます光り輝く人もあるし、痛めつけられて衰弱してしまう人もある。でき得るならば人間の場合も、自分にもっとも適した媒染を受けて、その素質を伸ばしてゆきたいものである。

植物の場合、もっとも自然な美しい色彩を得るには、梅には梅の灰汁、桜には桜の灰汁で媒染するのがよい。みずからの灰で、みずからを発色させる。人間の場合はどうなるのか。自分で自分を媒染する、さらには自分を何ものかに捧げ、あるいは帰依するとき、最高の色を発するのではあるまいか。

手は考える

昔、手の先に神が宿るといわれた。それならば悪魔も宿るだろう、とこの頃は考える。どんな芸術家も、たとえばダヴィンチも手がなければモナ・リザは生まれなかった。ボタンを押さなければ原爆も落ちなかった。毒も盛れなかった。そんなことを思う世相がうら寂しい。

手によってすべての仕事は行われる。

手の中に思考が宿るといってもいい。

先頃、手仕事は生き延びられるか、という命題をあたえられた。もし人類が手仕事を失えばどうなるか。電脳の時代といえども、手がなくては扱えない。人類が手仕事をしなくなれば滅びるのではないだろうか。それは、私のように手仕事なくしては一日も生きられないものの考えだろうか。

機《はた》を織っていてしばしば手は考えている、と実感することがある。頭で考えるより先に手が色を選ぶ。リズムをつかむ。そういう時、思いがけない音色が生まれる。頭脳の司令が手の先にとどく前に手の中の頭脳がそれを判断しているのだろうか。そうではなく何か手の先の方から司令がやってくるようなのだ。手の先にもう一つの手があるというと変だが、ある舞踏家は、みえないその手が舞うのだといった。しかし実際の手がそれをしっかり確実に受け止めなければならない。繊細で微妙でかつ強靱《きょうじん》な手の働き、宇宙的なセンサーにも優るこの触覚。半年ほど前、私は右手首の骨をころんで折ってしまった。機が織れない、字が書けない、ギプスがとれた時、もうこれでなおったと思ったがそうはいかなかった。それでよけい手を意識したのかどうか。それでも時々手を折ったことを忘れて働いている。機も以前と同じように織れるようになったというのも気がついたら織っていたといった調子だった。数十年よく使いに使ったものだと思う。これくらいのことは当たり前で少し休ませてあげたら、と家人にいわれる。

心につよく願うことがあれば、手がそれを追うという。「心慕《しんぼ》手追《しゅつい》」という言葉があるという。もし手が追ってこなければどうなるか、といえば、その願いごとが、「強固《しっかり》していない」又は「熟していない」「低い(次元が)」ということになるのだそうだ。

そういわれてみれば思い当たる。胸のうちにどんなに熱く燃えていてもそれが持続するものなのか、一時の自己救済ではないのか。

手は厳しい。己《おのれ》よりも己を知っているというか、手が自分の思いより素早く動いたり、耐えていたりするのは、逆に手に目覚めをうながされているような気がする。

物を創る人間に絶えずより添って決して離れない手、無言で加勢してくれる手、裏切らない手、怖《おそろ》しい手、私達は思わずその手が手をかさずにはいられない、そういう仕事をしているだろうか。

広沢池《ひろさわのいけ》

藍の華

くさぎの実

紅花

梔子染《くちなしぞめ》

紅梅

茜染

藍
絹糸
残糸
ハス糸
裂

糸棚

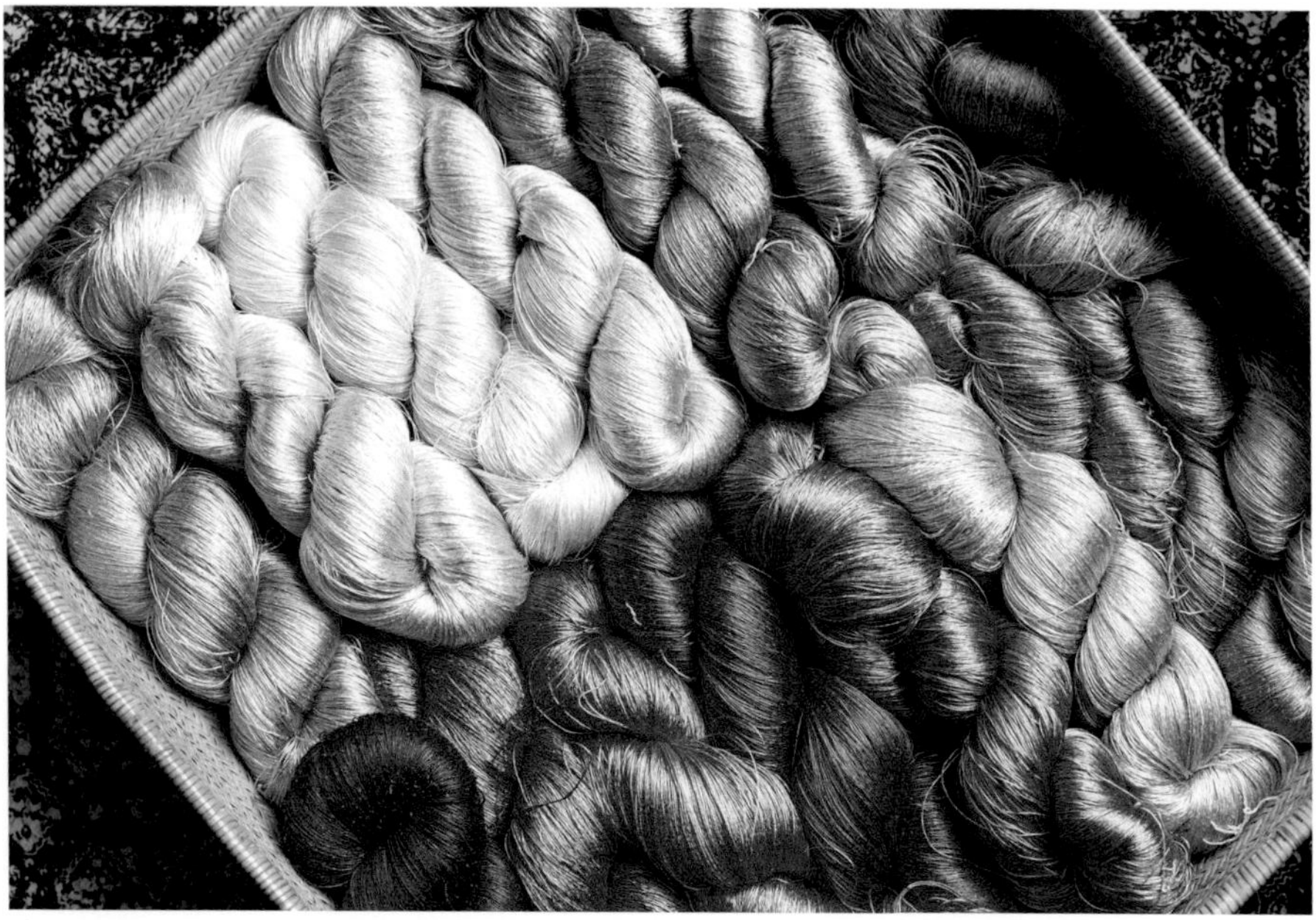

色糸

経糸《たていと》

御光台《ごこうだい》

小管《こくだ》

機《はた》と杼《ひ》

伸子張《しんしばり》

「風露《ふうろ》」

Ⅲ　思想

求美則不得美

美しいものは、美しいものをつくろうと思っては、出来ないものだ。
そう思わなければ出来る。

私をはじめて織物の道に導いて下さった師、柳宗悦《やなぎむねよし》先生が亡くなられて三十七年の歳月が経つ。すでに病床にいらした先生を訪れた時、同席された禅僧の方から紺無地の僧衣を依頼されて織ったことがある。その折、先生は、「良き織物は良き書に通じる」というようなことをおっしゃった。

相手の方が書をたしなまれる方だったからであろうが、三十数年経ってそのことを思い出した。今だにはるか遠い目標のように思われる。まだ女学生の頃、上京してきた父母と兄と、夜、民芸館に伺ったことがあった。一室一室、先生は電灯をつけながら長時間、実に丁寧に壺や皿や、卓《たく》や布を熱をこめて説明して下さった。民芸館が設立されて数年後のことである。父母はひたすら感動して感謝の意をのべているのに、兄は終始無口だった。いぶかしくて後でたずねると、「反抗してたんや」という。兄はその頃、陶芸をはじめていたが、個人作家を認めず、無名の作品を高く評価する先生に、若気の至りで反抗していたのかと今思っても苦笑する。が、後年私もまた同じ道に至り、先生に「名なきものの作を」という苦言を呈されて、苦しんだのである。

　その後、陶芸から絵画の道に入り専ら仏画に専念していた兄が、二十九歳で亡くなった。その遺画集を柳先生が出版するようにとみずから労をとってすすめて下さり、私は原稿をかいて先生のもとへ伺った。その折、「あなたのお母さんは上賀茂民芸協団の青田五良《あおたごろう》のもとで織物をやっていた。あなたがまだ生まれない頃だ。その頃私はしばしば近江八幡をおとずれ、さまざまの民芸品を蒐集した。お母さんがいろいろ手伝ってくれた。お母さんは何かやりたい思いを胸に持っている人だったので私は織物をすすめたのだ。今、あなたにも織物をすすめる。やってみなさい」と。縁というのはふしぎなものだ。その一言が私を織物にむかわせ、ひいては離婚への導火線ともなったのである。兄の遺画集を出すことでしばしば先生におめにかかり、私の道は鮮明になっていった。

　身心共に傷つきながらも、ようやく近江八幡の母のもとにたどりつき、織物がはじまった。何とか小品を先生にみていただきたく、上京した。その折前述の書の話がでたのである。

　その後、私は日本伝統工芸展に、「秋霞《あきがすみ》」という作品を発表した。農家の主婦達の手織に「襤褸織《ぼろおり》」「屑織《くずおり》」という、残り糸を繫《つな》ぎ合《あ》わせて織ったものがあるが、それはまさに柳先生の提唱する民芸品の最たるもので、無為、無作《むさ》、というか、美しいものをつくろうとして作ったものではなく、物を大切にする、慎《つつ》しむ心がなせる業《わざ》である。かねがね先生は、「美を求めれば美を得ず、美を求めざれば美を得る」という白隠禅師のことばをもちいて美の本質を説き、物をつくる上で美しくならざるを得ない道があるということを諄々《じゅんじゅん》と説かれていた。これは仏教や禅に通じる世界であるが、実は我々の仕事、工芸にこそ最もあてはまる思想である。即ち、物がその本来の出処《でどころ》に従い、自然の理法にかなって形成されてゆく時、美しい形、色はおのずとさだまってくる。そこに人間の作為、欲望、才智が働く時、健やかな工芸は病んでゆくというのである。それ故《ゆえ》、農家の主婦が残り糸を丹念に繋ぎ、あるがままに織った布は、期せずして、色の濃淡や、糸の太細、長短、繋ぎ目まで、すべてが生き生きと呼吸し、あるリズムのもとに現代の抽象画にもまさる美しい布を織り上げるのである。そういう品を先生は妙好品《みょうこうひん》と名付けた。私はかねがね柳先生や母からその繿褸織をみせられ、こんなに素晴らしい織物を是非織ってみたいと思っていた。そこで第一作として、濃紺《のうこん》の地に無作為に繫いだ糸を入れてみた。しかし、それはいかにもわざとらしく、虚偽という感じがする。なぜならそれは私がわざわざ新しい糸を切って、それらしく繫ぎ合わせて織っているのだから説得力がない。真実味がないのである。美を求めて美を得ず、とはこういうことか。私は何日も悩んであれもこれもとためしていたが、その時、たまたま木工作家の黒田《くろだ》辰秋《たつあき》氏が訪れてこられた。氏もかねがね繿褸織の美しさに魅せられている方であったので「是非やってみなさい」とはげまして下さり、「昔の農家の主婦の織った繿褸織は民謡なのだ、あなたのは現代音楽でなくてはならない。すでに意識に目ざめ外国にも行き、さまざまの知識や情報が入ってきている今の人間にそのまま織れるはずはないのだ。編曲して、新しいリズムとメロディを求めなさい」といわれた。その言葉をきいた私の中に何か新しい風が吹きすぎてゆき、手はおのずと杼《ひ》を握って織りはじめた。ヴァイオリンの鋭い細い音色、トロンボーンのやわらかい音、糸と糸の間のリズム、太《ふと》棹《ざお》の音、高音のはねかえるような音、自分では何も考える間もなく次々と新しい縞《しま》や暈《ぼか》しが生まれてくる。私はつなぎ糸をつかっていつの間にか着物を織り上げていたのである。それが「秋霞」という作品だった。

しかし、柳先生は、「秋霞」は民芸を逸脱した作品だ、名なきものの仕事ではない、と私を民芸より破門されたのである。今、四十年をすぎて思い出せば私も若く未熟であり、先生の真意を受けとることができず、ただその言葉に傷ついて、いたずらに苦しんだのであろう。丁度《ちょうど》、柳先生も民芸という全く前人未到の新しい運動に没頭していらっしゃる時期であり、民衆の作か、個人の作かで日夜、内外からの反発、圧迫もあり、苦しんでいらしたのだと思う。実際その時期の民芸作家でこの問題に苦しまない者はひとりもいなかったであろう。むしろその苦しみを通して、自分のなすべき道を見出し、築き上げてきた人達が今、個人作家として立っているのである。今となれば、なぜあんなに苦しんだのか。唯一尊敬してやまない柳先生に対して、裏切ったような道をあえて歩んできた私であるが、私の中でますます輝くのは柳先生という偉大な人格なのである。

草木の生命

「草木は人間と同じく自然により創り出された生き物である。染料になる草木は自分の生命を人間のために捧げ、色彩となって人間を悪霊より守ってくれるのであるから、愛《なさけ》をもって取扱うのは勿論《もちろん》のこと、感謝と木霊《こだま》への祈りをもって、染の業に専心すること」——古代の染師の間に語り伝えられた『染色の口伝』の一節である（前田雨城著『日本古代の色彩と染』）。

古代の人々は強い木霊の宿る草木を薬草として用い、その薬草で染めた衣服をまとって、悪霊から身を守った。まず火に誠を尽くし、よい土、よい金気《かなけ》、素直な水をもって、命ある美しい色を染めた。すなわち、よい染色は、木、火、土、金、水の五行の内にあり、いずれも天地の根源より色の命をいただいたというわけである。

このようにして染められた祈りの染めは、いつ頃まで続いていたのだろうか。今の私たちには木霊という言葉すら、素直に実感をもって口にすることができなくなっている。

自然を破壊してとどまることを知らない人間に、自然はなお測り知ることのできない恩恵を与えつづけている。人間のなすがままにして、行きつくところまで黙して語らない。たとえ人間が、木霊は実体を失って虚《うつ》ろになりつつあると思っていても、草木の精は、命ある色を内に宿して、いつでも人間のために捧げる用意をしてくれている。

いまや、五行の源は次第に汚れ、枯れつつある。古代の染師の心を、はたして私たちは守りつづけてゆくことができるだろうか。

私がこの染織の道に入ってからいの長い歳月、自然界から受けた草木の色彩は、この貧しい器に受けとめることができないほど、無量に降り注ぐものであった。私は、子供が絵の具をあたえられたような悦《よろこ》ばしさをもって、草木で染められた糸を織りつづけた。

木霊への祈りなど念頭にもなかったが、しだいに、この無量の色彩がどこからやってくるのか、この色は単なる色だけではなく、この色の背後には何か別の世界がひろがっているのではないかと思うようになった。

あるとき、私はふしぎな体験を味わった。小さな穴からころがり落ちるように、私は草木の背後の世界にころがりおちていった。

そこはほんの少し扉があいていて、秋のはじめの陽《ひ》の光と、すこしの風にきらめく深い森が垣間みられた。紅葉しかかった木の葉の一枚一枚まで丹誠こめて染めあげられ、この世ならぬ光が森中にみちていた。姿をみることはできなかったが、草木の精がそこら中にいることが感じられ、私はいつの間にか、自分の命と草木の命がひとつに合わさったような法悦を感じた。

その後二度とあの森をみることはできないが、私の心の中に鮮やかに刻印されたものは、こちらの心が澄んで、草木の命が伝わってきたとき、おのずと敬虔《けいけん》な思いにみたされ、草木の命をいとおしむようになるのではないかということだった。

色をいただく

ある人が、こういう色を染めたいと思って、この草木とこの草木をかけ合わせてみたが、その色にならなかった、本にかいてあるとおりにしたのに、という。

私は順序が逆だと思う。草木がすでに抱いている色を私たちはいただくのであるから。どんな色が出るか、それは草木まかせである。ただ、私たちは草木のもっている色をできるだけ損なわずにこちら側に宿すのである。

雪の中でじっと春を待って芽吹きの準備をしている樹々が、その幹や枝に貯えている色をしっかり受けとめて、織の中に生かす。その道程がなくては、自然を侵すことになる。蕾《つぼみ》のびっしりついた早春の梅の枝の花になる命をいただくのである。その梅が抱いている色は、千、万の梅の一枝の色であり、主張である。私たちは、どうかしてその色を生かしたい、その主張を聞きとどけたいと思う。その色と他の色を交ぜることはできない。梅と桜を交ぜて新しい色をつくることはできない。それは梅や桜を侵すことである。色が単なる色ではないからである。

化学染料の場合はまったく逆である。色と色を交ぜ合わせることによって新しい自分の色をつくる。単一の色では色に底がない。化学染料は脱色することができるが、植物染料は脱色することができない。自然が主であるか、人間が主であるかの違いであろう。

「運・根・鈍」

この言葉を私に、三つの宝もののように遺《のこ》してくださった黒田《くろだ》辰秋《たつあき》さんが亡くなられたときの、胸に組まれた白い大きな手が忘れられない。一生の間、刀を研ぎ、木を削り、漆を塗られたその最後の手から、私は「運・根・鈍」そのものを感じた。

黒田さんは、自分ではつねに、自分のことを不器用で、我儘《わがまま》で、怠け者でといわれていたが、じつは稀代の勘のいい、素直な、一途な方であったと思う。この二つの相反するごとくに思われるもののあわいに、「運・根・鈍」は存在するように思える。世間的にみれば黒田さんは前者であったかもしれない。永い下積みの貧乏な時代、仕事の節を曲げず、じつに不器用な生き方をされたようである。たしかに我儘で、怠け者でと、周囲からは思われたに違いない。しかし、黒田さんはコツコツ仕事を続けられた。

鈍ということは、一回で分かってしまうことを、何回も何回もくりかえしやらないと分からない。くりかえしやっていると、一回で分かったものとは本質的にちがったものが摑めてくる。木のかたまりのなかから仏が生まれ、美しい器が生まれてくる。それが根《こん》ともいい根《ね》ともいうものにつながっている。それを大きく包んでいるものが、運である。運は偶然にやってくるものではなくて、コツコツ積み上げたものが運という気を招きよせるのである。

三十代の初め、人生の難関のただ中で、黒田さんは私にこの言葉をくださった。四十代、五十代、いまや六十代に入った私は、この言葉を抱きつづけてきたことの中心にいつも黒田さんの仕事がある、と思っている。

物を創るとは汚すことだ

手の先に心が宿り、目がついているわけではない。けれど時に手は思いがけない働きをして、目以上に物を見ているかの如く、その触覚はあらゆる感覚を集中して物をこの世に誕生させる。
「手の先に神が宿る」という言葉は、「手の先に悪魔が宿る」という背理の言葉を思いおこさせる。けれども私達はその表の言葉に従い、到底そこに行きつく筈《はず》もないが、一歩一歩近づいて行きたい。そのプロセスが私達の仕事である。「物を創るとは汚《けが》すことだ」と、まずみずからを戒めたい。まっ白な糸、布、それらに手を下す。人の手が触れればまず汚れる。無垢のものをそのままこの手の内にとどめることは不可能である。

万物の創生から今日まで人はすべて地上にあらわれたものを汚してきた。人類《ひと》が快適に暮らすことは周囲を汚すことによって保たれる。それなのに人は物を創る。創らずにはいられない。生きることと同義のように、人は物を創って死ぬ。地上は今やそれらの汚物でみちあふれている。そんな中で私も物を創り続けて約半世紀を生きてきた。勿論《もちろん》創っている時はそんなことを考えず、ひたすら美しいものを創りたいと願って仕事をしてきたのだ。しかし、年をかさね、時代が刻々変貌してくるにつれて、拭《ぬぐ》っても拭いきれないある危機感が迫ってくるのである。

私達の仕事はまず素材との出会いである。蚕《かいこ》の糸、植物。自然の素材は、まず人の手によって撓《たわ》められ、人は利することを第一に考える。当然素材は傷つく、そして死ぬ。死ぬことによって人の手にゆだねられる。そして再生がはじまる。思えば、大きな課題をあたえられたことになる。

物と人間の関係ほど複雑で奥が深く、不可解なものはない。すでに物は人間の掌中《しょうちゅう》にある。どう生かすか、殺すか、私達は日々その命題の前に立たされているのである。

しかし、かといって私は機《はた》の前で深刻に考え込んでいるわけではない。むしろ、いそいそと機に向かっている。それはこの年になっても少しも変わらない。機に向かう時の喜びと緊張と期待、すでに糸は満幅《まんぷく》の信頼をもって身を投げ出している。いかようにもしてくれといわんばかりである。そこには人間の測り知ることのできない融通無碍《ゆうずうむげ》の世界が存在する。広大な網の目のはりめぐらされた自然界がひろがり、人間など大海原の一滴にも値しないほどの深々とした大自然の中に、こんどは私達が放り出されるのだ。動物も、植物も鉱物も、そして人間も等しく草木国土悉皆成仏《しっかいじょうぶつ》の世界である。こんな仏教めいたことを言い出したのも実は、こうして書いているうちに「当麻曼荼羅《たいままんだら》」が浮かんできたからなのだ。

当麻寺《たいまでら》の中将姫が蓮の糸で織ったと伝説にもなっている織物であるが、実は中国唐代に伝えられた絹織物であるといわれている。

とても人の手で織ったとは思われない、それこそ神の宿る手によって織られたこの曼荼羅を先年、奈良の博物館で垣間見ることができたが、触れればはらはらと風化寸前の鬼気迫るものがあった。さだかではない諸菩薩が遠い雲間に消えゆくさまや、蓮弁《れんべん》の池に散る姿が天上界、下界をとおして彼岸《ひがん》を出現させていた。どのような人々が、何年かかって製作したものであろう。技術というよりは、ただ、経緯《たてよこ》の原則に従ってひたすら織り続けたものであろうが、その全容を司《つかさど》り、導いたものは、人々の信仰か、見えざるさまざまの存在が、彼らをたすけ完成させたのであろうか。

織り成す、綾なすという言葉があるように、この曼荼羅は筆で描いたものではない。一本一本細い糸をつかって、殆《ほとん》ど不可能に近い仕事を、忍苦の中で、あるいは喜びをもって織られたものであろう。今私達は数百年の歳月を経て科学文明の先端にいる。織はコンピュータの世界へ導入され、あらゆる精巧な技術を駆使し、瞠目《どうもく》に値する織物を可能にした。

しかし、当麻曼荼羅の世界とはあまりに遠く隔たりすぎてしまった。それを埋める術《すべ》はない。復元や模倣はかえって汚すことになる。それならば、「物を創るとは汚すことだ」という歴史をたどってきた私達に残されているものは何か。

「物を創ることは清めることだ」という、全く逆転の思想が生まれるような物を創ることは不可能なのだろうか。そこにはきっと私達人間にも動植物にも、何らかの供犠《くぎ》が必要なのではないだろうか。すでに動植物はそれを否応なく強いられている。人間のみ、高みからますます傲慢に自然の供犠をうけて繁栄しているような気がする。やがて人間も何らかの供犠を捧げる時代が来るのではないだろうか。すでに来つつあること、それが危機感であり、ひとつにはそれが仕事へ向かうこころざしのようなものではあるまいか。

魔法のようにやさしい手

二年前、はじめて「物を創るとは汚《けが》すことだ」と書いたが、今ふたたびその想いの前に立っている。

この頃、素材の無垢な姿をそのまま表現できないかと、しきりに考えている。

素材は素材であるかぎり、どんなに素晴らしくてもそれが棚になり、机になり、香合《こうごう》にならなければ物創りとは言えない。

先日黒田《くろだ》辰秋《たつあき》氏の作品をみた時、素材を熟知したものがいかにその素材を充分に生かすか、を痛感した。一つの木塊がこれほど重厚な棚になり、華麗な螺鈿棗《らでんなつめ》に変容する。決して物を創ることは汚すことではない。美を生むことなのだ。ある時氏は、この木塊の中から棗をとり出すのだ、仏師は木塊の中から仏におでましいただくのだ、といわれた。すでに木の中に存在する、その出現の手伝いをするというようなことをいわれた。しかしそれは物を創る上の窮極《きゅうきょく》の言葉。みだりに言葉にしてはならない禁句であろう。万に一人の黒田氏のような人の言であって、我々は依然、物を汚すか、生み出すかの瀬戸際で苦しんでいる。日々織にむかう私にとって、糸とのつき合いは切っても切りはなせない。糸は糸そのものである時が最も美しい。繭《まゆ》からひき出された汚れをしらない糸、藁灰汁《あく》で練り、水洗し、干し上がった糸の純白な弾力ある輝き、きゅっと手に握った時の張りのある手ごたえは、「さぁ、何を織ろう」という身内から湧く悦《よろこ》びに呼応する。しかし次の瞬間、そこに「織ると死ぬ」という言葉が待っている。経《たて》と緯《よこ》という厳しい制約がはじまる。糸は美しい色を得るために炊かれ、絞られ、撓《たわ》められて、火と水の試練をうける。

経糸が空間に張られると、赤や緑、黄の縞《しま》、絣《かすり》、暈《ぼか》しなどが宙に浮き、たゆたって最も美しい状態になる。そこから再び、織ると死ぬという規制がはじまる。経糸が自在な緯糸に侵入されて固定化する。〝織る〟ということは、経という必然と緯という偶然が交差して布が生まれることである。それは我々の日常とよく似ている。今日という日をいかに生きるか、今日という日は否応なくあたえられた必然であり、その一日に何が起こるか、我々の自由であり、偶然でもある。織物は凝縮された人生である。私とてそんなことを考えながら織物をしているわけではない。むしろそんなことをすっかり忘れて目の前のことに心を奪われて夢中で織っている。しかしふと夜ねる前など我にかえるとそんな想いが湧くのである。

今、私は天蚕《てんさん》の、細い煙のような糸で経、緯を織っている。

そんな糸で織れるか、自他共に不安であったが、何しろ一度はやってみたい、天蚕の輝く無垢な糸そのままで。

果たして、糸はもつれ、切れ、正体もないほどにもけて（けばだって）しまう。

それをためつ、すがめつ、いたわりつつ、だましだまし織っている。一日に三十センチ織れればいい方である。日によって十センチも織れない。糸があまりに細いため、織っても織ってもすすまない。切れる。もけて綜絖《そうこう》の口があかない。私は三重苦の織物だと思った。織れた布はうす緑の得もいわれない透けた羽のようである。一メートルも織りすすんだ時、さすがに根《こん》がつきてもう止めよう、と思った。これ以上もう織れない、という思いとまったく同時に、もっと織りたい、この布で着物を織ろうと突然思い立った。自分でもふしぎだった。何がそういう思いにさせたのか、糸のせいではないか、私はそう思った。

天蚕の糸はいかに美しくとも、布になり、人の目にふれ、手にふれ体にまとってもらわなくてはその使命を果たすことはできない。

それにはどうしても人の手が、思いがいる、創意がいる。そんな風に天蚕の糸が私に呼びかけたように思った。四十年近く仕事をしてきて、常に私は色のこと、デザインのことを思わない日はなかった。ところが天蚕に出会って以来、色もデザインも全くない世界、素材そのものの世界に魅入られてしまった。人間の狭小《せま》い考えなど問題にもならないほど天蚕の糸はそのままで多くを語っている。語る以前の、無言の力である。しかし、人間がそれをあつかうことは至難である。何より私に重大なことは、織り上がったものが天蚕を汚してはいないか、ということである。

手織の、何といって変哲もないただの織物であればあるほど、その表現は純乎《じゅんこ》とした美を備えているはずであるのに、今私の織っている布は糸が切れ、ももけて無残な姿をしている。こんな傷だらけのものにしてしまって天蚕に申しわけないのである。それでも私は止められない。切れて切れて、ああもう駄目だ、と思った翌朝、なぜか手が糸にふれた瞬間、「魔法のようにやさしい手」があるような気がした。そのやさしい手でこの糸にふれれば切れないのではないか、魔法のように切れないのではないか、とそう思った。事実、ふしぎというほかはない。その日糸はほとんど切れなかったのだ。いつもの倍くらい織れたのだ。魔法の手はこの世にきっとあるにちがいない。たとえ一日でもそのやさしい手が宿ってくれたなら、糸を汚したり、物を汚すことはなく、その本来の美しさの方向へむかうことができるだろう。

第一作がいちばんいい

一昨年秋、友人に導かれて彩《いろ》づきはじめた福島、岩手の山野をめぐり、盛岡郊外に住む山口キヱさんを訪ねた。山口さんは子供達の成人を見とどけ、六十歳をすぎた時、何か自分に出来る仕事はないかと考えた。若い頃見た天蚕《てんさん》の織物の美しさが忘れられず、天蚕を飼ってみたいと思いたった。しかし、豪雪の地にひとり、もう若くない山口さんの身辺を気遣う娘達は反対したが、山口さんの一貫した熱意に動かされて、やがて娘達は協力し、自家の山林に櫟《くぬぎ》を植え、天蚕の仕事がはじまったのだ。今から十五、六年前のことである。

山路をいかほど登ったり、降りたりしたであろうか、すでに落葉樹は殆《ほとん》ど散り、深々とした朽葉《くちば》をふんで、小橋をわたり、ようやくたどりついた山荘は、白樺林にかこまれた、三方ガラスばりの思いがけず瀟洒《しょうしゃ》なたたずまいであった。広い縁《えん》にかこまれた十畳あまりの座敷の中央に大きな炉が切ってあり、炉にはきりたんぽ、やまめなどを串にさし、大鍋には山の幸が豊かに湯気をたてていた。縁のまわりには、今をかぎりに雪中に姿を消すであろう野菊、竜胆《りんどう》をはじめ、あけび、栗、柿、赤や黄の木の実、紅葉の枝々、茨《いばら》の蔓等々、大籠や壺に絢爛《けんらん》と盛られ、ガラス越しにみえる白樺林を背景に、どんな壁画にもまさる迫力で私達は迎えられたのだった。炉に燃える炭火も豪快で、網の上に干魚や餅がのり、彩とりどりの果実酒、茸《きのこ》、山菜の料理は都会のどんな贅をつくした料理も遠く及ばないものだった。

盛岡の駅頭に迎えて下さった初対面の山口キヱさんは、清楚なモンペ姿で、色白、瓜実顔《うりざねがお》の、若い頃はどんなに美しい方であったかを偲《しの》ばせるに充分で、七十余歳の、決して平坦ではなかったであろう歳月は、山口さんをより清らかに老いさせていた。

瑞々《みずみず》しく枯れる、とはこういうことか。

その年齢にふさわしく、軽やかな自在さは、まさに山口さんの生き方そのものなのであろう。白樺林や、小さなせせらぎや谷間を、ちょい、ちょいと栗の実を拾いながら小走りにゆかれる姿は、とても七十をなかば越した方とは思われない。少女のようでさえある。

櫟林の中腹や斜面に点々と白い幕をはったハウスがあって、天蚕はその中で烏《からす》や鼠の害をふせぎながら育てられるのだった。

それでもその被害は大きいという。

初夏を間近にむかえ、今をさかりに萌えいずる新緑の頃、天蚕の卵は櫟の枝にうえつけられ、五十日の日々をつつがなく成長したものは黄緑色の繭《まゆ》を完成させる。今年は一万個のうち、繭になったのは八千個だったという。その間、山口さんは朝夕、九つのハウスをめぐり、時には天蚕たちに語りかけるようにしていつくしんで育ててこられたのだ。

生涯の最後の願い、天蚕と共に生きる、その山口さんの願いの果てに、その糸で布を織る人に出会うこと、そんな思いがどこかにあったのかどうか。私もまた生涯の終わりに近く、天蚕に出会えるとは、ふしぎな縁《えにし》の糸を思わずにはいられない。山口さんの下さったその糸を抱けば、今、羽化しつつある蟬の羽の数刻のうす緑が光と同化して輝く糸に変身したとしか思われない。

さて、その糸をどのように生かせばよいのか、私にとっても大きな課題である。「物を創るとは汚《けが》すことだ」という命題がまたしても私をとらえる。汚すのではあるまいか、糸のままで、この輝きのままで存在することはできないだろうか。この糸をあたえられたことは天の恵みである。しかし受けとる器が本当にあるだろうか。私はおそるおそる糸を繰り、この輝きと、張り、冒しがたい品格を機《はた》の上に移行させることになった。まるで童子《こども》にかえった気分、一織一織、これでいいのか、いいのかと、戸惑いつつ、悦《よろこ》びにふるえつつ機をすすめた。ようやく一日に一尺、煙のように糸は切れ、織るというより糸を撫《な》でさするようにして着物を織り上げた。

夏の間、暑さを忘れ、目がかすみ、肩がこっても、織り上げた悦びは、はるかにはるかにそれを凌駕《りょうが》するものだった。織っている最中は、こんなに切れる糸でどうなることかと思っていたのに、出来上がった途端に、「もう一着、織りたい！」と思った。つづいてもう一着、夏はすぎていた。未知のものに出会い、そこに精魂を込める。それは技術のたどたどしさを飛びこえて、素材そのものの初々しさがのこる。自分でも何と拙い、と思いながら、たしかに第一作は初々しいのだった。次々と作品をつくるうちに、最初の感動は消え失せ、いかに織り易くいいものができるかと、人の知恵が入り交じる。

またしても私は、物を創ることの危うさを感じ、天与の輝きを汚すのではあるまいかと思いつつ、今、第三作にとりかかっているのである。

時代の菩薩たち

先日テレビで、社会学者の鶴見和子さんと生命誌学の中村桂子さんの対談をきいた。お二人ともはっきりと語りたいこと、たずねたいことがあって、息もつかせない緊迫した時間だった。

その内容はそれぞれの専門で、難しい言葉もあったが、何よりも伝えたいこと、教えられたいことが先方と私達の間にはっきりあって、よく分かり、面白かった。

鶴見さんは若い頃から社会学の勉強をされ、近代科学を中心に仕事をしてこられた。そして病に倒れる前、「内発的発展論」という学問分野を打ちたてられた。鶴見さんは言う。私は水俣病に出会い、直接水俣で患者さんのひとりひとりから話を聞いてまわった。それは、現代科学の今日まで進んで来た道に大きな崩壊が生じたことを物語っていた。海に流された有毒水銀が人体を破壊するに至るまでに、すでに自然を破壊し、動物、植物、さらに人間の精神、家庭、社会、教育すべてに及んでいた。自分が今日まで学んできたことの多くは西欧の学問だったが、今自分が倒れ、半身不随になって、半分死んだ人間として、もう一ど見直し、立て直ししなければならないものがあると気づいた。そしてたまたま中村さんの自己創造の本を読んだ。是非会いたい、語りたい、教えてほしい、と。

中村さんは語る。

今までは生命科学だった。今私は生命誌、バイオヒストリーということを考えている、と。生物の多様性――五千万種類の生物――ありとあらゆる生物の多様性の中でたった一つ、すべての生物が必ずもっているもの、それが細胞である。一つの細胞をもっているものがあり、人間のように何兆という細胞をもっているものがある。しかしその一個の細胞は違わない。その一つの細胞には必ずDNAがある。それをゲノムとよぶ。細胞が一つであれ、何兆であれ、多様性をもった生物達が四十億年生きつづけてきた。あらゆる困難に出会っても生きつづけてきた。それは常にバランスをとっているからである。一つが滅びても他の一つが生き残り、九千万死んでも一つは生きのこる。人間もそのようにして生きてきた。生物が単に進化したのではなく、お互いがそれぞれの可能性においてバランスをとりつつこの生命界を存続させてきた。かつて自然と人間は一体であり、人間も自然の一部だった。それをいつの間にか忘れて人間が自然を支配するようになり、それが狂った世界を生み出している。どうしたらいいか、再び自然と人間の共生する世界をよみがえらせることはできないか。

中村さんはＤＮＡを見出した時点から、何か新しい生命科学のキーワードを見つけ出したいと考えているといわれた。

鶴見さんは八十六歳のご高齢で半身不随の身でありながら、もうじっとしてはいられないというような緊迫した心境で、中村さんに迫っていかれる。何とかこの自然と人間の間をとり結ぶ鍵はないものか、と。「さあ、どうだ、どうだ、何とかならないか」と鶴見さんが詰めより、中村さんが、「そんなこといわれたって、私だって考えに考えているんです」と辛《つら》そうに顔を紅潮していられる。聞いている私まで何か頭も心もひきしぼられて脂汗が出そうになる。

何とかならないのか、何とか救えないのか。沈没寸前の巨大な船に一本の叡智《えいち》の綱が投げわたされて、それを誰かが命がけで摑《つか》みとって大きな方向転換ができないものか。

このお二人の、専門分野のことは難しくてよくわからない私でも、お二人の話がまるで叡智の綱のように暗黒の海に投げ出され、そこだけ光が射しているかのように思う。鶴見さんが生死の境をようやく脱出し、今までの学問を土台にしつつ、新しい人類の社会学（大きな崩壊後に人間の生きる来《きた》るべき社会）をひらき、半分死んだ人間が、もう一ど活きた社会への叡智の綱を投げかえそうとしていらっしゃる。それは何とも壮絶なことではないか、崩壊したわが身をかえりみず――。身体不自由、痛苦に耐えるだけで並の人間は精一杯なのに、今この気魄《きはく》をもって思わず中村さんに、「どうにかならないの」とくってかかられたことに私は目をみはった。中村さんも必死だった。「そんなこといわれたって、私だって」と身をよじるようにいわれたが、私も中村さんの話をきいていて、あらゆる生物がたった一つ共通にもっているものが細胞であり、それがDNAだと伺った瞬間、何かぱっと光が走ったような気がした。

この地球上であらゆるものが絶滅に瀕しても細胞だけはのこる。何の知識もない私が途方もないことを言っているのかもしれないが、それが生命の根源、ひいては神の意志につながるのではないか。たったひとつ神は救いの道をのこして下さっている、すべてのものに、細胞が一つしかない生物にも何兆ももっている人間にも平等に。何兆も細胞をもっている人間は、それだけ賢く、恵まれているから、この世の中をどんどん人間中心の住みやすいものに変えてゆく。邪《よこしま》なもの、汚いもの、すべて排除して、清潔で、能率的で、美的な社会が出来上がる。しかしその陰に何兆という捨てられたものが存在し、それらが今徐々に人間社会にむかって牙をむいて闘いをいどんでいる。都会のコンクリートに埋められた地下の何兆ともしれぬ草花の芽はどうしているだろう。地中でうごめいて、今にも爆発するだろう。そういう不気味な危機が日に日に迫ってきているのに、なぜ人類は、現在さえよければいいという考えに傾いてしまうのだろう。かく言う私だってそうなのだが、心のどこかでは絶えず、こんなことではいけない、何とかならないものかと、頼りない力をふり絞って考える。が、それが言葉にも行動にもならず、せいぜい仕事に集中する以外ない始末だ。そういう中ではっきり言葉にして訴える鶴見さんや、それに必死で応答する中村さんは、現代における菩薩《ぼさつ》様かと思った。わが身をかえりみず、新しい学問分野を切り開こうとして、迫ってゆく鶴見さんに、「私だって考えて考えて、たった一つ、生物のすべてに細胞が存在するってことが分かったんです。それが今のところキーワードなんです」といわれた中村さんの言葉に私はひっかかった。とりすがるような思いだった。

何の科学的知識もない私が、なぜか中村さんの投げかけた綱にひっかかり、そこにこそ鍵はあるように思われた。仏教者でもない私だが、不空羂索観音《ふくうけんじゃくかんのん》が虚空に救いの綱をなげかける、万物がその綱にひっかかって救われることを願うのが菩薩の悲願であるが、現代の人間は最後までひっかかることができずに苦しむのである。その中でわずかの人々が自分のことだけでなく万物のことを考え、人類の進む道をさがし求めて苦行してゆくのではないだろうか、などと考えるのである。

不知火

先年冬、石牟礼道子《いしむれみちこ》さんをお訪ねした。

熊本空港に出迎えて下さった石牟礼さんに、水俣に向かう車中で、新作能を書き上げられたこと、それが明年夏、梅若六郎さん方によって上演されると伺った。その新作能「不知火《しらぬい》」の話を伺ううち、右手にみえはじめた冬日に光る海をみながら、私は何か総毛立った思いにおそわれたのである。

石牟礼さんの語り口は、ささやくようにゆるやかで、決して私の想念をゆさぶるようなものではないはずなのに、海霊《うなだま》の竜神、その姫、不知火、王子常若《とこわか》、隠亡《おんぼう》の尉《じょう》など次々と幻の如く私の瞳の中にあらわれ、傍らの石牟礼さんが不知火の精になって、すぐ眼前の海にむかって語りかけているようであった。いや、不知火は石牟礼さんそのものとなり、何者かが、石牟礼さんをかりたてて現われたようであった。これは何事があっても拝見したいと、その日を待ちかねて、翌年七月十四日の初演に上京した。

舞台は少しずつ灯が消え、観客は水を打ったよう、というよりは全体が海の底へ沈んでゆくような静けさである。

橋がかりから、光の玉を抱いたコロス（上天せし魂魄《こんぱく》たち）が水底《みなそこ》から浮き上がった如く、音もなく舞台へすすんでゆく。ひとり、またひとり、六人のコロス、その間に笛、小鼓、大鼓、太鼓、地謡《じうたい》の方々が居並ぶ。

やがて小鼓の一声、水底から天にむけて切り裂くように鋭く、つよく、そして軽く、白い一線を貫いて昇ってゆく。

隠亡の尉があらわれる。実は末世にあらわれる菩薩である。隠亡とは死者を焼く火葬場に働く人で、何か世間から異様な感じを持たれているが、石牟礼さんの「あやとりの記」に出てくる毛皮のちゃんちゃんこを着た隠亡の岩殿《いわどん》は、小さなみっちん（石牟礼さんのこと）に「おう、来たや、こっち来《け》え、こっち来え」と手まねきして木苺をくれる爺さまである。

「子供の頃に、その火葬場のお爺さんの後をついていったりしてました。いつも毛皮のちゃんちゃんこのようなものを着て、すすきの間の細い道をひょっこひょっこと歩いているんです。大きな鉈《なた》を腰からぶらさげていましてね。大人たちは、隠亡さんは死人さまの膝の丸い骨を、かりかりかじりながらお酒を飲んで、焼き上げた帰りにはやはり芒《すすき》の道をうしみつ刻《どき》に、火の玉をちょうちんがわりにして帰るとかで、深い畏敬のような念を抱いていました。ついて歩いていると、木いちごなんかを、ほれっと差し出してくれるのを、こわごわ離れてついてゆくんですけれど、そばへ行ってもらうんです」という。

子供の頃からみっちんは、この世で最も忌み嫌う仕事を引き受けて黙々と働く隠亡さんの姿に、幼いものの曇りのない眼をむけ、それが菩薩と結びつくという壮大な転換をなしとげているのだ。

「頃は陰暦八月八朔《はっさく》の夜、幾十条もの笛の音去りゆくようにて風やめば、恋路《こいじ》が浜《はま》は潮満ち来たり、波の中より光の微塵明滅《みじんめいめつ》しつつ、寄せうつ波を荘厳《しょうごん》す」

圧倒的な言霊《ことだま》の響き、石牟礼さんの言葉は芸能の真髄に至り、言葉ではない別次元の妙音をたぐりよせ、響かせる。

と、そこへ竜神の姫不知火が、「夢ならぬうつつの渚に、海底《うなぞこ》より参り候」とて浮かび上がる。その姿は、「夜光の雫《しずく》の玉すだれ、みるほどにあやにかそけき姿かな」。幽艶なその容姿がかすかに滑るように橋がかりをすすんでゆくのを、ただ息をひそめて見入るほかはない。

梅若六郎さんの、この新作能にかけての心意気は、この一瞬に凝縮したかのようである。かつて神々しい原初の海であった不知火海が、現代の最も象徴的な暗い惨劇の舞台となり、生類の破滅を招くに至ったそのただ中に、『苦海浄土』を著した石牟礼さんは、水俣と共に生き、病み、死ぬ人々を見つめながら、もはや言語によっての救済はあり得ないと思い至ったとき、天啓のように作能に出会った。胎内に宿した玉を吐き出さずにはいられない、それは文章にしてのこすのではなく、日本の芸能の祖に托して、言葉からの呪縛をはなれ、音曲、舞という翼にのせて羽ばたかせたい、という思いがつよくあったのであろう。石牟礼さんは、「なにをどう書きたいのか、非常に漠然としていました。しかし、書きはじめてみると、言霊たちが憑依《ひょうい》してきて無意識の海底へくぐり入りながら身をまかせるようなよろこびがございまして」と語る。

大岡信《おおおかまこと》さんが「石牟礼さんの文章はちょっとずらせば能の言葉になる」といわれた如く、新しく生まれた能を待ちうけるように演出する人、舞う人、音を奏する人、謡う人たちが結集した。目にみえぬ世界からひたひたと集まってくる精霊達、死者達と、我々観客もいつしか一体になっていた。

石牟礼さんの願い祈っていた救済がこのような形で顕現されつつあるのだろうか。

竜神と母の海霊は、山中の水脈から海底に湧く泉まで、この世の水脈のすべてを司《つかさど》る。

今、有機水銀の猛毒が海や山を侵し、生類が死に瀕している時、不知火と常若の姉弟は父母の命をうける。弟常若は水脈の毒とヘドロを身に浴びて命脈の復活を願って奔走するが、遂に力尽き息絶えとなっている。姉の不知火は瘴気《しょうき》の海中で自身の身を焚《た》いて魔界を滅ぼそうとして、今や全力を使い果たし死を目前にひかえている。その時、隠亡の尉は菩薩の姿となって、八月朔日《ついたち》満潮の夜、恋路が浜に二人を呼びよせ、妹背《いもせ》の契りを許すのである。二人は姉弟であるが、相思相愛の夫婦となって昇天する。そこへ菩薩に呼ばれた中国の音曲の祖「夔《き》」が登場し、姉弟の祝婚と、海の浄化を祈り、舞に舞うのである。

「ここなる浜に惨死せし、うるわしき、愛らしき猫ども、百獣どもが舞い出づる前にまずは、出で来よ」、そして最後の段に「神猫《しんびょう》となって舞いに狂え」とある。出で来よと呼びかけられているのは被害者も加害者も、何の関係もないと大きな錯覚をしている我々自身もすべて、ここに出で来よ、と呼びかけられているのではないか。

石牟礼さんは、「生身の肉声を書こうとは思うのですが、そのままではつろうございますので、言霊にして自分と一緒に焚いて、荘厳したいと思っているのです」と語り、不知火は「己が生身を焚いて魔界の奥を照らし」て荘厳されてゆく。それは決して暗い怨念や呪詛《じゅそ》の世界ではなく、二人の死の祝婚は、何か復活を予感させ、照らし出された光の奥に救済を感じずにはいられない。それはこの時代を共に生きるものの願いであり、祈りである。

今から十二、三年前、石牟礼さんは、イバン・イリイチ氏との対談で次のように語っている。

極端な言い方かもしれませんが、水俣を体験することによって、私たちがいままで知っていた宗教はすべて滅びたという感じを受けました。人類が自分の歴史を数えはじめてから、二十世紀という長い時期を支えてきたその宗教史において、宗教を興してきた人々はつねにその受難とひき替えに宗教を興してきたわけでしょうが、もし二十一世紀以後があり得るとすれば、水俣の人々が体験した受難は、次の世紀へのメッセージを秘めた宗教的な縦糸の一つになるかもしれません。つぎにくる世紀がそれを読み解けるかどうかわかりませんが。

（「「希望」を語る」）

私はこの文章を読んだ時、つよい衝撃をうけた。あれから十数年経ってもその思いはすこしも変わることがない。すべての宗教が滅び、水俣のような受難とひき替えに新しい宗教が興るか、もし二十一世紀以後生きのびることができれば次の世紀へのメッセージとして宗教的な縦糸が果たしてのこせるのか、またそれを読み解くことができるか、これらの予言が常に私の内部で因陀羅網《いんだらもう》の網の目のようにゆらぎふるえつつ何かを期待していたのだろうか。水俣に石牟礼さんの存在を知り、『苦海浄土』を読んで以来、片時も離れることのない想いである。

昨年の同時多発テロ、パレスチナ問題、今まで想像すら許されなかった残虐な殺人、幼児虐待等々挙げればきりもない人類の荒廃に対して、この問いかけは底深い悪の源泉から鳴り響いてくる。石牟礼さんが遂に言葉では救済出来ないと語り、「言霊にして自分と一緒に焚いて、荘厳したい」といわれたことを思わずにはいられない。窮極《きゅうきょく》の救済とは何か、そんなものが存在するのか、烈《はげ》しい問いかけが迫ってくる。宗教的な縦糸とは何か、それを読みとることができるのか。従来の宗教にはあり得ない、全くことなる救いとは――。あの同時多発テロのむこうに救いはあるのか、パレスチナの自爆の子らに救いはあるのか。自爆しか生きる道がない、それなら自爆こそ救いなのか、中東の若い娘が爆弾を車に積んで、「私達はいずれ天国で皆に会えるのです」と微笑して走り去った映像をみた。世界の歯車が狂い出した、しかしそれを誰がくい止められよう。

今日たまたま、水俣の「本願の会」から『魂うつれ』という季刊誌がおくられてきた。そこに、「狂牛病で忌わしい烙印をおされた牛たちを、「解体し、焼却処理した」と政府が発表した。しかし発病からの経緯にしても、明らかに人間社会の犯した罪なる病を背負って受難した牛たちに対して、あまりにも無礼ではないか」と、記されていた。人間中心主義にこりかたまって、それらの牛達に魂の祈りを捧げることなど全く考えようともせず、安心して美味しい肉のたべられなくなったことを嘆いている人間達。私はこの記事を読んだ時、胸をつかれ、これは水俣の人しか語れない、毒水を背負い狂死した人々の無念が生類のすべてに及んでいることを知る人々の、怖《おそろ》しいほど優しい眼ざしであり、その人々のはげしい告発であると思った。

同じこの雑誌の中で、「ありがとう犠牲の海に」という杉本雄、栄子夫妻のインタビューがのっていた。その中に、「のさり」という言葉が出てくる。はじめどういう意味かよく分からなかった。繰り返し読むうちに、これは大変な言葉だと思うようになった。あまり意味内容が深くて言葉で説明することはむつかしいが、ずっと水俣のことを思い、石牟礼さんや亡くなった砂田明さんを知り、また昨年、緒方正人さんにお会いして、このさりという言葉がこれらの方々そのものであり、説明を要しないような気がしてくるのである。

杉本夫妻の言葉をかりれば、

「どぎゃん海だっちゃ、海は海ばい」

「海が赤くなればこっちも赤くなる。青になれば、青になってるから。一緒だから」

「当たり前と思うよ。海ん中おる自分も当たり前と思っとるし」

「それに生かされて生きてるだけの自分たちじゃって」

「沖に出れば、獲れなくても楽しいわけでしょう。獲れれば、「ワー、こげんおるよ。なんばしてお礼をするか」ってなれば踊り出す、歌い出すでしょう。やっぱ嬉しかという時、私は踊り出すもん」

杉本さん夫妻の海はこういう海だ。今も昔も。しかし、

「いやぁ、じつに病気（水俣病）があったで、こしこ（これだけ）気のぬるう（穏やかに）なったかな」

「そこらあたりで人に合わせなければならない時代ば通ってきとってね、泣いて、わめいて、悲しんで、狂うてね、（そして）今だもんね。絶対呑気《のんき》じゃなかったよ。狂ったよ。考えたよ。泣いた、叫んだよ。そして、結果だもんね。あんときより今がよかがねっち、あんときのあったで今じゃがねっち」

「それに会う会わんは、のさりやもんね。まさにのさりよ。会わんもんは会わんとやもん」

どんな苛酷な運命が襲ってきてものさり、その時の最後の受け入れる覚悟というか度量というか、のさりとはさずかりもの、神の賜りものであるという。杉本夫妻はじめ水俣の人々がそこまで考えに考え、苦しみぬいたあげく水俣病を自分の守護神と思い、のさり（賜り物）と思う。被害者も加害者もない。緒方正人さ

んが最近出された本の題に『チッソは私であった』とつけられたこと、父を奪い、自身も苦しみ狂った果てにこの心境に到達されたこと、それこそがのさりである。前人未到の気がする。今までどんな宗教がここまで語ったろう。高邁《こうまい》な学者の口からではなく、患者さん達の口から、海に生き、海に生かされている漁師達の口から、その言葉がはじめて発せられたのだ。

私達が百間港《ひゃくけんこう》の埋立地を訪れた日は、月に一回のお地蔵さんを彫る日だった。そこで緒方正人さんをはじめ数人の方々とお会いした。行政が、ないものとしようと埋め立てた水銀ヘドロの地には、思い思いのお地蔵さんが海にむかって立っていた。その傍にずっとうばめ樫《がし》の樹が植えられ、その下にころころと木の実が一杯落ちていた。私達はなぜか物も言わずひたすら木の実を拾い集めた。そして京都に帰って染めたのである。

その赤みを帯びた灰紫色は、思いなしか石牟礼さんの眉のあたりに時折かげる憂《うれ》いの色のような気がするのである。

色への遺言

先月、『色へのことばをのこしたい』という伊原昭《いはらあき》さんの御本をいただいた。

伊原さんは約半世紀の間ひたすら日本の色彩について独自の研究をされ、『日本文学色彩用語集成　上代

〜近世』全五巻、『万葉の色相』『色彩と文芸美――古典における』『平安朝文学の色相――特に散文作品について』『色彩と文学――古典和歌をしらべて』等々、数えきれないほどの日本の色彩についての本を出版している。

私は仕事をはじめてから四十年以上、伊原さんの御本を傍からはなすことはなかった。どれほど深い汲めども尽きない感化をうけたことだろう。日本の色彩の奥深い魂の本処はここにあるのかとたびたび驚かされ、開眼する思いだった。おそらく今日までの仕事の根底には、伊原さんの日本の色彩に対する叡智《えいち》的な明察が影響し、私にある畏怖をさえ思わせているのではないかと思う。何回となく書棚から引き出してその頁を繰る時、全く新たな発見があり、言葉には尽くせない歓《よろこ》びが湧いてくるのだった。上代から万葉、古今、新古今に至る日本文学の和歌の世界にはその全時代を貫いて、日本の四季折々の色彩が単に色彩としてではなく、文学の骨子として、和歌の魂として、ちりばめられているのだ。色彩は心情の吐露であり、精神の練磨と洗練の結晶なのだ。

伊原さんはひたすら地道な研究の道を深め、前人未到の領域にまで踏みこんで私たちにその進路と配慮を示して下さった。

私が最も影響をうけた本は『万葉の色相』と『平安朝文学の色相』である。それらの中で、万葉の人々が草花や鳥、空、自然のうつろいを色彩に托して歌に表現するのに驚き、この時代の人々がいかに素形のままで自然に触れ、一体となって率直、純一に歌っているかということに思い至った。また、『源氏物語』『枕草子』などの文学は色彩をぬきにしては語れない。色彩文学といってもいいほど文と色とは溶け合い、抜きさしならぬ関係である。これほど色彩に重要な役割を与えている文学は世界にも稀である。ラ・ファイエット夫人の『クレーヴの奥方』などは『源氏物語』に比して、色彩豊かであるとは思うけれど、それは作中の女性をひきたたせるための色への配慮である。中国の曹雪芹《そうせっきん》の『紅楼夢』なども優れた色彩を衣裳や、室内に描き出しているが、それは決定的な役割ではない。もし『源氏物語』に紫という色が使われなければ物語は生まれないのである。

『枕草子』に鮮烈なほとばしるばかりの切り口の色彩表現がなければ草子は成立しないのである。

と考えてゆくと、これは日本という国の民族性であろうか。

北から南へ弧を描く日本列島は地球上でも有数な四季に恵まれた地形で、とくにその中央に位置する京都という都は千年の王朝文化を守りつづけてきている。海にかこまれ外敵からの侵略もほとんどなく文化を守り育む条件にも恵まれていたのだろう。何よりも春夏秋冬のけじめがあざやかで、刻々に移り変わる植物や気候の変化を的確にとらえて和歌にし、絵巻、装束等々にと、花開いていったのであろう。それらの伝統を受け継ぎ後の世に少しでも遺《のこ》してゆかねばならないのに、昨今の状況は実に由々しいものがある。その国の伝統はいわば財産のようなもので受け継いだ時代の人々はそれを少しでも増やしてゆかなければならないのに、増やすどころかどんどん消耗している。勿論《もちろん》昔のものをそのまま保つというのではなく、現在の平成二十三年のこの時に遺すべき文化は何か、それをまずはっきり見直す必要がある。今の時代の人々は安易に、効率的に、快適にすごすことを第一の目標にしている。現在の平穏な生活が何によって安全を保証されているか、深く考えようとしない。そこへ今回の東北地方の大災害である。正に日本の国の存亡すらかかっている予想を越えた国難である。このさし迫った状況の中で私達は何を思い、考え、憂《うれ》うべきか。今、東北では正常でない生活を強いられ、一家が離散する悲劇が続出している。その現状に加えて、原発被害は、報道以上の深刻さである。そんな中で今更、文化だとか色彩だとかを語っていていいのか、という内省はまぬがれないことではあるが、一人一人が、いつどんなことが起きようと逃れることはできないという覚悟をもって日々生きることだと思う。

その中でこの日本のたぐいない美しい文化を何とか守ってゆきたいと思う。

お正月に突然二十年以上お会いしていない伊原さんから電話があって、私がこの正月テレビに出て元気に仕事をしていることをご覧になり「自分もこうしてはいられない、今、色のことばを後世に伝えたいという本をかいていますがなかなか進まない、あなたの姿をみて元気が出ました。仕事をつづけます」という御言葉をいただいて私は感動した。

尊敬して止まない伊原さんから元気をもらったといわれ、私はますます思うのだ。どんな環境にあっても一日でも誠実に生き、あたえられた仕事をするべきだと。伊原さんは大正六年生まれ、九十歳を優に越えていらっしゃるのにその意欲に圧倒される。間もなく本が完成し、おくられてきた。『色へのことばをのこしたい』、まさに伊原さんの思いが溢《あふ》れている。私も含めてこれだけ老齢になるといつも死を覚悟して仕事をしている。これが最後だ、最後だといいながら仕事をしているので傍のものから笑われるのだが、正直な気持ちである。どんなに日常が荒廃し、生きるに精一杯であろうと、一茎の草花に目を奪われ、生命力を感じることがあろう。むしろ、逆境に立たされて限界に達した時、今まで目に留めていなかった自然の広大な世界にどんなに救われることだろう。

伊原さんはこの本の中で実にさまざまの角度から時代を越えて貴重な話をされている。滅多にこんな話は聞けるものではないと思い、上古の不思議な話をここに記したいと思う。

「烏羽《うば》の表疏《ふみ》」

敏達《びだつ》天皇元年(五七二)に高麗《こま》(古代朝鮮の一国)から表疏(国書)が届いた。天皇はそれを多くの大臣に読み解くように命じたが誰ひとり読めなかった。

その時帰化人の王辰爾《おうじんに》がこれを解読した。その後また高麗から国書がきて、今度は烏の羽に文字が書いてあり、それが黒い羽に黒で写されているので全くわからない。その時、王辰爾はその羽を飯の気《け》に蒸《む》して、文字の墨が湿気たとき、羽の上に白いきぬをおしつけたところ、白い絹に文字が浮かび上がり、見事に解読できたので朝廷は感心したという。

また十一世紀はじめに書かれた清少納言の『枕草子』にも、唐国《からのくに》から玉《ぎょく》がおくってこられた話がある。その玉の中に曲がりくねった道がついている。それに緒(紐)を通すように言ってきた。どんな細工の名人にもそれは出来ないので困っていると、ある老人があらわれて二匹の大きな蟻の腰に糸を結び、それに紐をつけ片方の口から穴に入れ、出口のところに蜜を塗ってさそい出したところ無事に出てきたという。玉の中に立派に紐がとおったのである。そこで唐国に送りかえしたところ、何と日本国は賢いのだと感服し、それより無理難題を言わなくなったという。

また江戸時代になると話は急にくだけて粋になってくると、伊原さんは言う。実に厖大《ぼうだい》な色の名前が生まれ、かつて平安時代や中世は植物や動物の名をつけたものが多かったのに対し、江戸では人物(人気の役者)とか地名(深川)とかさまざまの名前が生まれ驚くばかりの自由さ、豪華さである。一例をあげれば鼠系統では、藤鼠、利休鼠、紅掛鼠《べにかけねず》、嵯峨鼠、湊鼠、関谷鼠、玉川鼠、あげればきりもない。何しろ百鼠なのだから。白茶《しらちゃ》、鳶茶、路考茶《ろこうちゃ》、焦ヶ茶《こげちゃ》、御召茶《おめしちゃ》、唐媚茶《からこびちゃ》、梅幸茶《ばいこうちゃ》など、貴族好みの優雅さとは対照的に渋好みである。九鬼周造の『「いき」の構造』の世界である。しかし庶民はそればかりではなくなかなか活潑で派手ごのみの連中もいる。遊里などに出入りする町衆の金持ちが遊女に贈物とした着物は、うす紫かうす紅の生地に鹿の子の総絞りをして、その粒々の一点一点を紙燭《しそく》で焦がして穴をあけ、その穴から中の紅に染めた綿がちらちら見えるように工夫したという。それは西鶴の『好色一代女』に出ているというが、何と妖しげな美しさだろう。人工の極というか、いささかデカダンスな感じもしないではない。ごく近世になると「五分でも透《すかさ》ぬ流行」（『春色梅児誉美《しゅんしょくうめごよみ》』）という風にすみずみにまで流行におくれぬように気を配り、七歳くらいの女児が歳増《としま》のような地味な紫縮緬《むらさきぢりめん》のまげ紐をつけたり、中年女が少女のような真っ赤な絞りの裂《きれ》を髪につけたり、男は、「路考茶か、鼠か、伊予染《いよぞめ》さ」（『浮世風呂』）といった具合、何やら昔流行ったものが流行返りしたりするというのも現代に似ているような気がする。いつの世にも変わらぬものは色好みということだろうか。文化が爛熟《らんじゅく》し近代化が進めば進むほど、色はその本質から離れ、ひたすら商業化し、それに利用されるばかりである。本来の色の姿は無残にも細分化され、無機的な状態に侵されつつある。

今、非常に危機を感じている。こうしてはいられないという伊原さんの気持ちが切々伝わってくる。「今、色のこと伝えたいのよ、志村さん！」という電話の声が響いてくる。

色を本来の宇宙的な光の世界へもどし、もう一どそこから降り注ぐ光の中に無量の色を感じたい。無量の色を拝領したい。

伊原さんが伝えたいと願われるこの『色へのことばをのこしたい』は伊原さんの遺言である。私もその一端に加えていただきたいと願うものである。

七条刺納袈裟のこと

細かい霧雨の中を比叡山にのぼる。

山頂に近づくにつれ一寸先も見えない濃霧となる。深い谷から立ち昇る白霧の果てに、かすかに杉木立が立ちあらわれる。湖も姿を見せない。

今日は延暦寺の宝物殿で「七条刺納袈裟《しちじょうしのうげさ》」を拝見した。かねてこの袈裟のことは聞き及んではいたが、今日、七条袈裟の前で立ちすくむばかりだった。ここ二、三年、どういうご縁でか、袈裟をつくらせていただく機会があり、袈裟のことを少しく知れば知るほど、私達の仕事の最終原点ではあるまいかと思うようになった。そんな中で見たこの袈裟は、世間の常識、現代の知識などではおよそ測り知ることのできない全く次元の異なる世界のものであり、現代の僧侶がまとう錦襴《きんらん》のまぶしいほどの袈裟とは無縁のものといいたいものであった。

この七条刺納袈裟というのは、今から千二百年前、最澄が唐より将来したものであり、「荊渓和尚納鎮仏隴供養《けいけいわじょうのうちんぶつろうくよう》」と墨書されており、中国天台宗六祖の荊渓大師、湛然《たんねん》(七一一―七八二)が、仏師の仏隴寺《ぶつろうじ》行満《ぎょうまん》に授け、そののち最澄に相伝されたものである。

日本に持ち帰ってもうすでに千二百年を経ているというのに、今目の前にするこの袈裟の何と命あること。脈々と伝わる法脈とでもいうのか、仏法のことを何もしらない私でさえ、滾々《こんこん》と湧く泉の前に立った思いである。

まず、よくこの袈裟をみてみよう。

死者、乞食《こじき》、行き倒れの人々がまとっていた襤褸《ぼろ》を洗い清めると、麻や木綿《もめん》はすでに繊維にかえっている、その糸屑《いとくず》をあつめて、藍と茶と白の、三色に染めわけ、それを無造作に並べてみる。それを、あつめてあつめて、フェルト状になるまでつめつめにして一枚の布のような状態にする。本来布ではなく、糸状ののを上から刺し縫いしてゆくのである。藍色の麻糸で刺して刺して、それがあたかも一枚の布であるかのごとく細い針目で無尽に刺してゆくのである。織ったものではない、それにまず私は目をみはる。一針一針、何万回心こめずにはいられないだろう、死者や貧者の最期をみとった糸屑、糞掃衣《ふんぞうえ》とも納袈裟《のうげさ》ともいわれている、世の中で最も汚れ、忌み遠ざけられていた死者達の衣。その人達の供養のために、魂を無事、かの岸に送りとどけられるようにと一針一針に願いをこめる。死者達の供養のための衣がこの七条刺納袈裟なのである。

それにしても、この絶妙な裂地《きれじ》の味わいと配色、そういう俗っぽい目でみてもこれは秀抜の感性である。勿論《もちろん》その時代、その環境の中で感性など考えてもみないものだったのはよく分かる。たまたま、そこに茶を染める橡《つるばみ》（団栗《どんぐり》）があり、藍の葉が育っていた、それを絞って藍の生葉染《なまばぞめ》をしたのかもしれない。その頃、千年前に藍の麩建《ふすまだ》てはなかったろう。この涼しい品格の高い藍の色が千年前のものとは思えない。今染めたといっても疑わないほどの瑞々《みずみず》しさだ。そしてこの茶の何と心憎い粋な渋さ。まさに茶と藍と白のとり合わせは、完璧な色彩感覚である。これ以上何もいらない。同じ茶の麻裂で田相《でんそう》とよばれる縁《ふち》どりをほどこしている。それが七つに区切られているので七条という。

昔、仏陀が弟子をつれて田園を歩いている時、水をはった稲田があまり美しいのでそのような意匠を弟子に命じて布でつくらせ、それを肩からかけて修行の旅をつづけられたという。田相、福田衣《ふくでんね》、などと呼ばれ、それが袈裟の元祖になったのだと聞く。それ故《ゆえ》、師祖の用いていた袈裟を、弟子にゆずるということは、その法生命をゆずることである。最も信頼し、後世をたのむ優れた弟子にのみゆずられるという。

経典や寺院とは違う、直接師の肉体に近く羽織っておられたものを戴《いただ》くのである。まさに法灯を継ぐということか。この世で最も汚れたもの（糞掃）と、最も尊いもの（法の命）とが一体となって今私達の前に存在する。その比類のない深い泉のような美しさはただごとではない。何か目の前によこたわる七条袈裟から漂い立ちのぼってゆくものがある。目にみえないものが気をとおして私の中へ浸透してゆく。それは、あまりにも美しいが、美と呼ばれるものではなく、この世に顕現されるおのずからなるものとしかいいようがない。人間の意志がある時、天にかよい、天が見そなわしたもの、物質として袈裟としてしか私達の目にはみえないが、おのずとこの世にあらわれ、千余年ものながい間、この世にとどまり続けているもの、そこに意志が、仏法の深い意志が宿り、まだそのつとめを終わることができず、ずっとずっとこの世にとどまって供養のつとめを果たしつづけて下さっているのではあるまいか。

私達はいまだ覚醒の時を迎えることができず、この袈裟に宿る永劫の願いを解くことができないのである。

身近きものの気配

……われらは見えるものの蜜を夢中で集めて、
それを見えざるものの大きな貴い蜜槽《みっそう》に蓄える。（リルケ）

仕事場は南向きだが、隣接の宝篋院《ほうきょういん》の竹藪が幾重にも層をなしておおいかかり、殆《ほとん》ど陽《ひ》を透《とお》さない。竹藪と屋根の間のわずかの空から落ちてくる光が、機《はた》の上にふりそそぐので、その光の度合は私を落ち着かせてくれる。

冬の夕刻、いつの間にか陽が西に傾き、小倉山の端に消えてゆこうとする時、射すような光が、竹の葉越しに私を呼ぶような気がした。私は仕事の手を休めて西の空をみると、陽は半ば姿をかくしながら、私はもう下がりますよ、と本当に語りかけてくるようだ。やわらかく、芳《かん》しく、刻々に茜色《あかねいろ》が水浅黄《みずあさぎ》の雲に溶けこんでゆく。一日機にむかっていた充足と、疲労をつつみこんでくれるようだ。

私は窓ぎわによって掌《てのひら》を組み、頭を垂れて夕陽を浴びている。

そういう時、私のまわりから潮が干くように現実が遠ざかってゆき、余光の中にいて何かがそっと近づいてくる気配がする。

ほんの少し時間のない世界で見えざるものに触れることを許されるようだ。

無常迅速――すみやかに走り去ったもの、そして止まるもの。

六十歳を越えるほどの年をかさね、その間、一つの仕事をずっと続けてこられたのは何だったのだろう。

もしかすると、今まで見たこともない全く「別なもの」を少しずつ見せられていたからではないだろうか、と私は少し前からそう感じるようになっている。

自分が色についてこれほど変わった考えをもつようになったのもそうだ。そのことさえ気づかずにいたが、本当は私の中で青虫が蝶になったほどメタモルフォーゼしているのである。色のことを青虫などというのはあまりに粗野な表現だけれど、実は変わったのは私の方なので、色は少しも変わっていない。色は永遠に普遍なのである。

この歳月、さまざまの植物から見たこともないほどの色をみせられて、胸に一撃をうけ、戸惑い、よろこび、それが静まるころにはまた新たな衝撃があった。

そんなことをくりかえしているうちに、私の中に微睡《まどろ》んでいたものが次第に目覚めていった。植物とかかわりをもつようになって自然界には測り知ることのできない法則や秩序があり、我々にほんの一部を開示してくれることを知った。その扉は開くかと思えば閉じられ、その内奥は優美であるかと思えば、剛毅である。私は次第に「色がそこに在る」というのではなく、どこか宇宙の彼方《かなた》から射してくるという実感をもつようになった。

色は見えざるものの彼方から射してくる。

色は見えざるものの領域にある時、光だった。光は見えるものの領域に入った時、色になった。

もしこう言うことが許されるなら、

我々は見えざるものの領域にある時、霊魂であった。

霊魂は見えるものの領域に入った時、我々になった、と。

色についても、我々についても私はそう実感している。色も我々も、根元は一つのところからきていると。そうでなくてどうしてこれほど色と一体になることができるのか、自然の色彩がどうして我々の魂を歓喜させるのだろうか。

あの荘厳な夕映えの空を見た時、我々は死を怖れることなく大宇宙へ還《かえ》ってゆくことを信じ、自然に帰依する思いをいだく。

暗く垂れこめた空をみる時、我々の心は重く沈み、暗黒の世界にひき入れられるような恐怖を感じる。そこに光と色が失われているからである。その時雲のきれまから光が射しこんでくると、我々は自分の魂に光が射してきたことを感じる。

眼が光をとらえることができなければ光はなく、色もないのである。

ゲーテは、「光そのものがなしうることはすべて、光の創造物たる眼もなしうる」(『色彩論』)といっている。しかも眼は内なる魂の光をうつすことによって、宇宙の光を感得し得るのである。

宇宙の奥に暗闇があり、その前方に光が射す時、青という色が生まれる。天に涯《はて》しない青空があり、その下に海が深い青をたたえてひろがる。それらはいずれも手にとらえることのできないティンクトゥーラ(透きとおった色)であり、闇と光の領域にあって色になりつつある光である。

それらの色があまりに美しいので、天に人が願ったのであろうか。

いつの頃からか我々は、植物の藍をとおして青という色をあたえられた。何千年の間、我々の中の誰かが藍に心をうばわれ、藍と共に生きたので滅びるかと思えば滅びず、細々ながら受け継がれ今に至っている。

しかし、青という色は、本当は天上を映す色なので、あまりに地上的な我々は容易にその色を染め出すことができないのである。

藍は古来より建てるといわれているが、甕《かめ》の中で醱酵《はっこう》や還元のプロセスをとおって、藍分を醸成する。あの小さな甕の中にマクロコスモスとミクロコスモスが共に生きているような生成過程をたどる。少々大袈裟ないいようであるが、ほかの植物から色を抽出するのとは根元的に異なり、自己の内面を映し出す鏡のようである。これまで何どか苦い体験を経てきてそう感じざるを得ないのであるが、宇宙の生成の縮図をそこにみるような気さえする。

今日では藍建ても化学的にその大部分が解明されるようになってきたが、藍建てにとって最も重要な木の灰汁《あく》は科学によって分析されてもどうなるものでもない。即ち、木の灰汁は同質のものをのぞむのは不可能に近いからである。同じ木が一つもないように。それ故《ゆえ》、木の灰汁は謎にみちている。いいかえれば神聖である。そして灰汁は藍の血液にも等しいものである。

このように我々の側からは手のほどこしようもないものを相手に、その生成過程を見守らなくてはならないところに、甕のミクロコスモスがはじまる。

甕に藍の生命が宿るのである。青の誕生から終焉《しゅうえん》まで、あたかも我々の人生のような過程をたどる。色と共に悩み、喜び、不可解に不可解をかさねてゆく中に、ある侵すことのできない領域を知らされたのは藍を建てることによってであった。

植物はその根、幹、葉、皮のすべてを提供し、みずからの精を、色としてこの世におくり出している。梅、桜などの幹にたくわえられた色をみた時、私は精の色としか呼びようがなかった。ピンクとか、うす紅とかいう名は絵の具にふさわしい名のように思われた。

我々はその色を受け、その色にふさわしい叡智《えいち》をもって仕事を展開しなくては、植物の精はそこで生命を絶たれることになるのである。自然はいつも黙して我々の意のままになっているから、自由に色を操っているつもりでいるが、実は我々自身がためされ、磨ぎ出されているのではないだろうか。

自然界の色は物質の上に塗られたり、物質と混同したり、物質の一部になることは決してなく、物質の中に射し入って光を投げかえしているのではないか、色は宇宙から光の使者としてやってきて、ようやく物にたどりつき、そこではじめて物とかかわり、ほほえんだり、哀しんだり、苦しんだりして、もう一ど宇宙へむけて射しかえしているのではないだろうか。

自然という書物

自然はどこかに人を引きつける蜜のようなもの、毒のようなものを、あの蜘蛛の巣の美しい網のようにひろげていて、私はそこに引っかかり穴から落ちたアリスのようなものだった。その入口は緑である。

植物の緑、その緑がなぜか染まらない。あの瑞々《みずみず》しい緑の葉っぱを絞って白い糸に染めようとしても緑は数刻にして消えてゆく。どこへ――。この緑の秘密が私を色彩世界へ導いていった。

原則としては、花から色は染まらない。というのは、あの美しい花の色はすでにこの世に出てしまった色なのである。植物はその周期によって色の質がちがう。たとえば桜は花の咲く前に幹全体に貯えた色をこちらがいただくのである。花が咲いたり実がみのったりしたあとでは色の生気がちがう。葉、幹、根、実は、それぞれ色の主張をもっている。そのほか謎は限りなくちりばめられているけれど、その中で一貫して思うことは、宇宙の運行、自然の法則があらゆるものの細部にまで浸透し、その生命を司《つかさど》っているということだった。仕事をはじめて十年余り、徐々に膨らむ謎の奥に何か足がかりが欲しい、私が何故か、と思うことに答えてほしいと絶えず求めていた。

そんな時、出会ったのがゲーテの「色彩論」だった。『自然と象徴』(冨山房百科文庫、一九八二年)によって謎が次々に解けるばかりではなく、今まで私が漠然と求めていた感覚の世界に的確な足がかりが与えられたのである。含蓄ある一点、導きの糸は、そこからするすると紐が解けるように私を色彩世界の扉へと導いてくれた。

緑の戸口には次のように書かれていた。

光のすぐそばにはわれわれが黄と呼ぶ色彩があらわれ、闇のすぐそばには青という言葉で表される色彩があらわれる。この黄と青とが最も純粋な状態で、完全に均衡を保つように混合されると、緑と呼ばれる第三の色彩が出現する。

(『色彩論』序)

緑は第三の色なのである。直接植物の緑から緑はでないはずである。

闇と光がこの地上に生み出した最初の色、緑、生命の色、嬰児《みどりご》である。一度この世に出現した植物の緑は、次の次元へ移行しつつある生命現象のひとつである。一度まわりだしたフィルムをまきかえすことはできない。あの植物の緑は人間と同じようにこの地上に受肉した色なのである。それならば植物によっていかに緑を染め出すことができるだろうか。

藍という植物を刈り取り、醱酵《はっこう》させ、乾燥させて蒅《すくも》という状態にしたものを、甕《かめ》に入れ、木灰汁《あく》、石灰、酒等々で再び醱酵させ、藍という染料を仕上げてゆくことは、一つの芸といわれるほど難しいとされている。見事に藍が建ち（醱酵し生命を宿すこと）染められる状態になった時、白い糸を甕の中に浸けて、数分後空気中に引き上げて絞り切った時、この世ならぬ美しい緑（エメラルドグリーン）が出現する。しかし数秒にして消える。緑は逃げてゆく。そのあとに空気にふれた部分から青色があらわれる。瞬間にして消えるあの緑を、人は、「なに酸化しただけじゃないか」と言うかもしれない。しかし、その瞬間をこの目でしっかりと見届けたあの緑こそ、自然が秘密を打ち明けてくれた瞬間なのである。消えてゆくものに自然は深い真実を宿している。闇に最も近い青は、あの藍甕のなかから誕生した。光に最も近い黄は、山野で充分太陽の光を浴びて育った植物、刈安《かりやす》、黄蘗《きはだ》、梔子《くちなし》、楊梅《やまもも》等々で染められる。その黄色の糸を藍甕につける。闇と光の混合である。そして輝くばかりの美しい緑を得るのである。

こうして、われわれは仕事のうちに期せずしてゲーテの色彩論の実践、自然の開示をうけている。にもかかわらず、現実に目で見るということには三つの問題があると思う。一つは目にみえる現象は現象として何の疑いもなく当然《あたりまえ》のこととして無意識に受け入れる。もう一つは分析し、観察し、量の世界におきかえる近代科学の道、そしてもう一つはこの目でみたものを、なぜか、いかにしてこうなったのかと一つの理念にむけて思考する道である。私はゲーテの色彩論に出会うまで、この目でみた現象を、たとえ幻のごとく消え去ったとしても、なぜその姿をあらわしたのか、それを神秘としてヴェールの奥にしまいこむしかなかったのである。

宇宙を、その最も大きく拡張した姿や、もはやこれ以上分割しえないほど小さな姿において観察してみると、全体の根柢に一つの理念があり、それにもとづいて神は自然のなかで、自然は神のなかで、永劫の過去から永劫の未来へと創造し、活動しているものだという考えをわれわれは斥《しりぞ》けることができない。直観し、観察し、熟考することによって、われわれは宇宙の秘密に近づくことができる。

（「方法論」〈理念と経験〉）

私は直観し、観察し、熟考することによって、自然の本質が生き生きと存在し、絶えずメタモルフォーゼしている、そしてその根底に一つの理念が存在することを、少しずつ理解するようになった。色彩は従来考えていたような単なる色ではなく、自然界の光と、人間の精神とが相寄ったときに顕現する宇宙のメッセージであり、光の行為と受苦であることを伝えられた。

ゲーテは、もし自分が自然科学を研究しなかったらこれほど純粋な直観や思考の世界が開けることはなかっただろうといっている。彼の学問は、形態学をはじめ、動物植物、鉱物と幅広く、とくに植物に関しては、植物の方からゲーテを追いかけてやまぬほど彼の魂の中に入り込み、最も単純な形としての原植物を産み出したのである。自然は嘘をつかずこの上なく正直で、過失や誤りをおかすのはつねに人間である。ただしひたすら自然にむかってその神性に触れようと願うものには、胸を開いて秘密を打ち明けてくれるという。ゲーテがいかに自然という書物を熟読し、その一頁一行に隠された真実を受けとめてわれわれに提示してくれたことだろう。

四十余年前、美しい網に引っかかり、アリスの穴からころげ落ちたとき、小さな書物が落ちていたのだろう。それを取りあげて読むうち、本は次第に大きくなり、宇宙ほどに大きくなった。豆粒ほどの私はその一頁も読めないけれど、それは驚きに満ち、目をみはらせる自然という書物だった。

Anthroposophie Letter

あなたはあなた自身をあなたの栄光の中におかくしですね、わが主よ。
一粒の砂、一滴の露も、あなたその人より誇らかに顕われています。
世界はあなたのものであるすべてを羞《は》ずかしげもなくわがものと呼んでいます。
——だからといって辱められもしないで。
あなたはわれらに場所を与えるために無言で身をお退けになるのですね。
ですから愛はあなたをたずねておのれのランプを点し、
求められもしない礼拝をあなたにささげに行くのです。

（タゴール）

一九八八年（冬）

湖に近づくと、冬はまだ熟睡していた。

いつもの年なら今頃湖を席巻し、北の端から大天幕をはってやってくるはずなのに、鈍い灰色の空と湖は、水平線をわかちがたく、目覚めを惜しんでいる冬に遠慮がちであった。

鴨の群れが数十羽波間に浮かび、対岸の三上山や鈴鹿山系の美しい稜線は全くみえず、すべては灰色で、どこかの硯海《けんかい》からうす墨があふれ出したようだ。

この冬はもう三度、湖に足をはこんでいるのに、何もお見せ下さらないのですか、私は思わずそう呟《つぶや》いてしまった。晩秋に上越から団栗《どんぐり》を沢山送ってもらい、さまざまの灰色を存分に染めたところに、水墨画の素晴らしいのを見る機会があって、それからというもの、私の中に茫洋と浮かぶ冬の湖がある。うす墨を一面に刷した上に濃墨《こずみ》が一気に走り、墨色の濃淡や浸潤が、湖の光や影、波間の襞《ひだ》になってあらわれてくる織のディテールを思うともなしに浮かべていると、いつの間にか遥かの対岸あたりに、雲間から光の帯が下りてきて、そこに金色の楕円の盤をつくっている。こまやかな細波にふちどられ、そこに音楽がふりそそいでいるようだ。湖上をすべって私のところまで伝ってくる。しばらく見つめているうちに光がすうーっと消えた。

陽《ひ》は雲の中を逍遥《しょうよう》しているのだろうか、と、見る間に目の前の水面にキラッと剣のような光がきた。何？突然何が起こったのか、と思った瞬間、目の前が光の饗庭《にわ》になった。

頭上の雲がきれて対岸から瞬時に光の盤が移動したのだ。キラキラ、キラキラ、光の子らが飛びはねる。白い剣は列をなして岸へむかって進んでくる。私は戸惑うばかりだ。灰色一色だった湖面に、今や無数の色がみえはじめる。うす黄、橙々《だいだい》、紫、青、き緑、紅、朱など七いろの縞《しま》が浮かび上がり、沈んだかと思うと風が波間を金の糸で縫ってゆく。灰色の地に灰色の濃淡で紋様が浮かび、その上に一刷毛《はけ》、茜色がかするように射す。私の目がそれらの幻想を追っているのか、まるで誰かの手が湖のはしから頁を繰るように次々と色彩が移り変わる。やがて、陽は北へ向かったようだ。湖は、すぐれた水墨画がすべての色を含んで墨色であるように、先程までの色をすべて内にいだいた老いた母親のように灰色一色にかえっていった。

深い藍をたたえた湖水の色や、その上に降りしきる雪を思いえがいて訪れてきた私の、本当にのぞんでいたのは実はこの水墨の世界だった。やはり見せて下さったのだ。

秋に団栗を染め、さまざまの灰色を得たのも、あの水墨画をみたのも、そのための準備だった。

あなたの光、あなたの色、あなたのものであるすべてを羞ずかしげもなくわがものと呼んでいる私共に、なおあなたはあたえて下さるのですか。傷んだ幼子の心にも、水の中の魚にも、いまひらきかけた花にも、地に埋もれた岩石さえ、光を使者として色をあたえて下さるのですか。そんなにも惜しみなく。

土星紀の熱存在のように、「天の彼方《かなた》から我々にさしとどけられる色を、こだまのようにもう一ど天空へ放射しかえすことで、周囲を賦活《ふかつ》し――まわりのものもいきいきと暮らし地球全体が天なる生命の鏡のようだ」とあなたがごらんになれるように、地上に在るすべてのものはあなたへの放射を怠ってはならないのに、あなたがみずからの栄光の中にその身をかくしてしまわれるので、我々はかえすことを忘れて、地上は穢《けが》された色に充ちています。あの時、湖上に射した突然の光は何だったのか、霊界からは光として、地上からは芸術として、天の中空で交差しながら、とどけるようにとの、あなたの伝言ではなかったろうか。

色が熱や光と同じく霊界と物質界の境域にあって、熱や光よりも我々に近いところに存在する。それ故《ゆえ》に、色を通ってゆけば霊界への道を辿ることができることを、シュタイナーの『色彩の本質』によって学んだ。私はかつて、「色は単なる色ではなく、木の精であり、色の背後に一すじの道がかよっている」とかいたが、その道こそ霊界に通じる道ではなかったたか。

植物から色を抽出する過程でしばしば遭遇する、ある侵しがたい領域というのも、自然界の法則や秩序の前に厚い扉があって、ある時、ほんの少し扉が開いたように思われたのも、そういうことではなかったか。更には、緑という色が植物からは直接得られず、青と黄の混合によって生まれること、闇である青と、光である黄が緑という地上の色をうむ。緑こそは、霊界と物質界の境界にあって明滅する淵の色であると、私は長い間謎としていだいていた緑について鍵をあたえられた思いだった。

更にシュタイナーは、『色彩の本質』の中で、

「緑は生命の死せる像を表わす」

という驚くべき啓示をあたえた。

藍甕《あいがめ》の中からあらわれる色は、ほんの数秒、真正の緑色であるが、空気に触れた瞬間に消滅し、その時点に青が誕生するというこの世ならぬ現象をおこす。生命の誕生と死が緑という色に同時に内在する。まさにシュタイナーの言葉どおりではないか。我々が生命の象徴のようにみている樹々の緑が、生命の死せる像であるならば、我々そのものも儚《はかな》い生命存在の先端にある緑を色として、生の傍にもっているのではないか。死と再生の原理はここにも秘《かく》されている。私にとって色はいつか色としてではなく宇宙の原理そのものとして映ってくる。高橋巖氏はシュタイナーの言葉として次のように語った。

「人間は圧倒的な暴力をふるう大自然の猛威の前には儚く死んでゆく存在であるが、その人間がどのくらい内面生活の中に自然の圧倒的な力をとりこんで、それをイメージすることができるか、人間の内側にしかその力をうつし出すことはできない。

人間は大宇宙に生かされ、大宇宙は自分の中に存在する。その儚い個体にすぎない人間が、実は地球全体を新たにうみ出す母胎《ぼたい》となっている。人間以外にこの宇宙に母胎を見出すことはできない」と。

我々にとってこれほど感動的な結論はないであろう。このようなぎりぎりの結論をあたえられた我々の生を今生《こんじょう》でどう受けとめてよいのか、仕事の根底にこのことをしっかり据えなければと思う。

色彩という通路をとおって

『色彩の本質』(ルドルフ・シュタイナー、イザラ書房、一九八六年)のまえがきに次のような言葉がのっている。

ルドルフ・シュタイナーは一九〇三年夏、私のために何時間も時間をかけて色彩論の話をしてくれたことがあります。ローソクの火と白い大きな紙を手にして、光と闇の中から黄と青が現れる様を示してくれましたが、その時の彼の眼差しはまるで彼の語る色彩の本質と一体化しているかのように、浄福な輝きを見せていました。そして彼は次のように語りました。——「もし私が今、一万マルク持っていたら、それで必要な道具を手に入れることができたら、ゲーテの色彩論の真実を世間に証明して見せることができるのに。」

マリー・シュタイナー(シュタイナー夫人)はこう語っている。そして、いまだ世にむかえられることのなかったゲーテの色彩論、自然観を彼がみずからの霊的世界観の基礎づけを行う際の出発点としたいと強く願っていたとも語っている。

にもかかわらず彼の叫びは充分に注目されることがなく、彼の弟子達の中に受け継がれ、やがて芸術家の精神の中に、その仕事の上に証明される日が来るだろうと語っている。今から十数年前この文章を読んだ時、つよい印象をうけた。

「緑は生命の死せる像を表わす」

この言葉は何か矛盾にみち、難解である。しかし私がずっと謎のようにつぶやいていた次の言葉と、どこか符合するような気がしてならない。

「緑は生と死のあわいに明滅する色である」。当時私がこんなことをつぶやいても誰も耳をかしてくれなかった。目前にあらわれる緑が現世の空気に触れた瞬間に消えてゆくのを証明する手だてをもたなかった。

「目の錯覚」「単なる酸化現象」に過ぎないといわれた。

春先に野に萌えいずる蓬《よもぎ》のみずみずしい緑の葉汁を布や糸に染めても、数分で消えてゆく。藍甕《あいがめ》の中に入れた糸をひき上げた瞬間の、目もさめる緑《エメラルドグリーン》は空気に触れた瞬間に消えてゆく。緑はどこへゆく、この地上に溢《あふ》れる植物の緑とは何？　なぜ緑は染まらないの。

私の胸は疑問にふくれ上がった。黄色の染料と藍をかけ合わせれば緑は染まるよ、と人は言う。しかしそのこと自体の物理的な問題ではなくて、そのことの本質が知りたかった。

その小さな糸ぐちからゲーテの『色彩論』と出会い、シュタイナーの『色彩の本質』とめぐり会った。思いもかけぬ壮大な宇宙論が展開され、緑という糸ぐちから紬《つむ》ぎ出《だ》された測り知れない色彩の世界が全く新しい生命のように浮かび上がってきた。目にみえない世界との確実な連繫《れんけい》が、色彩というメッセージによって私の謎を一挙に解いてくれたのである。私は色彩という通路をとおってシュタイナーの『宇宙進化論』『神秘学概論』『神智学』等々の書物に出会い、没頭した。もとよりその何十分の一も理解することはできない。しかし七十代を半ばすぎて、今日に至ってもシュタイナーの書物にむかう時はいつも女学生のようにいそいそと、悦《よろこ》びにみちて学ぶのである。それはシュタイナーという偉大な導師がすぐ傍にあって、頑迷な私をあらんかぎりの誠意と熱意をもって導いてくれるからである。繰り返し繰り返し同じ頁を読む、そして玩味する。するとほんの少し霊界の扉があいて今ここに、この現実界こそ不可視の世界であることをおしえてくれる。シュタイナーは、信じなくてよいが知ってほしい、と言っている。どんな人にも備わっている宇宙の叡《えい》智《ち》を覚醒させるために、命を削るようにして語りきかせてくれる。

かつて「ゲーテの色彩論の真実を世の中に証明してみせたい」といったシュタイナーの念願が、常に胸の裡《うち》にある。植物から抽出される色彩の一端からそれが見えてこないかと。闇にもっとも近い青と、光にもっとも近い黄色の、ゲーテの発見した際《きわ》の色から緑が誕生する過程を、目の前に存在する藍甕の中で証明することはできないかと、思うのである。

仕事が仕事する

三十代のはじめ、私はそれまでの生きる基盤をすべて失って、身一つで近江八幡の生家にたどりついた。二人の幼子を東京の養父母にあずけ、織物の修業をはじめたのだ。織のことも、糸のことも、染めのことも何にもしらない、一介の主婦だった私は三界《さんがい》に家なしの境涯《きょうがい》に放り出されたに等しかった。今思えば随分みじめな状態のようだが、私は何か新鮮な気持ちだった。女ひとりで仕事ができる、朝から晩まで自分の時間だ。父母が健在だったのが本当にありがたかった。黄薔薇《きばら》の咲く野道を母のつくってくれた弁当をもって村はずれの貧しい機小舎《はたごや》へ通う。貧しいけれど情の深い、親切な夫婦で一から手をとって教えてくれた。私は朱の経糸《たていと》に、紅絹《もみ》を裂《さ》いたきれを入れて、生まれてはじめて織ったその裂織《さきおり》の布を野道を走って母にみせに帰った。今思ってもそれは美しい布だった。退紅色《たいこうしょく》の紅絹に、緑や渋黄や朱がちりばめられるように入っていて、抽象画のようだった。私のはじめて織った布、それが原点だったかもしれない。

　あれから四十年、どんなに織りに織ってきたことか、いつも三、四人から七、八人の若い人と一緒に休む間もなく、次々と着物を織った。朝起きると胸一杯につかえるほど仕事のことがふくらんでいた。知らぬ間に織場でデザインし、染場で糸を染め、糸を繰り、整経《せいけい》し、機にむかっていた。その連続の日々、今、七十余歳になり、あっと気がついた。仕事が仕事していたんだ、と。八時半にはもう機音がしている。染場の釜に湯気が上がっている。「せいの！」で染めがはじまる、糸車がまわる、絣《かすり》をくくる、柄をきめる、息つくひまもないほど仕事が呼ぶ。仕事の影に人がいきいき動いている、循環と連鎖、それが物を創っている、そんな四十年間だった。もし私ひとりで仕事をしているのだったらどうだろう、朝八時から夕方六時までこんなに糸車みたいにクルクルまわらなかったろう、若い人が一生懸命かよってきて、いそいそと仕事をしている。

「ここどうしましょう、もっと糸を染めましょうか、あの草をとりにゆきましょう、次の経《たて》は、デザインは……」と矢継《やつ》ぎ早《ばや》に仕事が待っている。やっと織り上がった織物を、若い人が大事そうにかかえて湯どおしをする。まるで初湯をつかわせた赤児のようにタオルにくるんで、みんな若い母親のような顔をしている。伸子《しんし》を張り、仮縫も自分でする。仕立て上がった着物を衣桁《いこう》にかけてこわごわ私を呼びに来る。

「ああ、いいのが出来た」と私は思わず心からそう言う。ほっとうれしそうな顔。出来上がった作品は、彼女と私の共同の仕事、心がかよい合わずには何もできない、彼女のいいところをのばそうと願いながら私はまた若い人に支えられながら……。やはり、仕事が仕事をしている、その間に人がいる、手と手が結び合っている、いつも精一杯、片時もそこから手と心をはなさぬように、たとえ若い人が失敗しても、それでいい、それをどう補って次へ進もうか、しか考えなかった。要は、失敗なんてないのだ、そこを通るべくして通ったのだ。道程だったのだ。私自身の人生にそれが当てはまる。人からみれば大いなる失敗、挫折、失意のどん底。そこから仕事がはじまった。もしその挫折がなかったら、私は平凡な一介の主婦だったかもしれない。人を相手ではなく、素材が相手、素材と深く深くつき合う。手の先、指の触感が糸と語る。私を選ぶのは素材なのだ。素材が私をはねつけ、そっぽをむいてしまうこともしばしばだった。ある時から、素材がふっと私に寄り添うようになった。素材のさまざまの表情が織の底から浮かび上がり、つつましく微笑んだり、厳しく射るように私を戒める。いつでも素材がそこでやすらいでいられるように、私は十全の心くばりを怠ってはならないのだ。

色にしても同じことだ。色はさらに手に触れ、たしかめることのできない存在である。物ではない。しかし物以上の物としての存在感、色は私の場合、糸という物に浸透し、そのものと一体になった時、色として存在する。決してすでにあるものではなく、常に創り出している。「あなたは絵の具の製造者ですね」とある時いわれたことがある。絵の具なんて買ってくればいい、ともいわれた。

しかしこの絵の具は売っていないのだ。私という存在と同じく、どこにも売ってはいない。私を選んで私のところへやってくる子供のようなものだ。いわば、さずかりもの、自分で創ってはいるが、どこか一番根元のところではいただきものなのである。

長いこと私は、「色をいただく」という言葉を使ってきた。今そのことばに出会うと、「もういい、もうその言葉は済んだ」という気がしている。その言葉をきくと何だか自分ながら、またか、という気がしている。否定するわけではないが、「いつまで自分をそこにしばりつけているんだ。もっと考えよ、いただいてばっかりいて、その先どうするんだ」と自分に言ってやりたい。

「その先」今私はそこへ立っている。もう踏み出しているかもしれない。私はこの四十年余、常に人と共に仕事をしてきた。ひとりでした日は一日もない。すべて、若い人と一緒に、何か語り合い、模索し合い、発見し合い、喜び合い、たのしんで仕事をしてきた、それが共同体だった。わずか四、五人でもそれは共同体だった。仕事はそこから生まれ、仕事が仕事をした実体は実は共同体だったからなのだ。私個人ではない。それが工芸というものの本質なのだ。決してひとりではなく、数人の人の知恵、心、それが生んだのだ。やっとそれに気づいた。色をいただき、素材をいただき、それが共同体という器の中で生かされたのだ。

柳宗悦《やなぎむねよし》先生が常にいわれていた協団《ギルド》という意味が今、ようやく少し分かってきた。

「志をひとつにし、理想をかかげ、工芸という王国を築くのだ」と柳先生が度々そう叫ばれていたような気がしていたが、ずっと、志もなく、理想もなく、ただ数人のものと好きでおもしろくてやってきただけだ、と思っていた。しかし、そういうことをずっと続けてきて、なおもっともっと続けたい、みんなと仕事したいということが志でなくて何だろう。

柳先生の本当の理想がようやくほんの少し分かってきた。人が一生何かに没頭して、その仕事を続けてゆくことは、その生き方に、仕事に、はっきりした理念がなくてはならない。この仕事に一生をかける、それは理念なくしては存続しないであろう。私は仕事をはじめる当初、柳先生の『工芸の道』を読み、そこに私の生きる道を見出した。今日まで私の中に一貫してその理念は生きている。

その理念に一歩でも近づくよう、踏みはずさぬよう日々心がけてきた。好き、とかおもしろいというのは表現の稚《おさな》さで、実はその中に汲んでも尽きない真理が常に輝いていて、私をはげまし、力をあたえてくれたのだ。それなくしてどうして仕事が仕事をしてくれよう、私と仕事とは両の車輪、いや、一つの輪のようなものだったのかもしれない。

「如何なる理念も理想たりえぬ限りは、魂の力を殺す。しかし如何なる理念も理想たりうる限りは、すべてあなたの中の生命力を生み出す」と、シュタイナーは語っている。果たして私の理念は理想にむかっているだろうか、それは私自身にもよく分からない。それは願いである、自分の仕事を美化してはならない。少しでもその方向性の舵《かじ》とりをあやまったらとんでもない方向にすすむのだ。

現代に理想などない。それはみな幻想だ、といい切ってしまえない最後の一線でこのシュタイナーの言葉を思う。すると私の仕事の過剰な虚飾の部分が浮かび上がり、推進力の衰退が見えてくる。理念も理想も一挙に影をひそめ、私は惰性でくるくるまわる水車のような気がしてくる。理念なき理想などないのだ。もし私が本当に理念とよべるほどの信念を持つことができればそれが理想なのだ。したがって理想なき理念もないのだ。それは一体なのだと思う。私がこの仕事に本当に理念をもつことができたのか、それが最も重大な残された課題である。

仕事が仕事する、と私は思わずかいてしまって、あらためて柳先生の「念仏が念仏す」(『法と美』)を読んでみると、私はとんでもない思い上がりをしていたことに気づいて、突然全身、恥ずかしさで赤くなる思いがした。全面かき直すべきだとも思った。元来この言葉は一遍上人の言葉で、その「法語集」の中に遺《のこ》されているのだそうだが、浄業を徹底された上人において、はじめて「念仏が念仏し」「名号が名号を聞く」という真理にまで到達されたのであって、私如き不徹底な人間が口にすべき言葉ではなかったのである。

柳先生はその中で、益子窯《ましこがま》の「山水土瓶」の例をとって、ごく平凡な民器であるが、土瓶に山水を描く本人も、何を描き、どう描くかも忘れるほど手早く淀みなく何千回、何万回と描き続ける、そういう状態に入った時、描く事が描いているという、つまりおのずから仕事が仕事をしている、人間と仕事がいつのまにか一体になっているということをいわれているのである。

私がいかに自分の仕事を我田引水に美化していたか、思いしらされる、それは一撃だった。

しかし、その一撃を受け入れて眼が開けてきたような気のする私である。

母衣への回帰

早晨《そうしん》、机にむかうと、深い感慨がどこからともなく訪れて胸をみたす。歩んできた越し方の歳月が海の底に沈み、上方の海面にはちらちらと陽《ひ》が射して、光の粒があふれている。私はその海底にあって、重い潮流に揺れ動きながら、上の方を見つめている。

そこには未来があり、若者達がいる。

なかば幻になりつつあるほどの老齢の身であるが、なお未来の方向にむけて目をはなせないでいる。それが現在の生きる根拠になっている。思えばふしぎなことではあるが、現代の暗鬱な重みに耐えて生きて行かねばならぬこの国の将来、若者の前途を思う時、夢みることなどあり得ない。中東、西欧から吹いて来る風は人類の悲哀そのものである。

身に迫る危機は世界を覆っている。その中で若者達のどこかに光を求めようとする思いは切実である。巨大な波に一瞬にして押し流されるかもしれないが、人類はどこかでそれを喰い止める叡智《えいち》をもっていると信じたい。今、目前にある現実がすべてではない。

もっと全く違った別の道があるかも知れない。


この世の領域を去って、向こう側に世界を構築する。完全であってもいい世界へ。

抽象化。

このパトスのない様式の冷いロマン主義は、とてつもない。

この世が(ちょうど今日のように)恐ろしいものであればあるほど、芸術は抽象的になる。幸福な世界なら、現世的な芸術を生み出すのだが。

今日とは、昨日から今日への過渡期だ。偉大なフォルムの採掘坑には、まだ未練の残るガラクタが積みあがっている。ガラクタが抽象化の材料となる。

偽物の元素が散らばる廃墟、不純な結晶のもと。

これが今日だ。

（パウル・クレー著、W・ケルステン編、高橋文子訳『新版　クレーの日記』
みすず書房、二〇〇九年、三三六頁）

第一次大戦の開戦翌年に書かれたクレーの日記の一節である。先日、クレー展をみて、混沌としたカオスの霧の中から、次第に浮かび上がる形象の中に何かただならぬ響きを感じて、思わず立ち止まった。言葉にも、思惟にも届かず、ただ迷うしかなかったが、後日この日記の一節に出会い、抜けなかった釘がふと消えて、現在の自分の立ち位置が少し見えてきたような気がした。すでにクレーは今日を見とおしていて、「この世が恐ろしいものであればあるほど、芸術は抽象的になる」と言っている。

人は幸福な時、思わず具象的に流れやすい。現実を受け入れようとしている。しかし、不幸な時、現実を肯定し得ない時、形象は崩れる。否定の中に削ぎ落とされる物象は次第に線になり、点になり、記号になる。それが抽象化だ。その中でも傷ましく崩れたままの抽象もある。現代はそのような抽象に充ちている。それを描かずにはいられない現代の悲惨が、そのまま使命であるかもしれない。クレーはその時、この世の領域から去って、むこう側の世界に橋を構築しようとする。それも切迫感をもって、まるで綱渡りのように、魔法のように。たとえこの世の足場が危うくなっても、そのすれすれの際《きわ》であっという舞《まい》をまう。それは鋭くも、儚《はかな》くも、霊的でもある。今、それが私の前に示唆となってあらわれ、行く手をてらす灯ともなっている。道は大きく分かれ、彼方《かなた》にその橋は見えかくれしている。灯は点滅し、容易ならぬ前途を暗示している。

今から三カ月ほど前、私は一つの作品を織り上げた。いつものことながら最近は一つ織り上げるとこれが最後のような気がしている。その時も濃紺《のうこん》の地に白いつなぎ糸を入れて幾星霜などという言葉が浮かんでいた。昔、母が農家の老女にたのんで、短い糸を繋ぎ合わせ、糸玉にしていつか使ってくれるようにと葛籠《つづら》や苧桶《おぼけ》にたくさんのこしておいてくれた。

貧しくて糸を買えない主婦が、夫や子供のためにのこり糸を繋いで、繋いで織ったものを屑織《くずおり》、襤褸織《ぼろおり》という。その裂《きれ》の天然の美しさに魅了されたのが柳宗悦《やなぎむねよし》であり、その弟子とも言える母や私である。その糸を私は勿体《もったい》なくて四十年来、少しずつしか使っていなかった。しかし、この年にして、いつまで織れるだろう。毎回最後と思っている身には、大方のこしてゆかねばならない、と気が付くと思わず苦笑してしまった。よし、これからはどんどん使おう、と思いたって、つなぎ糸ばかりで織りはじめた。予期せぬ糸の力、線の無尽、織りすすむうちに布が私を圧倒する。これは私の力ではない。何の工夫もなく、ただひたすら織る。作意など入る余地はない。それは世に言う襤褸織である。襤褸《らんる》とは美しい文字だ。なぜこんな格調高い字を使ったのだろう。辞書をひいた。襤褸の意味は、ただ、ぼろ、くずとしか書いていない。私は拍子抜けしていると、すぐ傍に母衣《ぼろ》という字があった。平安の頃か、戦場で大きくふくらませた袋のようなものを背につけて馬にのり、矢をふせぐためのものであったという。咄嗟《とっさ》に襤褸と母衣が結びついた。襤褸は母の衣ではないか。いささか飛躍した考えかもしれないが、思いはさらに最澄が招来した「七条刺納袈裟《しちじょうしのうげさ》」に移っていった。それは死者や行き倒れの人々の衣を洗い清め、ぼろをあつめて刺していったものがその根本の機縁である。先年、比叡山で里帰りしたその袈裟を拝見したが、千余年経つとは信じがたく立ち昇る精気に息をのみ、畏れ多いことながら世界最高の抽象画をみる思いがした。最低のものが最高のものに昇華する。それこそ襤褸という字にふさわしいではないか。私は織りはじめた裂を曼荼羅《まんだら》にしようと思い立ち、図面をかくうち、今年六月ベルリンのペルガモン美術館でみた紀元前のタイルを思い出した。その厖大《ぼうだい》な青と緑と金茶色のタイルは、シリアの方で埋もれかけていたものを戦後のドイツが買い受けて城壁に再現したもので、人類の壮大な夢が出現したかの如く、私は心底圧倒され、忘れ難く焼きついていた。その色彩の煉瓦紋様で上下を守り、つなぎ糸の襤褸織を中心にすえることとした。もとより曼荼羅の知識など全くなく無謀なことは承知であったが、何かにつき動かされるように仕事がはじまった。ちょうどその頃、京都国立近代美術館での展観がきまり、期せずしてそれを出品することとなった。まだ形もなさずあまりにも非力、無学の自分を次第に思い知らされ、断念すべきかと思う時もあったが、ふしぎなことに私が織るのではない、私をとおして無名の多くの機織《はたおり》の女性と共に織るのだという思いがふっと湧いてきて、みなで織ろうと思いついた時、今、仕事場で共に織っている弟子と洋子と私と、分担して織ることにした。無事織りあげられますようにと祈る日々である。

まだ地上に形を成さぬもの、まだ生まれ来ぬ子たちと、死者たちのところに住み、「目に見えるものを再現するのではなく、目に見えるようにする」というクレーの芸術の根幹をなすものは何かと思い惑う中で、何かが暗雲の中から示されたような気がする。

見えるものはさまざまの現世の制約や、虚飾をもってあらわれる。それを克明に、誠実に表現するのも重要な役割であるかも知れない。しかし、見えるものと、その根源からの水脈を透かして見えてくるもののあわいでクレーの子供や、天使はあらわれる。大人にはもう決して子供は描けない。

あの街や、植物や、猫たちは別世界に住んでいる。あの世へのかけ橋をわたって、わずかの隙間から、手さぐりしている天使がこちらをふりかえって見ている。それは一条の導きの糸のように、私達もまた手探りしながら、その道へ歩んでゆきたいと願っているのではないだろうか。

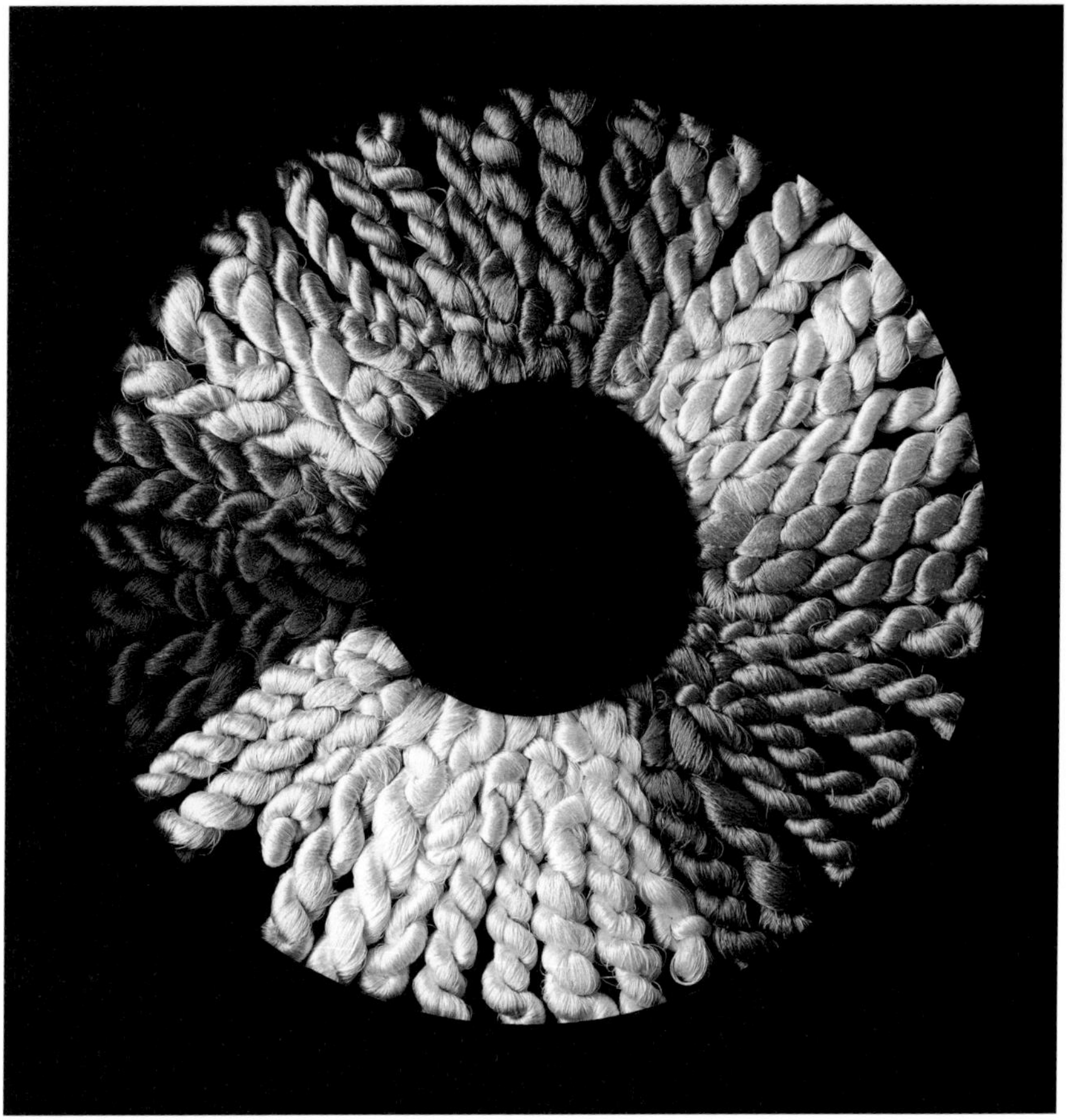

「糸の色彩環」

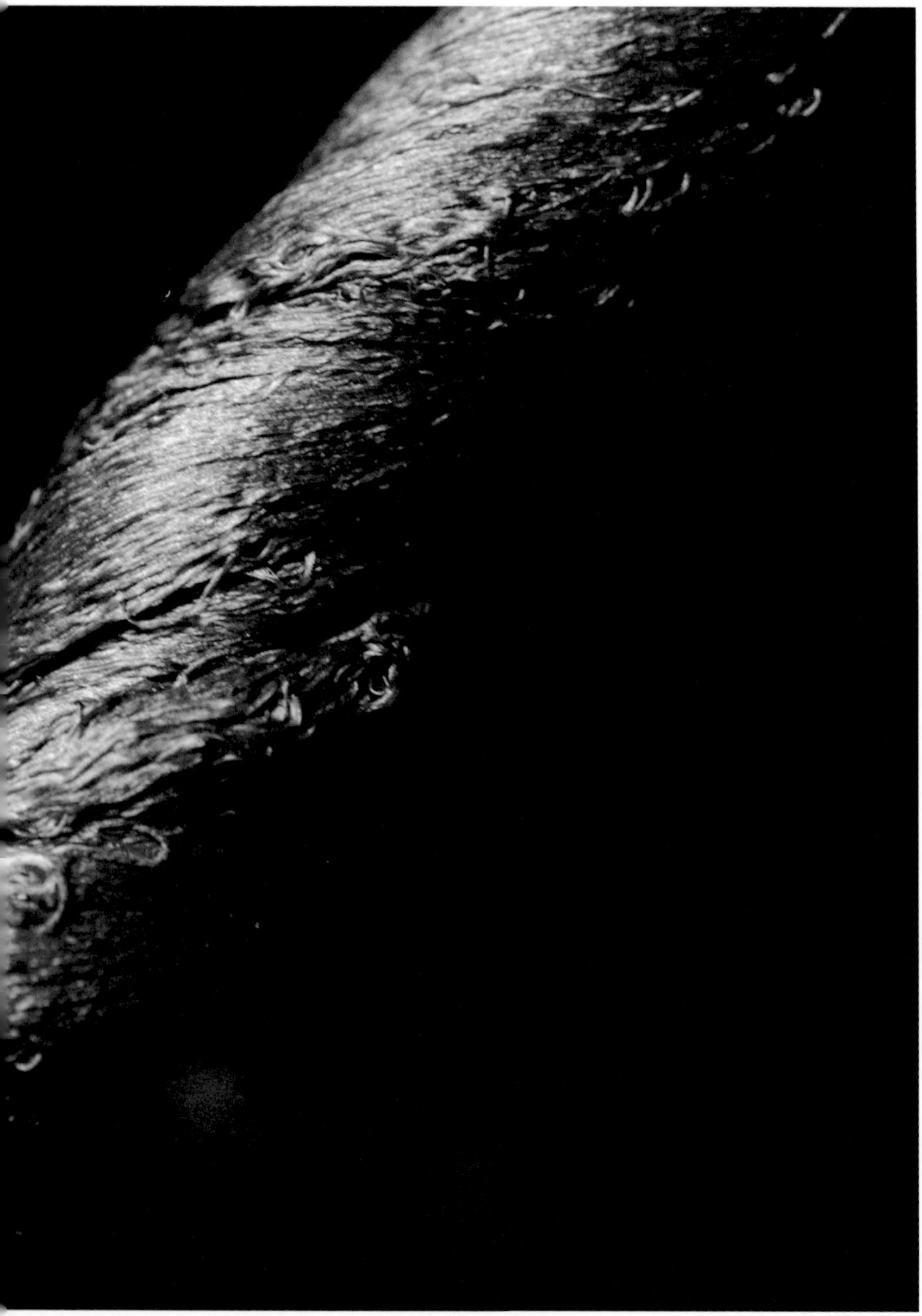

藍染

「色と光のこころみ」

「小裂帖《こぎれちょう》」

島原　原城跡

「母《ぼ》衣《ろ》曼《まん》荼《だ》羅《ら》」

解説　導きの色

志村昌司

『野の果て』について

本書は、染織家であり随筆家でもある志村ふくみが、長年にわたって書きためた膨大な随筆の集大成となる自選随筆集である。具体的には、一九五六年に書かれた初エッセイ「兄のこと――その日記より」から、二〇一六年に京都国立近代美術館で開催された回顧展の際に書かれた「母衣《ぼろ》への回帰」に至るまで、五十三本のエッセイが収録されている。収録に際しては、ふくみの仕事の全体像を知る上で必須と思われるエッセイが著者自身によって厳選されている。

ふくみは民芸運動の指導者・柳宗悦《やなぎむねよし》（一八八九―一九六一）からの勧めをきっかけに、三十一歳で染織の道に入り、その後六十年以上にわたって紬織《つむぎおり》着物の制作を続けてきた。一方で『一色一生』（一九八二）、『語りかける花』（一九九二）、『母なる色』（一九九九）、『ちよう、はたり』（二〇〇三）、『白夜に紡ぐ』（二〇〇九）、『晩《ばん》禱《とう》――リルケを読む』（二〇一二）など、染織の領域を超えた幅広いテーマで執筆活動を続けてきた。柳は「良き織物は良き書に通じる」と述べたそうだが、ふくみにとって「言葉を紡ぐ」とは、「染め織り」と不可分な表現行為であり、私たちは彼女の「色と言葉」の両方を理解してはじめて、その全体像を知ることができる。

本書の書名「野の果て」であるが、これはふくみがまだ十代のころ、五歳上の兄・小野元衞《おのもとえ》（一九一九―四七）とともに創作した童話の冒頭から採られている。「野の果てに小さな家がありました。男の子と女の子が仲よく住んでおりました」から始まるその童話は、純粋な愛を捧げ合った二人がこの世ならぬ美しさを持った薔薇《ばら》に荘厳《しょうごん》されて、天へ召されるという結末で終わる。おそらく、「男の子」は元衞、「女の子」はふくみだったのであろう。当時のふくみの心象風景をよく物語っている童話である。その後の人生をまだ知る由《よし》もなかったふくみであるが、将来の「美に捧げる人生」をここですでに予感させている。つまり、「野の果て」とは美に捧げたふくみの人生を象徴するものとして、選ばれたタイトルなのである。

美に捧げる人生は確かに神聖なものであるが、現世においては時として辛《つら》く、過酷である。木漆工芸家・黒田《くろだ》辰秋《たつあき》（一九〇四―八二）が諭《さと》したように、この世においては「地獄道」とさえ言えるかもしれない。ふくみはよく「絶体絶命の境地」、「やむにやまれぬ思い」ということを話すが、これは何度も逆境を乗り越えてきた人の言葉である。

本書は「私」「仕事」「思想」の三部構成になっている。第一部の「私」では、いわば自伝的な文章が集められており、生い立ちから老境に至るまでの人生が綴られている。第二部の「仕事」では、柳宗悦や民芸運動との関わり、染めと織りの日々、そして物づくりの精神などについて語られている。第三部の「思想」では、染織の根底に流れるふくみの思想、とりわけ柳宗悦の仏教美学、ゲーテ、シュタイナーの色彩論、自然に対する人間の根源的なあり方について書かれている。「私」「仕事」「思想」は相互に密接に関連しており、すべてを読み通すことによって、はじめてふくみの仕事の全体像が浮かび上がるはずである。

一　私

母と兄との出会い

ふくみは一九二四年九月三十日に、医師の小野元澄《おのもとずみ》(一八八四―一九六二)、豊《とよ》(一八九五―一九八四)夫妻の第四子として滋賀県近江八幡で生まれた。大正デモクラシーが花開いた時代である。元澄は大分・佐賀関出身で、大阪府立高等医学校(現 大阪大学医学部)を卒業したのち、米国出身のキリスト教伝道師、ウィリアム・メレル・ヴォーリズ(一八八〇―一九六四)を慕って夫婦で無医村だった武佐《むさ》に移住し、医院を開業していた。経緯は明らかでないが、ふくみが生まれた時に、豊はロンドン帰りの義弟・志村哲《しむらさとる》(一八九〇―一九七二)に「あなたにこの娘を託します」と決意したらしい。そして実際、ふくみが二歳になった時に、東京・吉祥寺に住む養父母に送り出されたのである。ふくみはこの出来事を後に「随縁《ずいえん》」(縁に従うこと)と語っているが、すべては「こうなるべくしてなった」という心境の現れなのだろう。

吉祥寺へ移ったふくみは、武蔵野台地の自然の中で養父母に一人娘のように大切に育てられた。学齢期になると私立成蹊《せいけい》小学校に入学したものの、日本郵船に勤務していた養父が上海に転勤になったため、ふくみも同行し、小、中学生時代の大半を中国で過ごすことになった。一九三〇年代といえば、ちょうど日中戦争と重なる時期であり、これがふくみの人格形成に暗い影を落とすことになる。当時のふくみは非常に内向的な性格で、中国での生活になじめずに一人で部屋にこもって本を読んだり、ちょっとした文章を書いたりして過ごしていたようである。

ふくみは養女であることを知らされていなかったのであるが、思春期になると、さまざまな偶然の出来事から出生の不安に悩まされるようになる。「自分はここで生まれたのではないかもしれない」という不安と疑念の日々を、「何か言葉にならぬ得体のしれない不安と哀しみがいつも胸の底に小さな水たまりのようにたまっていた。叱られたことも競ったこともない一人っ子の、開けても開けても扉のむこうに私の手をぎゅっと握ってくれる人がない、大切に箱に入れられていた人形のようなどこか虚《むな》しさがあったのであろうか」(「縁にしたがう」)、と綴っている。

そうした得体のしれない不安な日々を送る中、十六歳の時に大きな転機を迎える。一九四一年の正月、近江八幡の小野家で実の子であることを打ち明けられるのである。結核で闘病中であった次兄・凌《しのぐ》(一九二一―四一)の枕元で、伯母と思っていた豊から「堪忍して、あんたは私の子や」と衝撃の告白を受けたのである。これは女学生であったふくみにとって、人生が百八十度変わるような出来事であった。その日から世界の風景が一変したといってもよかった。しかしこのことによって、芸術の世界をまったく知らなかったふくみは、豊や元衞を通してゴッホやセザンヌ、ベートーベン、チャイコフスキーなど、ヨーロッパの文化・芸術に触れるようになり、さらにはかつて豊が使っていた機《はた》で織りを体験することで工芸の世界にも足を踏み入れることになったのである。

実はその前年から、ふくみは、東京・お茶の水にあった文化学院女子部に編入し、美術部に通っていた元衞とともに芸術的で自由な校風の中で学生生活を送っていた。文化学院は教育者・西村伊作(一八八四―一九六三)によって設立された私立学校で、当時の画一的な国民教育に対抗し、「日本人として未来の文化的生活を営む素養を与える」ことを目的とした芸術教育を行っていた。残念ながら文化学院は、西村伊作の徹底した自由主義、反戦主義思想のために、一九四三年に強制閉鎖されたのであるが、ふくみは文化学院時代を通して「権威に束縛されない自由な魂」と「芸術的感性」という芸術の根幹を学んだのである。

しかし何と言っても、芸術精神の成長という意味においては、兄・元衞との交流が大きかった。元衞の美に対する妥協なき姿勢は、後年のふくみにとって「美の基準」にすらなっていった。「芸術は教わるものではない。自分で学び、道を切り開いて行くのだ」（「兄のこと」）という、修道僧にも似た元衞の言葉に若きふくみの魂は震撼させられ、それは心の奥底に刻み付けられた。元衞はとりわけドストエフスキーの『カラマーゾフの兄弟』を好んだため、ふくみは結核で死の床に伏せっていた元衞にこれを読み聞かせたという。元衞が涙したというゾシマ長老の信仰告白の感動的な場面は、当時の二人の美に傾けるひたむきな情熱を象徴的によく表している。

たとえ地上におけるすべての人が堕落して、信あるものは自分一人になってしまおうとも、唯一人なる自分が神を讃美すればよい。もしそのような人が二人めぐり合ったら、それでもう全き世界が、生ける愛の世界が出現したのであるから相抱擁して神を讃美せねばならぬ。

（「兄のこと」）

二十代の若き二人が兄妹という血のつながりを超えて、これほどまでに深い魂のつながりを持っていたという事実は驚くべきことである。その後元衞は二十八歳で亡くなるのだが、ふくみはいわば芸術の世界の殉教者となった元衞から託された「美の十字架」を背負い、自分自身が真なる美を求めるという決意をした。元衞の「夭折の魂」を引き受け、美へ人生を捧げる決意を次のように語っている。

神が人間に与えられた使命の何であるかを忘れ、人類の帰趨を破滅に導こうとする怒濤の中に在ればある程、生命がけで守りとおさなければならぬものがあるように思えるのです。　（「兄のこと」）

ふくみは、人類の帰趨を破滅に導こうとするような怒濤の時代にあって、生命がけで美を守ろうと決意したのである。

染織の道へ

戦後、ふくみは成蹊小学校の同窓生であった松田周一郎（一九二四―七八）と結婚し二人の子供を儲けるが、八年間の結婚生活のあと離婚することになる。人生の第二の転機である。離婚するか否かという、進退きわまった状況に直面したとき、一番の相談相手になってくれたのが富本一枝《とみもとかずえ》（一八九三―一九六六）であった。一枝は、「元始、女性は太陽であった」という平塚らいてう（一八八六―一九七一）の宣言のもと婦人解放を訴えた青鞜の活動に共鳴して身を投じたのち、陶芸家・富本憲吉《とみもとけんきち》（一八八六―一九六三）と結婚し、芸術家夫婦として理想の男女のあり方を実践した。二人の結婚生活はうまくいかず別居が続くことになったが、離婚することは生涯なかった。一枝はこうした自分の苦い体験も踏まえて、ふくみの離婚問題について、「家庭を捨てるなら思い切って捨てよ。出たり、入ったりして、夫や子供に未練を残してはならない。あともふりむかず仕事に没頭しなさい。私はそれが出来なかった。あなたはやりとおしなさいよ。本当に捨てたものは、また別の形で必ずかえって来る」（「白磁の大壺」）と述べたという。当時は離婚する女性も少なく、子供を抱えながら仕事をしていくことに大きな不安があったに違いない。しかし、一枝の言葉でふくみは迷いが吹っ切れた。失意のどん底に陥った時に挫《くじ》けるのではなく、逆に自らの道を切り開く決意が固まったのだ。

ふくみが仕事でひとり立ちする際に、大きな力になってくれたのが柳だった。柳はふくみの中に眠る芸術家の魂を見抜いたのであろう。かつて上加茂民芸協団の青田五良《あおたごろう》（一八九八—一九三五）から染織の手ほどきをうけた豊の衣鉢を継いで、染織の道を進むように説いた。「民芸の仲間があなたを守ってくれるよ」という柳の励ましは、逆境にあったふくみをどれほど奮い立たせたことだろう。こうしてふくみは後ろを振り向くことなく一から染織の道を歩むのである。

ふくみが仕事を始めて間もない頃、大切な仕事の指針を与えてくれたのが富本憲吉であった。仕事をはじめて間もないある夏の日、富本はふくみを京都の自宅に呼び出して、次のように諭したという。

工芸の仕事をするものが陶器なら陶器、織物なら織物と、そのことだけに一心になればそれでよいか。必ずゆきづまりが来る。何でもいい、何か別のことを勉強しなさい。

（「銀襴手の大壺」）

染織の道に入れば、否が応でも染織は毎日しなければならない。しかし、ただ染織をしているだけでは、創作はきっと行き詰まってくる。だから、創作の源泉を染織とは別に持たねばならない——ふくみにとって染織以外で夢中になれること、それは文学であった。子どもの頃からドストエフスキー、リルケ、モーパッサン、宮沢賢治、山村暮鳥など、好きな文学は無数にあった。実際、ふくみの仕事のそばには必ず文学があった。仕事を始めた当初から染織と文学は車の両輪のように不可分の関係にあったのである。

「秋霞」をめぐって

ふくみは染織をはじめてすぐに頭角を現すことになる。一九五七年、黒田の薦めで第四回日本伝統工芸展に出品した「方形文綴織単帯《ほうけいもんつづれおりひとえおび》」が初入選、翌年、紬織着物「秋霞《あきがすみ》」が奨励賞を受賞する。その後もトントン拍子に連続入賞を果たし、とうとう一九六二年には特待者の第一号となる。まさに彗星のごとく工芸界にデビューしたのである。

ふくみは、審査委員であった染色工芸家・芹沢銈介《せりざわけいすけ》（一八九五—一九八四）から、「あなたはずっとこれから植物染料でやりますか、それとも化学染料でやりますか」と尋ねられたとき、とっさに「植物染料でやります」と答えた。さらに「もう一つ、平織だけでいきますか、紋織《もんおり》と両方やりますか」と聞かれ、「平織だけでいきます」と答えたという。友禅など染め中心の当時の染織界の趨勢からいって、植物染料と平織だけで作家活動を行うというのは異例のことであったが、ふくみに迷いはなかった。自然と対話しながら美しい織物を作り上げること、これこそがふくみにとって最大のテーマだったのである。

「ひとはいちばんはじめの作品ですべてわかる」と言われるが、まさに初めての着物作品である「秋霞」は生涯を通じての代表作となった。テーマは、名もなき仕事の象徴ともいえる襤褸織《ぼろおり》である。本来襤褸織とは、使い古した布を細長く裂いて緯糸《よこいと》にして織り込んだものをいう。ふくみは農家の主婦が自家用に残り糸を繋いで織った布の美しさに魅せられ、第一作の着物作品として藍の襤褸織に挑戦したいと考えたのである。しかし新しい意識に目覚めた近代人が、残り糸を惜しんで、謙虚に慎ましく無心で織に向かうことはできない、近代人に名もなき仕事は不可能なのだ。そのことを深く自覚したふくみはむしろ徹底的に作意と向き合い、それを意識化することで、作意と無作意という問題を超えた作品ができるかもしれないと考えた。

しかし私には作意がある。残り糸をいとおしむ謙虚な心はもうない。どうすればよいのか、やればやるほど空々《そらぞら》しい。糸が輝かない。いきいきしない。もう駄目かもしれない。現代の人間にそれは不可能か、と思った時、無作意を逆に作意に徹底するしかないと思った。美しいものをつくるとか、美を求めないとかいうことも忘れて、私はひたすら杼《ひ》を動かした。すると何か胸の中がふっと開けて、するすると私は糸を繰り出していた。

（「はじめての着物」）

全くの無作意でもなければ、全くの作意でもない。かつて元衞が純粋な精神が生み出す美に憧れたように、ふくみも無私の心が生み出す民芸の美に憧れていた。しかし近代化の洗礼を受けた人間が無私になれないこともよくわかっていた。ふくみは作意／無作意の内的葛藤の末に、個人作家としての作意性を積極的に受け入れることによって、作意／無作意という地平を超えた作品を生み出そうとしたのである。その結果、「秋霞」はふくみの個性的表現と、一つの時代感覚に貫かれた非個性的表現が融合された作品になったのである。「秋霞」は思いがけない結果を招くことになる。それは唯一の師である柳宗悦からの破門宣告である。「この着物は民芸の道からはずれた。したがって、あなたは民芸作家ではない」「用を第一義としない紬《つむぎ》は認めない」と言われたのだ。柳からの破門にふくみは大きな衝撃を受け、絶望的な気持ちになったという。しかし、柳自身も認めているように、個人作家は近代という「認識の時代」において生まれるべくして生まれたのであり、必ずしも民芸と対立するものではない。むしろ「工芸の協団」という理想に見られるように、来《きた》る時代において個人作家は否定されるべき存在ではなく、むしろ名もなき工人と互いに相補い、協力しあう存在になるべきなのではないか。実際、ふくみの工房は「工芸の協団」に非常に近い共同体であった。

ふくみには芯が強いところがある。柳に破門されたとはいえ、民芸的な無心を理想とすることは決してなかった。むしろ自分自身の作意性に徹底的に自覚的であることによって民芸の規範性に縛られることなく、一匹狼として自由に新しい美の道を歩もうと決心したのであった。柳の破門にくじけず、前に進むことができたのも、すでに近代人の自己意識の目覚めは後戻りすることができない、という強烈な自覚ゆえである。

もはや現代の人間それ自身が罪を負って生きている。いくら命がけで清まりたいと願ったとて、もはや自分の心にけがれなき神の姿を映し出すことは絶対に出来ないのだ。

（「兄のこと」）

自己意識という原罪を背負った近代人が美を生み出しうるのか、ふくみの新たな課題となったのである。

二　仕事

柳宗悦と民芸

ふくみが染織の道を歩むときに精神的な支柱となったのが、柳宗悦の名著『工芸の道』（一九二八）である。『工芸の道』は、工芸の美の性質を明らかにし、美が生み出される必然の原理を説明し、来るべき工芸のあり方を示した、まさに物づくりの啓示の書というべきものであった。そこで柳は繰り返し物を創る上で美しくならざるを得ない道があることを説き、近代の個人作家の我執、作意を戒め、大いなる自然への帰依を訴えている。ふくみは、柳の勧めによって染織の道に入ったものの、「秋霞」の発表によって図らずも柳から破門を言い渡されたわけであるが、柳への尊敬の念は以後も変わることなく持ち続け、終生、柳の思想を大切にした。特に、ふくみが『工芸の道』から学んだことは以下の点である。

一、工芸においては、選ばれた天才ではなく、民衆こそが美を生み出しうる。
二、美は自然への帰依から生まれる。
三、すべてを超えて根底となる工芸の本質は「用」であり、美は「用」の現れである。

一は、特別な才能や知識を持たなくても、自然の理法に帰依すれば、誰もが美しいものを生み出しうるということである。「もし天才に美しい作品を産み得る力があるなら、民衆にはさらになおその力が準備されている」と柳は述べているが、これはふくみも固く信じていたことである。民衆が美を生み出してこそ、美の理念は普遍的なものになるのである。その意味でも、ふくみが染織の特別な教育を受けたこともなければ特定の師を持ったこともない、ということは特筆すべきである。

二は、工芸の美とは自然のよい素材から生まれるものであり、その素材から必然的に要求される色や形に従いさえすれば、自ずから美が生まれる、ということである。ここでいう自然は自然の素材ということだけでなく、自然な工程、素直な心、人間の手といったものも含まれる。人間の手による仕事、つまり手仕事は自然で、精緻で、自由であり、働く者に喜びを与える。ふくみが機械を一切使わずに、手で染め、手で織る理由もここにある。

三は、日常の「用」に役立つものこそが真に美しいものである、ということである。ふくみは個人作家とはいえ、「纏《まと》う」という日常の「用」の視点を忘れることは決してなかった。着物は展示するためにあるのではなく、本来人が纏うためのものである。そして、人が纏ったときにはじめてその美を顕現する。着物はあくまで纏う人に奉仕し、引き立たせるものなのである。

物づくりにおいて、柳から思想を学んだとすれば、制作においては、黒田からの学びが大きかった。陶芸家・河井寛次郎《かわいかんじろう》(一八九〇―一九六六)から、「この道は厳しく生半可《なまはんか》な決心でやっていける仕事ではない。子供を抱えながらの片手間では材料の浪費、時間の浪費。創作の道は間口は広いようにみえるけれど、一歩踏み入れれば、大変なものだから」(「糸の音色を求めて」)と諫《いさ》められ、工芸の道の厳しさにショックを受けていた時に、黒田がいう「運・鈍・根」は工芸の本質を表す言葉として、ふくみの心に深く刻み込まれた。

「運」は、自分にはこれしか道がない。無器用で我儘《わがまま》な自分はこれしか出来ないのだと思いこむようなもの。「根」は、粘り強く一つことを繰り返し繰り返しやること。そして「鈍」とは、材質を通しての表現である工芸は、絵や文章のように、じかの思いをぶちまけて表現するものを鋭角とすれば、物を通しての表現であるから、直接ものをいうわけにいかない「鈍」な仕事なのだ。しかしそこにまた安らぎもあると。

(「糸の音色を求めて」)

この言葉によって染織の道を進むことに迷いがなくなった。河井のいうように現代において工芸の道は険しく、厳しい。生半可な決心でやっていける仕事では決してない。しかしそれ以上に、ふくみにとってそれは運命の道であった。「どんな苦労があろうと、もう自分にはこの道しかない」と決心したのであった。

染めと織り

草木染とは、単に糸を染める行為であるというよりも、植物の背後の見えない世界を色としてこの世に引き出す行為である。古代の人々は、人間を守る和霊《にぎみたま》の宿る草木から色を染め、それを身に纏うことによって悪霊から身を守った、と言われている。紅花、茜《あかね》、紫根《しこん》、梔子《くちなし》といった染料植物はたいてい薬草でもあり、肉体の内と外の両方から人間を守るものであった。植物から美しい色を引き出すためには、よい草木だけではなく、よい土、よい火と水、そしてよい金気《かなけ》のすべてが必要である。つまり、木火土金水《もっかどこんすい》という古代の五行思想に基づいて、天地の根源から生命の色をいただく行為が草木染なのである。

染めの中心は藍である。日本の藍は世界でも類を見ないほど深い精神性と、輝くような紺瑠璃《こんるり》の美しさを湛えた色を持っており、日本の歴史や風俗に深く根ざしている。こうした本来の藍の美しさを生み出すには、化学的な合成藍（ピュアインディゴ）ではなく、古来の藍建ての方法、灰汁醱酵建《あくはっこうだ》てで藍を染めなければならない。灰汁醱酵建てとは、藍甕に蒅《すくも》、灰汁、石灰、ふすま（小麦の皮）などを入れて、醱酵させる方法である。高度な技術と長年の経験を必要とする難しい染めであり、紺屋《こうや》と呼ばれる専門の職人がいたほどである。

ふくみは四十代になって、近江八幡の実家を出て、京都・嵯峨野に工房をかまえてから、本格的に藍建てに挑戦するようになる。その際に教えを乞うたのが、藍染の絞り作家・片野《かたの》元彦《もとひこ》（一八九九―一九七五）であった。片野は柳の勧めで、五十代後半から絞り染めをはじめ、「片野絞《かたのしぼり》」と言われる独自の技法を確立した、絞り染めの第一人者である。片野は嵯峨野の工房にやってきて藍小舎《あいごや》を見るなり、「こんなきれい事では藍は染まらない」と一蹴したという。片野によれば、藍建ては子育てと同じようなものであり、全身全霊を賭けて本気で取り組まなければならない。子育てに休みがないように、藍もひとたび建つと朝夕攪拌《かくはん》し、常に状態を見て温度を調整し、石灰やふすまを与えなければならないのだ。しかも誕生から終焉まで日々刻々と変化し、同じ状態は二度とない。藍には建てること、染めること、守ることの三つが必要であるが、その道を極めるためには十年どころか一生かかるのである。

ふくみの藍建ての特徴は、月の運行に従って行われるところである。新月から藍建てを始め、中石《なかいし》、留石《とめいし》という、それぞれ灰汁と石灰を加えるプロセスを経て、満月に向かって徐々に醱酵させていく。そうすることで、月の運行のリズムに藍の生命のリズムが響き合って、美しい色が生まれるのである。ふくみは藍の生命と月の照応という経験から、藍建ての宇宙論的な意味を感得する。

藍は古来より建てるといわれているが、甕の中で醱酵や還元のプロセスをとおって、藍分を醸成する。あの小さな甕の中にマクロコスモスとミクロコスモスが共に生きているような生成過程をたどる。……これまで何どか苦い体験を経てきてそう感じざるを得ないのであるが、宇宙の生成の縮図をそこにみるような気さえする。

（「身近きものの気配」）

ふくみは藍建てのプロセスを直観し、観察し、熟考することによってその本質を理解し、さらには藍建てから生命のミクロコスモスと宇宙のマクロコスモスの照応関係を感じ取ったのである。このことからわかるように、ふくみにとって染織という仕事は、近代科学とは異なる「生きた自然」の探求であり、「繊細なる経験」を通じて「自然という書物」を読む行為でもあったのである。

「生きた自然」の探求の過程で、特にふくみの心を引いたのが「緑の不思議」である。植物界は緑色で満たされているが、不思議なことに草木から直接緑色は染まらない。しかし、藍は一瞬、この世ならぬ美しさをもった緑色を私たちに見せてくれる。藍甕につけた絹糸を引き上げて空気に触れさせた瞬間、一気にエメラルドグリーンに変化するのである。しかし、次の瞬間にはみるみるうちにエメラルドグリーンが消えて藍色になる。「なぜ緑色は染まらないのか」といつも感じていた「緑の不思議」から、やがてふくみは後述するようにゲーテやシュタイナーの色彩論と出会うことになる。

染めにおいて、ふくみは決して色と色を混ぜない。二つの色を混ぜ合わせれば色が濁ってしまい、お互いの美しさを打ち消し合うと考えているからだ。植物から染められた色は、その純度が最も大切であり、いかに色の純度を守るか、ということが染めにおいて重要なのである。ふくみにとって、色はそれぞれの純度の高さを保ちながら重ね合わせるものであり、色の重ね合わせによって、美しい織色の世界を表現するのである。

平織は経糸《たていと》と緯糸《よこいと》という直線の組み合わせで構成されていく。工程上、経糸は一度張ってしまうと動かすことができない。それに対して、緯糸はその時々の織り手の感性に従って、自由に織り入れていくことができる。機織りの根本原理をふくみは以下のように述べている。

　平織自体単純無垢なので鏡のようにすべてを映し出す。なんだ、平織か、とうっかり踏み込めば、たくまずして根本原理の網の目にはめこまれて身動き出来なくなってしまう。経糸が一本ずつ交互に上下し、その間を緯糸が左右する。この単純な作業の謎解きをすれば、経糸は空間であり、伝統であり、思考である。緯糸は時間であり、現在であり、感情である。経、緯の糸が十字に交差すれば、空間と時間、伝統と現在、思考と感情がその接点において織り成される。

（「平織」）

技術的に最も単純な平織だからこそ、織り手の心が直接現れる。逆に、織りが技術的に複雑になればなるほど、織り手の心は技術の背後に隠れてしまう。織物を「自己の内面表現の場」であり「凝縮された人生」と考えるふくみにとって、平織という技法はいわば必然だったのである。

ふくみは「色が色を呼ぶ」とよく言うが、どの色糸を織り入れるかということは考える事柄ではなく、一瞬の直感であり感性によるものである。「色が求めている色に耳を傾ける」とでも言ったらよいだろうか。ふくみが「色彩の詩人」と言われる所以は、そうした植物の色の声を聞く感性がこの上なく繊細で、鋭かったからである。織物は人間の知性による構築物であるというよりは、むしろ植物の色彩と織り手の心の対話から生み出された、偶然の生成物なのである。

三　思想

柳の心偈《こころうた》に、「糸の道　法《のり》の道」という言葉があるが、経と緯の交わる法に委ねきった織物ほど、美しいものはない。織り手が心を開き、平織にすべてを委ねたとき、美は自ずから生まれるのである。

はじめての着物である「秋霞」から、代表作「切継《きりつぎ》・光砥《こうと》」(一九九二)、「切継—熨斗目拾遺《のしめしゅうい》」(一九九四)、「風露《ふうろ》」(二〇〇〇)、そして晩年の大作「母衣曼荼羅《ぼろまんだら》」(二〇一六)に至るまで、襤褸織は常に物づくりの原点であった。屑繭《くずまゆ》や玉繭《たままゆ》から紡ぐ紬糸《つむぎいと》、残糸や端裂《はぎれ》など、この世で捨てられてしまうようなものを、最も美しいものに昇華させるような物づくりの象徴が襤褸織だったのである。

襤褸織の最高峰は、天台宗の開祖・最澄(七六七—八二二)が唐より請来《しょうらい》したという、延暦寺の七条刺納袈裟《しちじょうしのうげ》《さ》である。これは死者、乞食、行き倒れの人々が纏っていた襤褸を洗い清めた上で、刺し縫いした袈裟である。この世で最も汚れたもの、最も忌み遠ざけられていたものが、袈裟という最も尊いものに昇華させられている。「世界最高の抽象画」と思えるほど、美しくも崇高な七条刺納袈裟のうちに、ふくみは物づくりの根本精神を看取する。

この世で最も汚れたもの(糞掃)と、最も尊いもの(法の命)とが一体となって今私達の前に存在する。その比類のない深い泉のような美しさはただごとではない。何か目の前によこたわる七条袈裟から漂い立ちのぼってゆくものがある。目にみえないものが気をとおして私の中へ浸透してゆく。それは、あまりにも美しいが、美と呼ばれるものではなく、この世に顕現されるおのずからなるものとしかいいようがない。

(「七条刺納袈裟」)

「この世に顕現されるおのずからなるもの」、それはまさしく「あるがままの美」、柳の仏教美学における「不二《ふに》の美」に繋がるであろう。

ふくみはこれまでの物づくりが物を汚《けが》してきたことを批判し、物を清めるような物づくりがいかにすれば可能かという、物づくりのあり方を根本的に逆転させるような問いを投げかける。有史以来、人類は自然からさまざまな物を生み出し、快適な暮らしを実現してきたが、他方それは自然を汚し、破壊してきた歴史でもある。人類には、無償の恩恵を与え続ける自然を犠牲に繁栄してきた、という自覚と反省がいまだに十分にはない。程度の差はあれ、手仕事に関わる人間もその罪を免れることはできない。絹糸ひとつとっても、蚕の生命と引き換えにしか得ることができない。つまり自然の素材は生命の死によってしか得ることができないのである。この事実を正面から受け止め、自然を清めるような物づくりをするためには、自然だけでなく人間も何らかの供犠を捧げなければならない、とまでふくみは考えるのである。

古来の手仕事の良さの一つは、素材を大切にするということであるが、それはいただいた生命を大切にし、生かすという気持ちから自然に生じた行為である。ふくみも糸一本、端裂一枚たりとも捨てずにとっておき、作品づくりに活用する。そもそも紬糸そのものが、生糸にできない屑繭を真綿にしてとられた糸である。絹糸にせよ、植物染料にせよ、生命と引き換えに私たちの手に委ねられたものだ、という自覚があるからこそ、無駄にすることができないのだ。ここで私たちは、「自然からの委託を果たすのが人間の使命である」というリルケの言葉を思い起こすであろう。犠牲になった自然をいかに清めるか、言い換えると、物づくりにおいて、自然の死を引き受け、それを転生して美に昇華できるかどうか、これが本質的な課題なのである。

仏教美学

ふくみは晩年になるにつれて、『工芸の道』の背後にある宗教の世界、すなわち「美の法門」「無有好醜《むうこうじゅ》の願」「美の浄土」「法と美」などに代表される、柳の仏教美学に深く影響を受けるようになる。その背景には、ふくみ自身、染織家としての長い人生の中で徐々に美の世界と信の世界の結びつきを深く感じるようになったことが挙げられる。染め織りという物づくりの現場から、根源的な人間のあり方に意識が向かうようになったのである。

柳は民芸の美を根拠づけるものとして、大乗仏典の一つである『大無量寿経《だいむりょうじゅきょう》』の四十八願《しじゅうはちがん》に注目する。四十八願とは、久遠《くおん》の過去においてまだ阿弥陀仏が法蔵菩薩であったときに、一切の生きとし生ける存在を仏という最高の存在にさせるためにたてた誓いである。法蔵菩薩はそのすべての願いが満たされないかぎり自分は仏にならないと約束して修行に励み、とうとうすべての願いを成就して仏になったという。柳はその内の第四願、すなわち「無有好醜の願」を現世における美の根本原理と考えるようになる。

若《も》し私が仏になる時、私の国の人達の形や色が同じでなく、好《よ》き者と醜《み》き者とがあるなら、私は仏にはなりませぬ。
（「美の法門」）

阿弥陀仏が仏になったのだから、仏になる条件であった「無有好醜の願」も成就したことになる。したがって、私たちは現世における美醜の区別にこだわることなく、本来のありのままの姿に戻りさえすれば、美は達成されるはずなのである。しかも、そこで達成された美は「醜に対する美」ではなく、美醜を超えた「不二の美」なのである。柳はさらに、阿弥陀仏の本願は人間だけでなく、人間が創った「物」にまで及ぶと考える。凡夫が作った一個の壺、一枚の布にも美が宿っているのは、「物」に阿弥陀仏の力が働いているからであり、凡夫は凡夫のままで、美しいものができることが約束されている。それにもかかわらず、現世において美と醜の対立があるように見えるのは、人間の分別心があるからであり、小我を捨て、分別心から解放され、自在心を持てば、民衆は美を生み出しうる、という。物事の本性に戻るならば、美と醜の対立はなく、あるがままの姿が美であるのだ。ふくみにとってみれば、植物の色を本来のあるがままの姿にすること、それこそが美への道なのである。

柳は仏教美学によって民芸の美を保証しようとしただけでなく、「物」を通して宗教的真理に至る道を説いた。それを柳は「見えるものを通して、見えざるものに触れる道」(「美の宗教」)という。「物」はただの物ではない。「物」に美が宿るとき、宗教的真理も宿っているのである。ふくみの場合は、「物」というよりも「色」が見えるものと見えざるものを結びつけると考えていた。そういう意味で、ふくみにとっては美の法門を開ける存在は「色」だったのである。

ヨーロッパの色彩論

ふくみは、六十代から本格的に研究を始めたドイツの文学者、ゲーテ(一七四九―一八三二)とドイツの思想家、ルドルフ・シュタイナー(一八六一―一九二五)の色彩論にも大きな影響を受けるようになる。ヨーロッパの色彩論を研究することによって、日本古来の「植物の生命の色」から、より普遍的な「宇宙の光の色」へと色彩観を広げるようになった。さらには、「色は宇宙の原理そのもの」という宇宙論的な認識を持つようになるのである。

そもそも色彩とは一体何であろうか。ゲーテによれば、光とは至高のエネルギーであり、分析もできなければ、定量化することもできないものである。色彩とはそうした光の作用、あるいは現象であり、光が闇と出会ったときに表す表情である。

色彩は光の行為である。行為であり、受苦である。

（『色彩論』序）

光が地球に働きかけるという「行為」があり、そこで闇によって制約されるという「受苦」があり、さまざまな色彩を生じさせる。光は「一」なるものであるが、それが行為と受苦を通して多様な色彩になり、「多」のうちに自らを表現する。あたかも私たちがこの世に生を享《う》け、人生において喜び、怒り、悲しみなど、さまざまな表情をみせるかのように。色は生きているのだ。これは単なる偶然ではなく、私たちの精神の内なる宇宙（ミクロコスモス）と外なる宇宙（マクロコスモス）が照応しているからこそ、色に私たちの内面世界が投影されるのである。

植物から緑が染まらないという「緑の不思議」に関連して、ゲーテは次のように述べている。

光のすぐそばにはわれわれが黄と呼ぶ色彩があらわれ、闇のすぐそばには青という言葉で表される色彩があらわれる。この黄と青とが最も純粋な状態で、完全に均衡を保つように混合されると、緑と呼ばれる第三の色彩が出現する。

（『色彩論』序）

つまり緑色とは、光の色である黄色と闇の色である青色が混合した、第三の色なのである。第三の色だからこそ、直接植物から緑は染まらない。藍建てにおいて一瞬現れるエメラルドグリーンは、藍甕という「闇の世界」と太陽光による「光の世界」の境界に出現するものである。ふくみはゲーテの著作を読み進めるうちに、「われわれは仕事のうちに期せずしてゲーテの色彩論の実践、自然の開示をうけている」(「自然という書物」)という認識に至るのである。

ふくみはさらにシュタイナー研究の第一人者である高橋巖との出会いから、シュタイナーの色彩論を学ぶようになる。シュタイナーは、超感覚的知覚と科学的認識批判を結びつけた新しい学問を創造するために、フィヒテ(一七六二—一八一四)の自我論とゲーテの有機体思想に深い解釈を加え、人智学(Anthroposophie)という独自の神秘主義的思想を展開した人物である。ふくみにとって、シュタイナーからの最大の学びは、先述したように色を宇宙論的な観点から捉えるようになったことである。以前から植物の色の背後の世界——シュタイナー流に言えば、超感覚的世界の存在——を感じていたが、その色彩論によって、色は見える世界と見えない世界の境域《きょういき》にあるもの、すなわち、色は物質界と霊界の境域に存在し、私たちは色を通じて霊界に参入することができる、とふくみは確信したのである。

色が熱や光と同じく霊界と物質界の境域にあって、熱や光よりも我々に近いところに存在する。それ故に、色を通ってゆけば霊界への道を辿ることができることを、シュタイナーの『色彩の本質』によって学んだ。

(「Anthroposophie Letter」)

ここで私たちは、柳の仏教美学における「物」の役割と、シュタイナーの色彩論における「色」の役割に高い親和性があることに気づくであろう。「見えるものを通して、見えざるものに触れる道」が、柳の場合は「物」であったが、シュタイナーの場合はそれが「色」だったのである。ふくみの思想の中では、日本古来の色彩論、柳の仏教美学、そしてゲーテ、シュタイナーの色彩論が一つに融合され、壮大な宇宙論的色彩論として結実するのである。こうして宇宙論的な観点から色を捉えるようになったふくみは、若い頃から抱いていた「人類の帰趨を破滅に導こうとする怒濤」の時代への危機感をますます募らせ、より積極的に発言するようになっていく。

魂の教育

晩年、ふくみは人類の将来を案じ、繰り返し近代文明の危機を訴えるようになる。青春期に中国で戦争を経験し、戦後は急速な高度経済成長の中で自然破壊や公害、手仕事の衰退を目の当たりにし、八十代になって東日本大震災と福島第一原発事故をきっかけとした放射能汚染による自然破壊に遭遇し、危機感はますます高まるばかりであった。ふくみの眼には、近代文明はまさに末世の様相を呈している。二〇一六年の「志村ふくみ　母衣への回帰」展に寄せた文章では、その痛切な危機感を吐露している。

身に迫る危機は世界を覆っている。その中で若者達のどこかに光を求めようとする思いは切実である。巨大な波に一瞬にして押し流されるかもしれないが、人類はどこかでそれを喰い止める叡智をもっていると信じたい。今、目前にある現実がすべてではない。もっと全く違った別の道があるかも知れない。

（「母衣への回帰」）

果たして「身に迫る危機」から救済できるような「もっと全く違った別の道」はあり得るだろうか？　こうしたふくみの危機意識を最も深く共有できた人物が作家・石牟礼道子《いしむれみちこ》（一九二七―二〇一八）である。ふくみは六十代の時に石牟礼に出会って以来、終生交流し続けた。石牟礼は『苦海浄土――わが水俣病』（一九六九）において、水俣病を通して、前近代的なコスモスと近代文明の遭遇で生じた悲劇を描き、その後も多くの著作を通じて、生きとし生けるものが照応し交感していた世界と、その魂の救済をテーマにしている。晩年は言語による救済はありえないと考え、「不知火《しらぬい》」「沖宮《おきのみや》」など、能という形式によって自らの想いを伝えようとしていた。ふくみも二〇一八年の新作能「沖宮」公演では能衣裳を監修し、石牟礼とともに「言霊」と「色霊《いろだま》」の能舞台を実現させている。

「祈るべき天とおもえど天の病む」という石牟礼の句があるが、ふくみ自身も従来の宗教による救済の不可能性をひしひしと感じていた。「極端な言い方かもしれませんが、水俣を体験することによって、私たちが知っていた宗教はすべて滅びたという感じを受けました」という石牟礼の言葉に、ふくみは改めて強い衝撃を受けると同時に「もっと全く違った別の道」を示すことがふくみの芸術活動のテーマになっていく。

仮に従来の宗教がすべて滅びたとしたならば、それらとは全く別の仕方での救済はあり得るのだろうか。根本的には、それは何らかの方法による人類の意識変革より他にはあり得ないだろう。ふくみはよく「内へ、内へ」と言うが、それは自分の内面世界に目を向けることを意味する。これは非常に個的な営みであり、一人ひとりの問題なのであるが、個人の意識改革なくして人類の意識改革もあり得ない。そこで重要な役割を果たすのが「導きの色」である。目に見える世界と目に見えない世界の境域に存在する「色」をたどることによって、私たちは日常意識から非日常的な無意識の世界へ参入し、「内面への旅」を通して真なる自我と出会うことが可能になる、と考えるのである。ふくみにとってこれは概念の問題ではなく、自らの美的体験から生じた思想である。つまり色の美的体験によって私たちの魂の教育を行うことが、芸術家として人類の意識改革に寄与することである、とふくみは信じるのである。

十代からはじまった、ふくみの「美に捧げる人生」は、民芸や染織という枠を超えて、哲学、宗教、宇宙論にまでその領域を広げることになった。そして、最後にたどり着いた境地が「導きの色」であった。それは私たちを物質界から霊界へ導く「色」の存在の確信だといってもよい。最後に、ふくみの思想が最もよく現れている一節を引用して、解説を終わりたい。

色は見えざるものの彼方から射してくる。
色は見えざるものの領域にある時、光だった。光は見えるものの領域に入った時、色になった。
もしこう言うことが許されるなら、
我々は見えざるものの領域にある時、霊魂であった。
霊魂は見えるものの領域に入った時、我々になった。

（「身近きものの気配」）

［しむら しょうじ・アトリエシムラ代表］

志村ふくみ略年譜

年号	年齢	出来事
一九二四	○	九月三十日、小野元澄、豊の次女として近江八幡に出生。
一九二六	二	志村哲、ヒデの養女となり、吉祥寺に転居。
一九三一	七	四月、私立成蹊小学校入学。
一九三二	八	養父の転勤に伴い上海へ転居。同地の上海日本北部小学校へ転校。
一九三七	一三	四月、上海第一日本高等女学校入学。八月、一時帰国し、福岡高等女学校へ転校。
一九三八	一四	青島日本高等女学校へ転校。夏休み、一人で近江八幡の小野家を訪ねる。
一九三九	一五	私立活水女学校（長崎）へ転校。
一九四〇	一六	文化学院女子部（東京）に編入。実の姉・みよ子、長兄・元衞と吉祥寺で暮らす。
一九四一	一七	一月、小野家を訪問、元澄、豊が実の両親であると知る。十一月、次兄・凌が亡くなる。
一九四二	一八	三月、文化学院卒業。のち、同学院、強制閉鎖となる。上海に転居。
一九四四	二〇	神戸に転居。病床の長兄・元衞を見舞うため近江八幡に通う。この頃「美紗姫物語」を書く。
一九四五	二一	神戸で空襲に遭う。のち、近江八幡に疎開する。八月、終戦。
一九四七	二三	八月、長兄・元衞が亡くなる。
一九四九	二五	一月、私立成蹊小学校の同窓生だった松田周一郎と結婚、吉祥寺に暮らす。十二月、洋子誕生。
一九五三	二九	五月、潤子誕生。
一九五六	三二	「兄のこと」と題した文章を執筆。九月、洋子、潤子の二子を養父母に託し、近江八幡の実家で織

物を始める。十一月、私家版 遺画集『小野元衞の繪』を刊行。
一九五七　三三　九月、松田周一郎と離婚。十月、「方形文綴織単帯」が第四回日本伝統工芸展入賞。
一九五八　三四　九月、第五回日本伝統工芸展に「秋霞」を出品、奨励賞受賞。
一九五九　三五　十月、「鈴虫」が第六回日本伝統工芸展で文化財保護委員長賞受賞。
一九六〇　三六　九月、「七夕」が第七回日本伝統工芸展で朝日新聞社賞受賞。
一九六一　三七　九月、「霧」が第八回日本伝統工芸展で文化財保護委員長賞受賞。
一九六二　三八　九月、「月待」を第九回日本伝統工芸展に出品、特待者となる。十二月、実父・元澄が亡くなる。
一九六四　四〇　十一月、第一回「志村ふくみ作品展」（銀座・資生堂ギャラリー）開催。以後、第十一回まで開催。
一九六八　四四　三月、東京の養父母と共に嵯峨（京都）に移る。藍建てを試みる。
一九七二　四八　四月、養父・哲が亡くなる。
一九七三　四九　九月、「磐余《いわれ》」が第二十回日本伝統工芸展で二十周年記念特別賞受賞。
一九七四　五〇　五月、随筆「一色一生」が『婦人之友』誌に載る。
一九七九　五五　琵琶湖をモチーフとする「湖水シリーズ」制作が始まる。
一九八一　五七　三月、随筆「色と糸と織と」が『言葉と世界』（岩波書店）に収録される。十月、『志村ふくみ作品集　１９５８～１９８１』（紫紅社）刊行。
一九八二　五八　三月、「志村ふくみ展」（群馬県立近代美術館）開催。五月、ドイツ文学者・高橋義人と出会う。九月、『一色一生』（求龍堂）刊行。
一九八三　五九　三月、第一回京都府文化功労賞受賞。十月、『一色一生』で第十回大佛次郎賞受賞。
一九八四　六〇　四月、実母・豊が亡くなる。十月、『裂の筥』（紫紅社）、宇佐見英治との共著『一茎有情』（用美社）刊行。
一九八五　六一　四月、「志村ふくみ展」（大分県立芸術会館）開催。八月、ルドルフ・シュタイナー研究で知られる高橋巖と出会う。

一九八六　六二　三月、『色と糸と織と』(岩波グラフィックス)刊行。紫綬褒章受章。
一九八八　六四　六月、養母・ヒデが亡くなる。十一月、京都・広河原にアトリエを建てる。
一九八九　六五　七月、第二回MOA岡田茂吉賞大賞受賞。
一九九〇　六六　都機《つき》工房設立。四月、「紬織」の重要無形文化財保持者(人間国宝)に認定される。
一九九二　六八　九月、『語りかける花』(人文書院)刊行。
一九九三　六九　六月、『語りかける花』が日本エッセイスト・クラブ賞受賞。九月、滋賀県文化賞受賞。十月、文化功労者になる。十二月、洋子との共著『母と子の織りの楽しみ』(美術出版社)刊行。
一九九四　七〇　十月、開館十周年記念「志村ふくみ展——人間国宝・紬織の美」(滋賀県立近代美術館)開催。『織と文』(求龍堂)刊行。
一九九七　七三　一月、白畑よしとの共著『心葉——平安の美を語る』(人文書院)刊行。
一九九九　七五　四月、『母なる色』(求龍堂)刊行。
二〇〇〇　七六　五月、限定本『志村ふくみ「裂帖」』(求龍堂)刊行。六月、「志村ふくみ・洋子二人展」(ソウル・草田織維キルト博物館)開催。
二〇〇一　七七　十月、洋子との共著『たまゆらの道——正倉院からペルシャへ』(世界文化社)刊行。
二〇〇三　七九　三月、『ちよう、はたり』(筑摩書房)刊行。
二〇〇四　八〇　四月、『続・織と文　篝火』(求龍堂)刊行。九月、『石牟礼道子全集』(藤原書店)の表紙をデザイン。
二〇〇五　八一　滋賀県立近代美術館に「源氏物語シリーズ」作品など寄贈。
二〇〇六　八二　四月、鶴見和子との共著『いのちを纏う——色・織・きものの思想』(藤原書店)刊行。十一月、第十四回井上靖文化賞受賞。
二〇〇七　八三　一月、『小裂帖』(筑摩書房)刊行。「志村ふくみの紬織りを楽しむ」展(滋賀県立近代美術館)開催。
二〇〇八　八四　四月、「人間国宝 志村ふくみ　源氏物語を織る」展(滋賀県立近代美術館)開催。
二〇〇九　八五　二月、『白夜に紡ぐ』(人文書院)刊行。十月、『しむらのいろ——志村ふくみ・志村洋子の染織』

（求龍堂）刊行。

二〇一〇　八六　一月、『志村ふくみの言葉——白のままでは生きられない』（求龍堂）刊行。十月、「しむらの色——志村ふくみ・洋子　染と織の世界」展（浜松市美術館）開催。十二月、洋子との共著『雪月花の日々——京都暮らし春夏秋冬』（淡交社）刊行。

二〇一一　八七　一月、『美紗姫物語』（求龍堂）刊行。三月、東日本大震災。七月、「しむらの色——神話の誕生：染織家志村ふくみ・洋子展」（富山県水墨美術館）開催。

二〇一二　八八　十一月、『薔薇のことぶれ——リルケ書簡』（人文書院）刊行。

二〇一三　八九　三月、『伝書——しむらのいろ』（求龍堂）刊行。四月、京都に芸術学校アルスシムラを開校。

二〇一四　九〇　六月、第三十回京都賞（思想・芸術部門）受賞。十月、石牟礼道子との共著『遺言　対談と往復書簡』（筑摩書房）刊行。

二〇一五　九一　一月、「志村ふくみ——源泉をたどる」展（アサヒビール大山崎山荘美術館）開催。八月、「志村ふくみ展——自然と継承」（滋賀県立近代美術館）開催。十一月、文化勲章受章。

二〇一六　九二　二月、「志村ふくみ　母衣への回帰」展（京都国立近代美術館、巡回展）開催。十月、若松英輔との共著『緋の舟　往復書簡』（求龍堂）刊行。京都市名誉市民。

二〇一八　九四　十月、石牟礼道子（原作）、志村ふくみ（衣裳）による新作能「沖宮」上演。

二〇一九　九五　四月、「志村ふくみ展」（茨城県近代美術館、巡回展）開催。八月、洋子、昌司との共著『夢もまた青し——志村の色と言葉』（河出書房新社）刊行。年末から新型コロナウィルス感染症が世界的流行の兆しを見せ始める。

二〇二〇　九六　五月、文藝別冊『志村ふくみ——一色を、一生をかけて追い求め』（河出書房新社）刊行。

二〇二三　九九　二月、志村ふくみ（文）、土屋仁応（絵）による絵本『メテオ——詩人が育てた動物《いきもの》の話』（求龍堂）を刊行。

出典一覧

A 『一色一生』(講談社文芸文庫、一九九四年)
B 『色を奏でる』(ちくま文庫、一九九八年)
C 『母なる色』(求龍堂、一九九九年)
D 『語りかける花』(ちくま文庫、二〇〇七年)
E 『ちよう、はたり』(ちくま文庫、二〇〇九年)
F 『白夜に紡ぐ』(人文書院、二〇〇九年)
G 『私の小裂たち』(ちくま文庫、二〇一二年)
H 『志村ふくみ――母衣への回帰』(京都国立近代美術館、二〇一六年)

【I 私】

母との出会い・織機との出会い…A/兄のこと…A/はじめての着物…E/銀欄手の大壺…A/白磁の大壺…A/清水坂の家…A/幻想の女性に着せる…A/苗木を植える…A/第五の季節…D/一条の煙…D/縁にしたがう…E/未知への旅…E/花は若者である(あとがきを改題)…E/雪の湖…C

【II 仕事】

ちよう、はたり…E/色と糸と織と…A/糸の音色を求めて…A/アルカイックな織物…G/色に目覚める…F/日本の色――万葉の色…F/日本の色――古今・新古今・源氏物語の色…F/つなぎ糸…E/一色一生…A/かめのぞき…A/魔性の赤…D/天青の実…A/緑という色…B/紫のひとと故に…… …E/伝えるということ…G/織、旅、読むこと…E/手の花　身の花…D/平織…D/織色…D/機のはなし…B/媒染のはなし…B/手は考える…C

【III 思想】

求美則不得美…E/草木の生命…B/色をいただく…B/「運・根・鈍」…B/物を創るとは汚すことだ…E/魔法のようにやさしい手…E/第一作がいちばんいい…E/時代の菩薩たち…E/不知火…E/色への遺言…G/七条刺納袈裟のこと…E/身近きものの気配…D/自然という書物…E/Anthroposophie Letter…D/色彩という通路をとおって…E/仕事が仕事する…B/母衣への回帰…H

志村ふくみ
1924年，近江八幡生まれ．文化学院卒業．1956年頃から染織を始める．90年，紬織で重要無形文化財保持者に認定される．93年，文化功労者．2014年，京都賞受賞，15年，文化勲章受章．著書に『一色一生』(求龍堂，大佛次郎賞受賞)，『ちよう，はたり』(筑摩書房)など多数．

自選随筆集 野の果て

2023年5月30日　第1刷発行

著　者　志村《しむら》ふくみ

発行者　坂本政謙

発行所　株式会社 岩波書店
〒101-8002 東京都千代田区一ツ橋2-5-5
電話案内 03-5210-4000
https://www.iwanami.co.jp/

印刷・精興社　製本・牧製本

ISBN 978-4-00-001827-2　　Printed in Japan